野鹰 著

草与沙

天津出版传媒集团

百花文艺出版社

图书在版编目（CIP）数据

草与沙 / 野鹰著. —— 天津：百花文艺出版社，
2019.10
ISBN 978-7-5306-7741-4

Ⅰ.①草… Ⅱ.①野… Ⅲ.①散文集–中国–当代
Ⅳ.①I267

中国版本图书馆 CIP 数据核字(2019)第 152686 号

草与沙

CAO YU SHA

野鹰 著

选题策划：刘 勇 鲍伯霞 **封面设计**：任 彦
责任编辑：刘 勇 赵世鑫
出版发行：百花文艺出版社
地址：天津市和平区西康路 35 号 **邮编**：300051
电话传真：+86-22-23332651（发行部）
　　　　　　+86-22-23332656（总编室）
　　　　　　+86-22-23332478（邮购部）
主页：http://www.baihuawenyi.com
印刷：山东临沂新华印刷物流集团有限责任公司
开本：787×1092 毫米 1/32
字数：174 千字
印张：9
版次：2019 年 10 月第 1 版
印次：2019 年 10 月第 1 次印刷
定价：55.00 元

如有印装质量问题,请与山东临沂新华印刷物流集团有限责任
公司联系调换
地址:山东省临沂市高新技术产业开发区新华路 1 号
电话:(0539)2925659
邮编:276017

目　录

生命的行走和灵魂的漫步

王剑冰

一

2017 年,我于 6 月和 8 月两入青藏高原,先是去了澜沧江源头和长江源头,后又去了黄河源头。虽然是当地有组织的行为,却仍然历经坎坷,感受深深。那是从长江源头回到治多,准备赶去囊谦参加活动,文化学者文扎说还有一位朋友同去,是《青海日报》的著名记者古岳。于是就同这位叫古岳的人握了手,古岳像见了老朋友一般地笑着,说他的另一个名字是野鹰。这样,我立时就把那个久违了的野鹰同眼前的古岳合在一起,一下子亲切起来。

我与古岳相识于二十世纪九十年代,那时他常以野鹰的名字在天津《散文》上发表作品,我喜欢他的带有西部色彩的文字,就不断地选入我编的《散文选刊》。说是相识,其实这次才是第一次见面。一晃二十年过去，让人想要从他身上找到那种"登高壮观天地间"的浪漫特征，而其实，多年来一直都是想象，关于野鹰的想象。

古岳是下去走访，到治多来会合的，见面时他已跑了好多天了。他样子很温和，没有高原人经雪经霜的刻痕，但他戴的那顶像美国西部牛仔的藏帽，多少暴露出一点儿狂放不羁的性情。无论其名野鹰还是古岳，都显得苍然，前者具有力量与动感，后者沉郁而凝重。

说起来，青藏高原对我有如此大的引力，致使我一次次踏上这片雪域，冥冥之中，说不定是受了古岳那些作品的影响。

几天时间的接触，感觉这位西部代表作家是一位豪放与细腻并蓄的人，这表现在他对于大西北的情怀，对亲情、友情的在意，对文字的喜爱与用心。他话语不多，也不高声，但却能让人感到那种实在，高原人的实在。而且能够感到这是一个不以物喜、不以己悲的人。这样的人，也该当为高原人。

那次短短的会面后，几辆车子便在了长长的旅途上，到了地方又是紧张地参加活动，然后他就又踏上了另一个征程，而我要返回中原了。

2019年春节刚过，我因手头压了几个必须完成的任务，正紧张地伏案敲字，突然就接到了古岳的信息，说到他出书的事情，这当然是好事情，该当祝贺。而古岳还提出什么想法，我都是不应该拒绝的。古岳说，这是他三十余年散文的一个自选集，多半是他近年的满意之作，他要交给《散文》所在的百花社去出版，可见他的在意，因为他的大量的散文都是那里推出的。而百花社也有我的不少朋友。我只有放下手头的一切，先钻进他的书稿中。

二

古岳生活的青海，是有着屋脊之称的地方，还是三条大江的源头所在。对于一个写作者来说，该是上天的赐予。因而他一次次踏入那片区域，比之内地的我们要经常得多。当然，也是他的自觉。他是有着藏人血统的汉子,他的气质也显现出这一点。他像一位骑士,经常驾车在那片高原上穿梭,有时是一个人,有时是一群人,有时还会带上妻子女儿,把自己的放达与热爱传递于人。

　　环境与阅历为古岳打下了良好的基础,使他具有了独特的视野、独特的胸襟、独特的思维和想象。比如他对于高原雄鹰的观察,他是无数次"专注地凝望",自小就思索这些灵物的志向与行踪,他捡到过鹰的羽毛,探寻过鹰的死亡之所。还有,他对于野牦牛、藏羚羊以及其他生灵的关注,那种关注极其用心用意。当然,更多的是对雪山的仰望与亲近,对大河的探寻与感念。古岳说过:"作为一名记者,我的职业就是写作并为之不停地行走。"他将自己的这种人生状态定义为"生命的行走和灵魂的漫步"。在这片辽阔的区域内,别说是数十次到过三江源区的玉树,就是三江源头,他也不止一次地踏勘,他见识过各种雪山峡谷,而难以一见的黄河源区扎陵湖、鄂陵湖之外的卓陵湖,还有世上最美的冬格措纳,也都挡不住他的脚步。传说的唐代吐蕃古墓群，或是古白兰国遗址，他也要去闯一闯，看一看。按照古岳的说法，就是总是去那些"心早就去过，而脚步还不曾抵达的"远方。

广泛的亲历与长久的观察使古岳无时不有一种灵魂的悸动，因而也就将这种悸动一次次记录下来。那么，行走与写作，也就成为他一生为之追求、为之快乐的事情。

三

我们还是读读古岳的文字吧，这里独举他关于高原的作品，这些作品或更能代表他的个性，洞察的个性，创作的个性，文字的个性。

你看他较早写出的《源》，就像一幅油画，展示出背水藏女的自然神态：穿着拖地的袍子，披着长发，弓着身，背一桶源头之水，站在山冈上，和天地连为一体。阳光自她身上泻落，江河自她脚下流出，不远处，牛毛帐篷里飘着炊烟，天空中，一只雄鹰在盘旋，脚边，跟着一只牧犬。古岳把源流与藏女连在一起，或把自己的心绪也同藏女连在了一起，因而"留下了一片思念，走向高原时才知道带上的也是一片思念"。这是一种深切的情感，情感渗入文字，诗一般虔诚而干净。若果，《源》表现的是一种个体的细部特征，那么《大河之上的巴颜喀拉》，就是苍莽辽远、大气磅礴的粗犷展现，"巴颜喀拉就在它的身后高耸逶迤，注视它远去的背影，守望它奔腾呼啸的岁月。山顶上最初的朝阳与晚霞依然飘荡，山下最后的草原与畜群却已走远。曾经的牧歌已成往事，梦中的炊烟已经飘向天涯，落在苍茫大地上的影子就是袅袅河川与漫漫长路"。在这篇散文中，作家完整地讲述了黄河源头的险域，以及对源流的认识，让我这个到过那里的人有了再次的感历，其可以说是大河之源的解说，是巴颜喀拉的代言。

读古岳的作品，让人感到，在古岳的眼里，不唯有风光，还常常有泪光。《草与沙》或是作家喜欢的题目，因而拿来作了书名。草与沙本不是一个概念，但是却让作家将它们联系在了一起，这是一个自然与哲学的联系。作家以细腻的感情，感知着草与沙。如果只是单个地体味，沙子也不是那么惹人讨厌，但是当它与一片草叶相连，就不一样了。"草叶何其轻柔，沙子又何其坚硬？只要有尖利的风从旷野上吹过，只要有沙子从远方飘落，草叶就会枯萎飘零，草原就会离我们远去。"作者提到，现在世界上的大沙漠无一例外都是曾经的草原，那么，如何不让人担忧，有一天那些草原，也会无一例外地变成沙漠。因为所有的草原都在萎缩，而所有的沙漠都在扩张。因为他的生命联结着草原，所以他要提出一个触目惊心的事实：草原地带的土层很薄，那里不可能长出高大的木本植物，而只能生长青草。大凡草原之下，原本就有一片潜藏的沙漠，而每一簇青草下面都有沙子，是的，每一片草叶之下就有一粒。这才是作家长久的担忧，实际上也是对整个草原的担忧。还有种担忧在《草原在铁丝网一侧》，古岳文中的情景我有见识过，我还见到铁丝网上已经没有了形的风干的羊皮和牦牛皮，那是这些生灵冲撞在铁丝网上又无力挣脱的结果。心怀大慈爱才有大悲悯，在辽阔无垠的草原，对于人类自己设下的铁丝网，古岳显出了无比的忧虑，那是对于草原的忧虑，对于野驴、藏原羚，以及狼和狐狸的忧虑，也是对自然、自由的忧虑。他甚至感到了羞愧，而这种羞愧是无能为力的羞愧，只能以文字表现出来。再看《走向天堂牧场的野牦牛》，那是关于高原的生灵野牦牛的诉说，或者就是高原的生灵野牦牛的诉说，他从亘古荒原野牦牛海峰浪涌的壮观，到陷入人类四面楚歌后的鲜见，托出虔诚的伤悲与祭拜。还有《最后的藏羚羊》，简直是"放射着痛苦的光芒"，其让我们深切地知道，藏羚羊，这大自然在高寒极地亿万年锤炼而成的精灵，"有着比所有美术家和哲人加在一起还要多的痛苦，它们的苦难浸泡在它们自己的鲜血中，它们的鲜血染红了一座高原"。具体的数字，深切的感念，惊心的场景，良善的呼唤，成为一篇关于藏羚羊的警示录，文字中也会感受到那种诉说的心泪与无助。

四

说同古岳认识得早，实际上还不能算是真正的了解，他曾经说过，什么时候一起再到三江源区走走，保证你每一次走的感觉都不一样。他说这话的神情，像是在说一个喜爱的人，每每有一种意犹未尽之感。我走了三次三江源，已经走得有些力不从心，不知道这位久居高原的汉子，如何总是满怀期待与向往，好像一生都走不够。

在这部集子里，还有一些关于生活、关于亲情以及行走与阅读的文字，那些文字都好，都接着地气，显得随意，这种随意，也如他的性情，是他草原的生活使然，是他对文字的理解使然。灵感油然而动，文字油然而动，到了读者这里，就悠然而闪了。

对一个人熟识了，也就熟悉了他身边的人，如高原上的藏民，都朴实可爱，亲切如在眼前，也就常常引发我的回忆，引发我的感慨。还有古岳文字里那个天真无邪的小女孩，现在有十二岁了吧，女孩的身上，集成了父亲身上的诸多性情，我知道，那是他的另一件得意的作品，同他笔下的高原不一样的作品。

我们说，一个作家一旦形成了自己的风格，就是进入了经典，古岳的文字已经有了那种风吹草低的大气，那种大漠孤烟的雄浑，那种江入大荒的辽阔。

我们说，古岳有青海是幸事，而反过来，青海有古岳也是幸事。古岳因青海而彰显了自己的创作激情以及风格，青海因古岳而有了更多的立体表现。

希望古岳在那片大地上，"振衣千仞冈，濯足万里流"，继续呐喊、狂歌。

一 草与沙 一

凝望夜空

一 草与沙 一

凝望夜空

我在很小的时候就开始遥望浩瀚的夜空了,甚至可以说是在观测天象。那是因为我周围的大人们都是以观天象来预知未来的天气变化,来判断夜晚的时间的。他们能从猎户星座或别的什么耀眼的星座的位置变化,看出季节的变化和昼夜时间的长短。他们能从天上的云相看出次日是晴是阴,能从日晕和月晕上看出刮风或下雨。有民歌唱道:"月亮盘场是刮风哩,日头盘场是下雨哩。"说的就是日月晕和天气的关系。

在秋日的打麦场上静静地坐着或躺着遥望深邃的夜空是件极其惬意的事情。天是那么的蓝,星月是那么的璀璨。曾祖母说,天上的每一颗星星都和地上的某一个人有着内在的联系。就那么呆呆痴痴地望着夜空时,我其实一直在寻找属于我的那一颗星星,我愿意选择一颗不太明亮也不太暗淡的星星做我的星宿,但我没法确定,因为星星太多了,所以我注定无法找到。有时看到流星的陨落,只那么一闪,就消失在茫茫夜空中了。老人们说,那时地上有一个人死了。所以，山村里的人总是忌讳看到流星的陨落。我有时候想，我会不会在某一天夜里望见一颗流星陨落时，突然倒地身亡。因而，对那夜空总是有一种莫名的敬畏和崇拜感，甚至还伴随着一种恐惧。当我好奇地凝望时，总在心里祈祷不要有流星的陨落，可流星总是在你不经意间举首向天的瞬间里划过天空。

我想，这个世界上如我般凝望过夜空苍穹的孩子不止我一个，肯定有千千万万。但是，我坚信，夜空在心灵深处能留下如此多灿烂故事的孩子肯定为数不多——尤其在今天，尤其在城里，现在的城里长大的孩子们甚至永远也不可能望见我童年时凝望过的那种夜空了。否则，这世界上就会有数不清的天文学家了。而事实上，世界上的天文学家比什么都少，尤其是那种杰出的给人类以引领的天文学家就更少了。根据恩格斯在《自然辩证法》中的解释，游牧和农耕是天文学的摇篮。我想，那是游牧和农耕人能够望得见真正浩瀚的夜空的缘故。

我的童年是在介于游牧和农耕之间度过的。那青山、那蓝天白云、那羊群、那村落、那庄稼地……几乎是我童年的全部。每天，我都赶着一群羊儿，到那山冈上牧放。那时候，我的世界就是那一座座长满绿草和树木的青山。我从没走出过大山之外。我常常以为，我所能望见的最远的山冈就是世界的尽头了，那个小村庄就是世界的中心。那时候，我不知道山外的世界有多大。四周的群山和群山之间的村落以及蓝天白云之下便是我所能想见的最大空间。我看到过的飞得最高的鸟儿是云雀,跑得最快的动物是马儿,最圣洁湛蓝的是天空,最明亮的东西是山村夜空的星星。我吃过的最好吃的东西是雨后采来的山菇和暑天山沟里摘到的莓子——一种至今想来仍令我满口生津的野果子。那时候,我一天到晚最渴望的就是能有个小伙伴和我一同去放羊。记得最幸福的日子就是爷爷陪我去放羊,最难熬的就是独自一个人守着羊群和青山等着太阳落山。那时候,我觉得世界上最可怜无助、最寂寞孤苦的就是独自去山里放羊的孩子了。我一个人在山上百无聊赖时,就漫无边际地梦想天上掉下个人儿坐在我身边和我说上一两句话。但是,梦想总是没有实现的那一刻。我把满腔的话儿都说给那只嘴唇和眼圈黑黑的羊儿,和它相依为命。我把山上最鲜嫩的青草采集来,一把把喂给那可爱的羊儿。它几乎不用自己去啃食青草,我都能把它喂得很饱。我就是那样度过每一天的。那时候,我从未意识到和大自然融为一体的经历对我的生命以及人生意味着什么。

但我却意识到了我幼小的生命和那茫茫宇宙的某种联系。当我在那山坡上用手扒出一小块平地,再用一根不长但却挺直的小木棍儿在上面画出一个十字——那是本质意义上的一个坐标——而后把木棍插在那十字的中心上时,我就有过这种感觉。这是我每天都必须做的一件事,像一次功课,更像一个神秘的仪式。做完这一切之后,我就把我牧放的那些羊儿赶到山坡上,让它们径自在那里去悠然地啃食那鲜嫩的青草。而我却又回到那根插在十字上的木棍跟前,守望太阳。阳光下木棍投下的影子依照顺时针方向慢慢移动,我用它来测定,该什么时候用午餐,什么时候把散落在山坡上的羊儿赶下山,什么时候再把它们赶回家——回家的那一刻总是那么充满了诱惑。

那是我跟浩瀚宇宙发生的最早的联系了。后来,我从中学课本上学到,那是古代天文学家发明的测定时间的仪器,叫日晷。我一直以为,我们那个小村庄的人肯定不是从书本上学来的这个知识,他们甚至在日晷发明之前就早已懂得并掌握这一知识。那时候,我虽然对此没有做过更深入的思考,但是它在我幼小的心灵上投下的神奇的影子一直在随太阳的照耀而移动,直到现在,我还觉得那是个了不起的开始。

但我还是没能成为一个天文学家,我以为这不是我的错,而是我所受的那种糟糕透顶的教育之过。我的小学老师在一次上课时提问:"你知道天上有几颗星星吗?""不知道。""那你还学什么,连这么简单的问题都答不上来!"问者一脸的严肃,答者两眼茫然。这可能是世界上最后一位伟大的天文学家才能回答的问题。但是,这种教育却激发了我的想象力。我的这种急剧膨胀的想象力加上那种愚弄人的教育,一直影响着我的学业。直到现在,我的理工类的知识仍不及一个合格的中学生。就在此刻,我回想着我童年时曾经凝望过的夜空,试图用我的想象力去探索宇宙的奥秘时,我其实也只是在做一次想象中的漫游,是一种纯粹的人文漫步,文学和思想上的东西多于自然界本身所能揭示的东西。不知道,这是不是我的悲哀,但肯定应该是教育的悲哀了。记得一位贤哲说过,教育是什么? 教育就是当你把所有学到的东西都忘记了之后,还剩下的东西。

那么,我还剩下什么呢? 也许只有那曾经凝望不已的夜空了……

想念草原

相信这思念是与生俱来的。

无论何地,无论何时,只要我一想起草原,那种铭心刻骨的感觉,就好像是在思念母亲,思念故乡。

多少次我回到生养了我的那个小村庄,看着那一面面土墙围成的庄院和那一块块庄稼地时,心灵深处却总也忘不了我们已经远离的草原;多少次我梦回草原,那草地、那羊群、那帐房和那牧歌以及那牧人让我感到的温馨,是生命中最美好的记忆了。

小时候,我把几只羊赶到那光秃秃的山坡上牧放时,我就梦想过无垠的草地。我用红土捏成一群一群的牛羊放在那山坡上,牧放在我梦想中的草原上。长大之后,我有缘一次次走向真正的大草原时,我又想起我牧放在山坡上的那些可怜的羊儿,想起我用红土捏成的那些牛羊,经过多年的风吹雨打,它们还依旧在那山坡上站立吗? 还有,那些用黄纸印的龙马,从我的小手里放飞,顺着燃放的桑烟袅袅飘远之后,是否已飘进了天国,在冥冥之中也找到了一片金色的牧场,在纵横驰骋呢?

我第一次走进大草原是在十几年以前,伯父写信来让我暑假去草原看看,我就去了。我乘夜行的火车穿过湟水谷地走向草原,谷地里那忽近忽远的灯火把一个个村庄移到了身后——母亲肯定在一盏油灯下念及我。那时,我在想,穿过了这谷地就该到草原了吧。终于不见了灯火,终于只有月光照在车窗以外。终于隐隐约约地看见莽莽苍苍的大地在车窗外无边无际地延伸,天地相接处朦朦胧胧地已有细微的曙光了。凝神望着那一撇儿渐渐变长变宽的曙色时,你会想到母亲的分娩。终于,我在一个叫哈尔盖的车站下了车,站在了那无垠的草地上,感受着那辽远与空旷。心中那朝圣般的神往与期待,虔诚与思念,经过无数个白天黑夜的淤积,终于卸在这个早晨的车站上。

早起的牧人赶着他们的牛羊在那草地上行走。牧羊犬一边伸着懒腰,一边围着主人的脚步慢慢地跑。远处一些小土屋开始有炊烟升腾——想象中的草原上却没有房子,只有一顶一顶的牛毛帐篷,这多少令人有点惋惜和沮丧。从车站有一条小路通向那些小土屋——其实只是草地上踩踏出来的一条依稀可辨的痕迹。我想,我应该顺着这条路走去。伯父的信上提及过这条路的。伯父直到去世,总共给我写过两封信,确切地说,一封只是一张便条,全文只有几十个字;一封却写得较长,而且抒情味儿颇浓。这在伯父那样一个坚信沉默就是一切的人来说,是十分难得的。他不仅提及了这条路,还写了草原上的百灵鸟,"下了车,你就顺着草原上的那道印子一直往前走，到那些房子跟前一问就找到我了。这个季节的草原很美丽，百灵鸟整天在草原上唱歌……"

伯父在哈尔盖草原守护着一个工地，已经好几年了。他是一名水利工人，离开家快三十年了。几年前，他到这里后，我曾听他说起过这里的草原很美，也听别人说起过伯父在这片草原上的日子。他常常独自喝醉了酒，在那草原上漫无边际地走来走去。有时候竟然一整夜走在草原上，一边走，一边喝着烈酒，一边还沙哑着嗓子唱着草原上的酒歌。我相信这是真的。伯父一生喜欢的只有两样东西，一个是烈酒，一个是孤独。草原在包容他的同时，也使他的嗜好得以膨胀和挥洒。我总以为，来草原之前的许多年里，伯父也在痴痴地思念着草原，所以，醉酒后漫步草原之夜的伯父并不孤独。一种近乎亲情与生命的东西，弥漫在草原和他的心灵之间，给了他熨帖与关怀、温馨与庇护，也给了他淋漓尽致的洗礼。

这样想着，走在那草地上，一口凉气吸进肚里，顿觉沁人心脾。这时太阳已经出来，草原上那铺天盖地的碧草都挂着细碎晶莹的露珠，每一片草叶上的每一颗露珠都折射出太阳的光芒。一些小野花粲然绽放在草丛中，赏心悦目，和那含露的碧草浑然一体。夏日早晨的草原因之飘荡着一种若雾若烟、如丝如缕的青白色光焰，像是昨夜没有散尽的月光，又像是一层几近透明的青纱在缓缓撩起。天地之间百灵鸟和云雀们鸣叫着、飞翔着，像是草原和太阳一起摇响着一串清脆的风铃。哦，这就是草原，这就是我的祖先们生活过、迁徙过、漂泊过的大草原吗?

很容易就找到了伯父。我和他在那草原上一起待了七天。七天里我们谈及的全是有关草原与祖先的事。我始终不明白的是,我们何以要远离草原,而后又思念草原呢? 但是此次草原之行,却将我的心永远地留在了草原。

此后,我便经常有机会去草原了,每去一次,我心中对草原的那一份思念也便加深一次。每一次去草原,我都发现我的祖先们漂泊迁徙的足迹。他们从来没有停止过漂泊和迁徙。他们从久远的过去骑着马,驮着帐房,唱着牧歌,赶着牛羊,一直艰难地跋涉在大草原上,一直没有离开过大草原。直到一百五十年前的最后一次大迁徙, 使他们走出了大草原的边缘, 走进了另一种文明。从此,大草原离他们越来越远。原本也是草原的大片土地被开垦成农田,种上了青稞和麦子。村庄出现了。帐房开始慢慢地消失。而今,那片土地上那些曾经逐水草而居的牧人的子民都已变成了农民。在漂泊的路上,那久久抚慰过思念和心灵的无边碧草在慢慢枯萎,草原的底色已是一片荒凉。

在无数次的迁徙之后终于不再漂泊时, 他们一直不肯和不敢遗弃的只有那点亮了献给佛祖的青灯。他们没有了酥油,就用青油点亮着那些灯盏。那灯光摇曳着照耀着他们的生命。在那灯影里跪伏在地,用额头叩敲着大地时,透过那弥漫的油烟,他们才仿佛看到从遥远的过去里一路跪拜而来的漫漫长路,仿佛一直望到了岁月的尽头。那里,有一匹白马静静而立,静静地站成了一面旗帜,塔前正举行古老而悲怆的葬礼,法号已吹奏出召唤的声音。哦,那时,也只有在那时,他们才感觉到大草原依旧在心里一片葱茏,大草原从不曾遗弃过他们。

其实,我们这些远离了大草原的牧人的后裔就是一片片漂泊的草原,就是草原母亲不慎散失的一片片生命的碎片。也许千百年之后,我们还会开始新的迁徙,那么,我们是否又能回归那魂牵梦绕的大草原呢?抑或将更远地离开大草原吧?

亲近泥土的感觉

我离开乡里去上大学的时候,爷爷用一块布包了一把泥土放在我的行囊里,一再叮咛:那里离自己生长的土地太远,时间长了,会感觉不舒服,放点泥土在水里,喝了就会没事。记不清我在远离故土的地方身体不适时有没有喝过那泥土,但记得我一直珍藏着那一把黄土,直到我念完大学,重回故土。

那时候,我也并没觉着这件事有什么特别的意义,但在城里待得时间久了,我却越来越感到其中蕴含的玄机。那其实就是关于人与土地以及生命本质的终极关怀。这些年,我总有一种越来越远离泥土因而也越来越远离生命原点的感觉。混凝土正疯狂地吞噬着城市周围裸露的地表。走在大街上,看着路旁那些总也长不太大的树木被水泥预制块围得严严实实的样子,心里总不是滋味。尤其在夏日的骄阳下,城市就像一座火炉样灼烤着你,使你无处躲藏。这多半是远离泥土的缘故。冯久玲在为《高科技高思维》一书所著的导读中有句话:"我有一种坚持,总觉得孩子们必须要知道泥土的味道，要能感觉大自然，才能充实人生。"现在城里长大的孩子们，有谁知道泥土的味道呢？但是，人们似乎并不为此而感到忧虑，甚至在言传身教中让孩子们像躲避瘟疫一样地躲着泥土。我有一种担心，有一天，我们的孩子们会忘记泥土。虽然他们依然吃着泥土里长出的粮食和蔬菜以及水果，但他们可能会更愿意相信那都是网上超市的产物，而不愿意相信是泥土生产的。进而他们会对自己的生命意义产生怀疑，不知道自己究竟是什么。

"人缘于尘土，又归于尘土"。我在读到《圣经》之前乃至还没有识字之前就已熟知这句话了，生养了我的那个小山村的老农们有着和耶和华神一样的智慧，他们因世代躬身于泥土而深知泥土之味。当他们赤着脚、驾着牛、扶着犁杖，一道道翻开那大地的肌肤，把一粒粒粮食的种子埋进泥土，而后又一遍遍松土施肥、盼望丰收的时候，他们几乎就像是长在泥土上的庄稼。你曾光着脚踩踏过刚刚翻开的湿漉漉的泥土吗？你曾有过哪怕是一次在秋日的田野上闻到过郁郁土香的体验吗？你曾在夏日的山坡上嗅到过铺天盖地的花香吗？你曾有过捧起一把泥土仔细端详的记忆吗？你曾在优雅地咀嚼那些粮食时想起过泥土吗？你曾在想起泥土时想起过什么是生命吗？是的，只有在那时，你才会体味到亲近泥土的意义。

亲近泥土就是对生命的一种自觉。在亲近泥土时，你会全然地感知生命最不可或缺的东西是什么，它不是衣饰，也不是文化，更不是荣耀，而是与大自然最直接的联系，而在与大自然的联系中,最本质的东西就是与泥土的联系,那是一种血缘的联系。

走在春天雨后的田野上,凝神聆听时,你就会听到一种如泣如诉的声音,那是泥土与大地万物之间的倾心交谈。那声音会汇成美妙的天籁流进你的血管,渗透到你的每一根神经和每一个细胞里面,让你感受生命的美好与大自然的和谐。

我曾在秋日的打麦场上,度过许多个夜晚。每至午夜过后,守场的大人们都说笑累了,一个个酣然入睡。此时,正值月明星稀,躺在那麦草垛上,整个身子都埋进麦草里面,只露一个脑袋在外面,望着那苍茫夜空,倾听大地的呼吸时,随阵阵清风不断袭来,那泥土的芳香也便汹涌而至,和着那浓浓的麦香沁人心脾。那是何等的惬意安详啊!人生只要有过那么一个夜晚,所有的夜晚都会显得暗淡无光。

在自然界,人类是最早自觉到自己的生命与泥土之间血肉联系的生命物种,也是第一个开始远离泥土的自然之子。因为对于泥土关系的自觉,在过去的几万年尤其是近一万年间,人类文明的发展史一直在书写人类亲近泥土的历史。人类最早的居所是挖在大地上的一个个洞穴,人类最早的艺术想象力也缘于泥土。女娲用泥土捏了一个人。这是东方人类起源的美丽神话,但它诉说的却是人类与泥土的关系。

翻开大约四千五百年前的人类历史,出现在眼前的便是我们的祖先正用一堆堆泥土捏制一组组精美陶罐的壮阔画面。那陶罐们在天地之间放射出的耀眼光芒是人类文明的第一轮朝阳。不止这些陶罐，人类文明所能涵盖的一切的最初开始都离不开泥土，包括音乐、包括舞蹈、包括绘画，甚至也包括哲学和宗教，甚至直到今天我们还在继续沿用祖先们的手法从泥土中寻找着创造的灵感。如果你走近过敦煌莫高窟，你就会相信，我们的祖先曾经是何等地亲近过泥土，以致从那以后，我们再也不敢奢望能够更加亲近。如果你造访过秦兵马俑，你就会相信，我们的祖先是怎样从泥土中获得生命的力量的，以致从那以后，我们再也没能用泥土创造出更加伟大的作品。

　　我曾经用红土捏过很多个能吹出低沉但浑厚的声音的三孔埙。在童年的山坡上，我用那些埙吹出一声声没有旋律的声音时，我并不知道那竟是一种乐器。直到很多年以后，当我听到用埙吹出的一曲曲优美的旋律时，才想起那些我用红土捏成的埙。在低回舒缓的旋律中，我听到了大地的呼唤，听到了原野辽远空旷的诉说，那是泥土的声音，那是人类亲近泥土的一种情感演绎。那旋律令人落泪。我不知道那是因为感动，还是因为悲伤。日益远离泥土而又不断陷入喧嚣的人类，对声音已经全然地麻木了，他们已听不到鸟鸣蝉噪，听不到流泉欢唱，也听不到花谢叶落的声音了。远离泥土正使他们的灵魂变得疲惫不堪。甚至很多时候，他们已想不起自己回家的路，因为他们离家已经太远太远。

想起童年的森林

生养了我的那个小山村背靠连绵起伏的积石山支脉。正对着那小山村的一座高山顶上，有一块四亩左右的平地，四周人工开垦的痕迹依稀可辨，当地人称其为"尕荒地儿"。虽然谁也说不清那是什么时候开垦的荒地，但却坚信当初之所以把它开垦出来，就是试图在那里种上庄稼。这一带有人类居住的历史至少可以上溯到两千年以前，但关于这片荒地却没有一个令人信服的说法，只记得一句近乎宗教训诫的话："如果有一天，人们没地可耕，以至于跑到那高山顶上种庄稼，这世界也就要完了。"

不知道是谁留下了这句训语，也许他只是随便说说而已，只是世人没有勇气忘怀。也许正是那位开垦了这片荒地的古代先民留下了这句警世之言，那么，他肯定从自己的失败中意识到了什么。那么，它会是什么呢？是人与大自然的较量中领悟到的一个终极的前定吗？如果是，那么人类为什么至今还没有领悟到它的意义呢？如果不是，那么，人类今天所面临的许多困境又作何解释呢？

　　当我在二十世纪最后的日子里，回味着自打记事的时候就耳熟能详的这句沉重的训语时，仿佛听到了晚祷的钟声。我在想，那个跑到高山顶上开垦荒地的先民会是个什么样子的人呢？那一带山区百年以前仍只有很少的一些人家，山下大片的沃野尚未开垦耕种，他完全没有必要从山底下爬到那海拔三千五百多米的高山顶上去开垦那片荒地。而且在百年以前的漫长岁月里，茂密的林莽从那山下一直覆盖着方圆数百里的莽莽群山。高大的云杉、白桦以及野柳和黑刺、白刺、黄刺们纵横交错，林中鸟兽成群，仅仅穿过丛林都需要付出无比的艰辛。他又何以不辞千辛万苦做此冒险呢？难道他披荆斩棘、一路血汗爬到那山巅之上，就是为了留下那么一句训语吗？不会，绝对不会。但除此之外，我再也想不出其他理由。他的行为不仅在当时难以想象，就是现在想来，也无法理解。

　　生养了我的那个小村庄真正成为一个村庄也不过百余年的时间，直到五十年前，那个小村庄的规模依旧很小，三十年前也只有五六十户人家，而现在已有几百户人家了，以致它和附近其他所有的村庄都连成一片了；以致原来大片的耕地上，都盖满了房子，原来大片的山坡都开垦成了农田，最高处开垦耕种的庄稼地离那块训语中的荒地已只有几步之遥了。百年之前，那一带方圆几百里地的山野之间到处是郁郁葱葱的林莽，五十年前，那些森林也还基本完好。可是，而今，那些森林已经消失殆尽了。从村庄往深山里走十几公里才能看到一些残存的灌木林。

那高大的云杉林已荡然无存。那迷人的白桦林，那在秋日的阳光下闪耀着金色光芒的白桦林也已成回忆。每次想起那满山冈望不到尽头的白桦林时，我心里总有一支低低吹奏的萨克斯鸣响不已。我对音乐的感知程度远没有对一片森林的认识那么透彻。但我却那样喜欢萨克斯。在舒缓的萨克斯旋律中，我能望见记忆深处渐渐远去的白桦林，那金色的林莽飘落的每一片叶子以及摇曳不定的每一根枝丫都能令我感动万分。还有，那密密地连成一片铺满一面山坡的杜鹃，也已经不复存在了。躺在那杜鹃树下一层层叠加的叶片上，听阵阵清风的声音时，就会想起母亲的怀抱和轻轻哼唱的儿歌。噢，我亲爱的森林啊，你原来曾如此地熨帖过我的心灵，曾如此地抚爱过我的生命，你曾给过我一切。

而我们却是那样的忘恩负义。我们用斧子、锯子和镰刀把你们砍尽伐光了。那片美丽的天然林遭砍伐之害的时间最长也不超过百年，而大自然却可能用了亿万年的时间才孕育了那样的一片森林。我从祖辈们的口中听说那森林一片片被砍倒的时候，我都听见了它们一棵棵轰然倒地的声音，那是地球母亲的哀号吗？后来，我不仅目睹了那一棵棵参天大树倒地毙命的惨状，而且还用自己的手砍倒过无数棵大大小小的树木。而当时，我却并不知道，那是一种罪过，一种错误。在砍倒那些树木时，我甚至有一种收获的幸福感。

一开始,我和我的那些小伙伴们,只是跟大人们一起进山,看他们砍树,并学他们的样子砍树。把一片片的森林砍倒之后背回村庄,修盖房舍,充当燃料。那时,我顶多八九岁的光景。等再长大些了,就能和小伙伴们一起进山了。在没有大人的世界里,我们干起来甚至比大人们帮忙的时候更加疯狂。我们把一株株尚未成材的幼树苗砍倒,而后捆在一起,背回家。那样的幼树苗只能当燃料,每次背着一大捆幼树苗回家时,遇见老人,他们总是说:"这么嫩的树苗,烧掉太可惜了。"但我们从没当一回事,依旧成群结队地进山,照砍不误,而那些砍回去的树苗也无一例外地都在烧茶做饭时化作了灰烬。等再长大些,我就独自进山砍柴了,开始觉得那些嫩树苗砍了可惜。但这时,漫山遍野除了那些幼树苗之外,已别无他物了,就是那些幼树苗也正日少一日。

　　我没法算清楚,自己从那山上砍掉了多少棵大大小小的树木。但我相信,如果它们还在生长着的话,那至少也是一片壮观的林子。倒在我利斧之下的那些云杉和白桦树苗至少也有几千株吧,还有杜鹃、柏树、野柳等更是不计其数。而我只是那支砍伐大军中的一员,和我一起砍伐那森林的人还有很多很多,在我之前和在我之后也有很多。因为到外面求学继而又留在城里工作,在同村的同龄人中,我肯定还是砍伐量最有限的一个村民。

　　森林就是那样一天天减少的,最后竟全部消失了。十年以前,我作为一名记者,深入那一带山区去采访,我用了整整两天的时间,徒步横穿那一片群山,所到之处,目光所及处,已不见了森林的影子。在我曾经砍柴伐木的那些山坡上只剩下了一簇簇荒草，甚至很多地方连草也不见了。那片曾经长满了青草和灌木的荒地已沦为一片寸草不生的不毛之地。在整整两天的时间里，我只在一座寺院的周围望见了一小片不足百余棵次生的云杉，连一棵白桦树也没能看到。那一座座青山已完全裸露在视野中，上面仅存的植物孤零零地像是那无边林莽的孤魂。它们在凭吊还是在守望，我不知道。我只知道，我们曾经一片片、一株株砍伐殆尽的是它们的亲兄弟。我的手上沾满了森林的鲜血。在炎热的夏天，我曾在活生生的白桦树上狠狠砍下一斧子，而后把自己的嘴唇贴在那桦树的伤口上吮吸，一股甘美的琼浆便渗进生命深处，沿每一根神经和血管慢慢地浸润开去。那是一种什么样的享受啊！我亲爱的森林，我在吮吸完你的乳汁之后，就用斧子砍伐了你，而我却从未觉得这是一种罪过，以为是人就可以对整个大自然为所欲为，对森林也一样。

现在那一带的森林早已经消失了。村庄已经扩大了好几倍，还在继续扩大，村庄前后那几条小河里早已没有流水。干涸的河床里原来还是一层层的石头，现在连好看些的石头都不见了，都被人们抬到村里，砌了墙，铺了院。那清澈的流水已永远地留在我童年的记忆中了。我曾在夏天的河边用马莲叶子编水车放在那水边的青石头上让那流水冲着它不停地转悠。那时，我牧放的那些羊儿正在河水中啜饮夕阳。那时，我的曾祖母正蹲在那河边的石头上，用她满是老茧的大手漂洗一袋土麦子。那时，村后面的那条小河上还有好几盘水磨整日里轰隆隆地转悠，每一个日子都被它碾压成了沉重的磨扇……

那时，森林正在渐远。

想象黑马

我不知道是先有的那匹马,还是先有的那条河,只知道以那匹黑马命名的那条河早在很多年前就已经干涸了。倚着宽厚的高原躺着的河床里如凝固的浪花般一层层叠加的是大大小小的石头。那石头上如丝如缕的那些纹路是那河流曾经有过的记忆。也许在那些石头的记忆深处依旧有一条河在奔流不息。也许正是因为有了那满河的石头,那曾经有过的河流才能如骏马般奔腾驰骋,才能咆哮着发出震撼山岳莽原的声音。一条只能静静流淌而不能惊涛拍岸、巨浪滔天的河流不是一条真正的河流。同样,一匹只能悠然踱步而不能纵横驰骋、啸啸嘶鸣的马也不是一匹真正的马。

许多次了,我走在那黑马河边,望着那已没有了流水的河流,望着那河的两岸无边无际绵延不绝的莽原,想象那黑马,想象那黑色的精灵在天地之间悲鸣、飞奔、顿足甩尾的情景。想着想着,我仿佛真的看见一匹黑色的骏马,如黑色的火焰,风驰电掣般自天边一路奔腾而来。那一份骄纵风姿,那一份卓越豪迈,那一份如疯如癫、如痴如醉、如梦如幻的感觉,肯定会令你灵魂出窍、心荡神摇。

而其实,可能没有一个人真正见过那匹黑马,那些声称目睹过那匹黑马的人,无一例外,都是在生死之间的弥留之际说起它的。而且,他们都说每个人的死亡都与那匹黑马有关,好像只有受到神的最后启示的人,才能看到它的存在。谁也说不清,那梦中呓语般的叙说是不是真的, 但却因此给那匹传说中的黑马披上了一层神秘而不祥的面纱:即使有人出于好奇极想看到它,骨子里却是害怕看见的。

或许,真有那样一匹黑马存在,只是它不习惯于在白天的阳光下显现它的真身,或者它能隐于白昼,隐于阳光,只在漆黑的夜里才能借夜之灵气显露它的原形,如若萤虫鬼火。反正,人的眼睛是属于光明的,没有光明的世界里,人也就等于没有眼睛。想必,人在弥留之际就已失去了光明,而进入了一种黑暗的时空隧道。因而,他们才能看见那些在没有光明的世界里从不曾看见的东西。

但是,那黑马却能看见一切,无论是在黑夜,还是在白昼。那是个初夏的早晨,太阳还没有出来,山冈上的青草挂满了露珠,如透明的风铃,在山岚的摇曳下,响成一片细碎的天籁。一群牧人正在那山冈上举行古老的祭山仪式,每个人都手捧一大沓纸印的风马,一片片放在那桑烟上,随风飘远。顷刻间,那片片风马已落满了整个山冈。黑马凝神伫望那仪式。当人们一片片跪倒在地，用他们的额头叩敲着那山冈，用他们的胸怀熨帖着那山冈时，黑马被那一份莫名的虔敬而感动得热泪盈眶。人们开始缓缓离去，山冈又恢复了宁静，只有那无数的风马还留在那里。黑马昂首立于那一群风马中间，它昂首向天，发出一声长嘶，而后竖耳倾听时，有无数的嘶鸣声自四面八方铺天盖地而来。它听到了回应，它在回应里感受着自己的存在。

有时候，它真为马类们的灵性而感到骄傲。那天黄昏，当那个醉酒的牧人骑着那匹铁青色大马从它身边飞驰而过时，它甚至渴望自己能成为那个牧人的坐骑。那是个真正的骑手，他骑在那马背上，没有鞍鞯，没有笼辔，他用他的身心紧贴着马，依附着马，让马领会他的心意，让马由着自己的性子纵情狂奔。而他却乘着醉意，一路抛洒那支陈酿般的古歌，深沉悠扬。一字一句，从他心里流出，从马的心上滑落，滑落在莽原上，在无边碧草的叶片上跌落成缤纷的细雨，在蓝天白云间飘荡成金色的阳光。唱到忧伤处，他好像难以自持，整个身子歪歪得快要跌落马下了，而那马却换了个步伐，变了个姿势，应和着他，使他仍还能骑在马上。这时，随着那古歌高亢而悠长的旋律的出现，那骑手又端坐于马背上。一句句古歌就那么随意挥洒，连同那人与马的哀怨与悲愁、苦闷与烦恼、欢乐与畅想。而随着那一句句古歌的起承转合，那马也总能以不同的步伐与那骑手之间保持着一种绝对的默契。面对此情此景，你分不清是牧人在唱着那古歌，还是那马在唱;也分不清是那人和马的忘情飞奔踩响了那支古歌,还是那支古歌在吟唱着那人与马的忘情飞奔。其实,真正的骑手和骏马都爱这样孤独地飞奔,真正的骑手和骏马永远是孤独的行者,远离喧嚣,也远离喝彩。那是心灵的放纵与漫步,那是真正自由的生命之旅。

然而,更多的时候,它却为马类们日甚一日的奴性和异化而感到无比的悲哀。马已经不称其为马了,没有了野性,没有了刚烈,剩下的只是和人类一样的温文尔雅和彬彬有礼。

我从不曾拥有一匹真正的马,哪怕是一匹严重退化了的马。我所拥有的马都留给了梦中的大草原。但我却在想象中拥有一匹黑马,一匹传说中的黑马。有无数次,当我赶着我牧放的那些羊儿走向那片山野时,我梦中的黑骏马就在天边的大草原上纵情飞奔。

梦境动物园

是夜有梦,我在一个动物园里。

我正沿着一道铁丝网围成的高墙向前走去。那高墙其实就是一排排巨大无比的铁笼子的一侧。我在那铁笼子的一侧踽踽独行。除了我,那里似乎没有别的什么人。透过铁丝网,我看到了一座座供动物们攀爬游玩的假山,还有人工修筑的洞穴、池塘、沙滩、草地和一些只有树枝而没有树叶的树,当然,还有那些被关在这些铁笼子里的动物。

如果以一个人一生一定要去的那些固定的场合论,相对而言,动物园是我去得最少的一个地方了,所去的次数屈指可数。我只去过两个动物园,一个在北京,那里是我上学读书的地方;一个在西宁,这里是我生活栖居的地方。我怎么会做这样一个梦呢?

但细细一想,也不觉得奇怪了。我是一个多梦的人,几乎每天夜里都会做梦,各种各样稀奇古怪的事物都会反复出现在我的梦里。多年来,我还养成了一个习惯,每天早晨一睁开眼睛,先不急着起床,而是重新闭上已经睁开的眼睛,回想昨夜的梦。那是一种非常奇妙的感觉,出现在梦里的很多情景,在现实生活中我从未经历过,很多景象也是从未见识过的,可它们依然会不慌不乱地出现在我的梦里。

有一些早晨醒来时,我根本想不起所做过的梦,它们似乎没留下任何蛛丝马迹就从我的记忆中消失了。仿佛它们从我睡眠的那个世界里经过之后,有一只神奇的手又把它们轻轻地抹去了,没留下任何痕迹。我便觉得奇怪,心想整整一夜,怎么会没有梦呢?但是,当我心犹不甘地再次闭上眼睛,仔细搜寻时,好像有什么东西牵挂到了某一根神经。于是,更加仔细地搜索。一个影像出现了,不是全部,而只是它的一角,是一丝一缕。顺着那丝丝缕缕的线索往深处探寻而去时,我突然发现,我昨夜的梦依然还在某个地方,它几乎快要烟消云散了。可是,因为我的及时抵达和苦苦寻觅,它又回到了我的记忆里。因为有了这种经验,有很多次,我硬是在一片空白和虚无中找到了自己曾经做过的梦。在一个原以为一夜无梦的早晨,你居然找回了一个确曾属于自己的梦,是一件美好的事情。

每天早晨,当我把一个个梦境都找回来之后,都会做一个简单的分类。一般来说,我会把它们分成两类,一类为吉,一类为凶。分类时要用到一些解梦的知识和方法,我所用到的那些知识和方法均来自乡野老人们的传授——那是一代代乡野长者们口口相传下来的知识和方法,堪称老古董。我以为,梦和解梦的方法是人类真正独一无二的非物质文化遗产,当加以妥善保护和继承。对梦进行分类和解析时,你会遇到一个困难,有很多的梦,根本无法分类,遇到这一类的梦时,你也只能把它们原封不动地留在梦里。后来,我还发现自己的这一嗜好有一个好处,一个坏处。你所做的每一个梦都会影响到你一天的情绪。梦有吉兆,情绪自然好。这是好处。但是,如果梦有不祥之兆,就会情绪低落,甚至担惊受怕,不知道接下来的一天里你会遭遇什么样的不测。这便是坏处。

可能是生于乡野的缘故,还因为幼时曾牧放过牛羊,动物自然是我梦里的常客了。虽然不能确定,我梦到过的动物究竟比人多还是少,但是,可以肯定地说,它们出现在我梦里的次数和数量堪称洋洋大观,如果把我所梦见的所有动物都能集合起来,那么,它们足以覆盖一片大草原,覆盖我梦中的任何一片牧场。可是,此前,我从未梦到过动物园,无论是现实世界里真实存在过的,还是只存在于虚幻梦境中的,都没有梦到过。这是第一次梦见动物园。

我梦见了狮子、老虎、斑马、猎豹、大象和长颈鹿;梦见了一群猴子、一头棕熊、几头梅花鹿和几匹草原狼;梦见了一群野鸭子、几只火烈鸟、一群五彩的鸟儿……我梦见了一只雪豹和一头野牦牛……

与现实生活中的情景不一样,梦中的所有画面都可以随意切换,包括那些想象中的画面。在梦里,时空原有的秩序已经错乱,记忆中的世界、想象中的世界、现实生活中的世界相互交错。比如，我刚看到一头狮子，画面一下就切换到非洲大草原——我想，那应该是肯尼亚或者坦桑尼亚的什么地方，譬如马赛马拉或者塞伦盖蒂——一头真正的狮子出现在眼前。它正穿过一片稀疏的丛林，前方不远处，有一群角马正在悠闲地啃噬青草，一匹公角马正向一匹发情的母角马调情。就在这时，我听到那头狮子在自言自语：真他娘矫情……要爱就爱，想做就做呗，尽来虚的，真没劲。我也不清楚，我是怎么听懂狮子的话的，它说的是人话还是狮子的语言呢，梦里交代得并不是很明白。我只记得自己听到了这些话。听到它说出这样的话，我忽然想起纳塔莉·安吉尔写的一本书《野兽之美》，里面有一幅插图，是一个叫岩合光昭的日本摄影家的作品，画面上一头咆哮的雄狮骑压在一头同样在咆哮的母狮子身上，旁边的文字赫然写着：王者之爱。下面还有一段文字这样写道：狮子即使在交配的时候也伴随着咆哮。有时候，雄狮甚至会抓伤雌狮，完事后就跑得远远的，生怕会遭到报复。对这些摄影作品和它旁边的文字，我之所以记得如此真切是因为，我曾留意过他的很多野生动物摄影作品，我发现他尤其关注动物们繁殖和交配的画面，其中包括土狼、猎豹、狮子、斑马、角马们交配生育的场面。

在观赏岩合光昭的那些野生动物摄影作品时，我想，人一直在用人的眼光在观察动物——尽管从纯粹生物学的角度而言，他们也属动物界——而动物们也一直在用动物的眼光打量人，因为在它们眼里人一直就是动物。如若不是，我们就不会偷窥动物们交合欢愉的场面。试想，一对正在交合的男女突然发现有一双眼睛正紧紧盯着他们，继而还发现盯着他们的不是一双普通的眼睛，而是一头狮子的眼睛——不仅如此，那头狮子还拿着一架相机，镜头正对准了他们裸露的身体。你能想象，它会产生什么样的后果吗？日后，他们还能行男女之事吗？难。很难。没准儿从此就废了也说不定。

我清楚地意识到自己是在做梦，便轻轻地笑出声来。回头又想起动物园的那头狮子，心想，它被关在那个地方，看不到草原也看不到调情的角马，不知道它还能不能发出像那头非洲旷野上的野狮子那样的豪言壮语……可是，梦并没有停留在非洲的旷野上，也没有回到动物园里，而是一下又跳到了青藏高原。我看到了一只雪豹，不是刚在动物园看到的那一只，是另外的一只——说不定它们就是亲戚。它蹲在一座山顶陡峭的花白色岩石上，眺望天际里一只盘旋的鹰。紧接着，又看到两只或三只盘旋的鹰。我知道，对它而言，那不仅是一个暗示，也是一个可以确定的方向。一场凶残的杀戮正在继续，从头顶呼啸而过的风，它甚至已经嗅到了充满诱惑的血腥味儿。只是它还没有拿定主意，要不要去进行一次意外的奔袭。这时，我在这个梦里想到，我曾多次去寻访雪豹，连个雪豹拉的屎都没见到，没承想会在这里见到……

后来，画面再次切换，但中间出现了差不多一瞬间的空当，我抽空想起了一部叫《盗梦空间》的影片。心想，是不是也有人盗走过我的梦境呢？或者，我根本就没做过这样一个梦，而是由一个造梦师什么的偷偷把这样的梦放进了我睡梦中的呢？如果是这样，我能不能也把这样的梦境放进另一个人的睡梦中呢？可是，假如真能这样，那还是他的梦吗？这个世界上任何东西你可能会找到两个一模一样的，但绝对找不到两个不同的人曾做过一个一模一样的梦。除非，一个人真的可以在清醒的时候复制或者移植别人的梦境。那么，我是在一个别人事先设计好的梦境里游荡呢，还是在自己的梦里不小心走进了一个荒诞的世界？也许存在和意识的真相远比我们所想象的要复杂得多，也许还有另一个或多个不被我们所了解的世界与这个世界并存。这看上去有点虚幻，不真实，甚至荒诞，但是，很显然，它并非无关紧要，如果我们对它有所了解，说不定，它比我们原本以为真实的这个世界还要真实。我知道，这只是一瞬间的事。可在这一瞬间里，我的思绪依然可以飘得很远，似乎看到了远方。我听见，远方有风吹过的声音，雪飘落的声音，花盛开的声音，时间流逝的声音。

在那漫长的一瞬间里，我等待着梦境继续。画面终于切换完成，我回到梦里的动物园，刚好站在关着一头棕熊和猎豹的铁笼子之间，正要向前走去，就在这时，我清楚地听到那头棕熊隔着厚厚的钢筋混凝土墙壁对隔壁的那头猎豹说：老兄，今生今世如果有机会还能从这里走出去，我真想成为你的朋友啊！猎豹闭着眼睛头也没抬一下就回道：不会有如果，绝对不会。我们就在梦里分享曾经的自由和快乐吧。我只想睡觉。我不愿睁开眼睛看自己在这里的样子。说着，它轻轻地打起鼾来，好像真的进入了梦乡。

从那里往前,没走多远,我终于见到了两个人,一男一女,便感觉自己不是在动物园,而是在上帝的乐园里,那一男一女就像是亚当和夏娃。他们走到一个关着一只老虎的铁笼子前站定,男的说:你瞧,跟猫似的。女的补充道:我看还不如一只猫呢。这时,我听见老虎在里面说:让我出去! 你们进来试试,看谁不如一只猫! 他们说笑着离去,显然没有听到老虎的声音,或者说根本没有听懂老虎在说什么。走了几步,他们来到另一个铁笼子前,里面有一对绿毛的鹦鹉,正在用自己乖巧的尖嘴梳理着对方的羽毛。男的说:这鸟儿倒挺可爱。女的也附和道:还真是的,乖巧得很呐。这时,鹦鹉说话了,说的竟是人话:你进来,我出去……你进来,我出去……说着说着,越说越顺口,停不下来,吓得一对小男女落荒而逃。走出去老远了,还听见那鸟说的人话在身后一路追着喊:你进来我出去……你进来我出去……

　　之后。梦好像戛然而止。无边无际的空白变成了一派灰色的苍茫,像一个黑洞,一个深渊,一个旋涡。我没有掉下去。再次回到梦里之后,我走在一面高得可以摸到天空的崖壁上——我确实这样想过,但并没有真的伸手去摸头顶上的天空——我向下望了一眼,便有失重的感觉,身上和心里都麻飕飕的,像是我正从那崖壁上如一根羽毛般晃晃悠悠地往下飘落。但是,可以肯定,我没有坠落。我还站在那崖壁上,还在向下张望。那是一条深不可测的山谷,谷地里长满了高大的植物,因为梦里的光线太暗,看不清是什么植物,但能看出是绿色,发黑发暗的绿色——我梦里的植物都是这个色调,好像它们一直生活在暗无天日的岁月里,不曾见过阳光。我甚至看到了谷底高大的暗阔叶乔木之下的一些草本植物,看到了它们或肥厚或纤细的叶片和叶片上细如柔丝的纹路。于是,我在心里问自己,离得这么远,你是怎么看到那些叶子和上面的纹路的呢? 于是,我听到另一个自己在回答:这是在梦里,你以前又不是没梦到过。于是,恍然大悟。我站在梦里高耸入云的崖壁上回望曾经的梦乡, 好像那里就是我的另一个故乡——事实上,它可能真的是我的另一个故乡,一个只能在睡着的时候才能回去和抵达的地方——所有曾经做过的梦都像幻灯一样纷至沓来,一页一页没头没尾地翻开来……尽管是在梦里,但我还是没忘记提醒自己,你如果这样一页页翻看自己的梦,你是永远也翻不完的,难道你要永远留在梦里不回去了吗? 我说,当然要回去。另一个我告诉我,说梦里的时间和梦外的时间是不一样的,梦里感觉非常漫长的岁月,等你睁开眼睛时会发现,其实你只小睡了一会儿,梦而已,说不定还是个白日梦。我就对另一个我说,言之有理。那就回去吧,回到梦外面,去看看此时此刻正在发生的事情。

　　说是这样说,可人还在梦里。我并没从梦里出来。恍恍惚惚的,我好像又回到了那个动物园,或者说,我还在那个动物园里,继续向前走动——确切地说,我正四肢着地像一个爬行类,在一座假山上攀缘。眼前已经不见了望不到尽头的铁丝网高墙。那铁丝网的高墙呢? 正在纳闷儿,回头看时,却发现那铁丝网就在身后,只是不知道什么时候,我竟然被关在了那铁笼子里。虽然惊悚恐惧,但神志清醒,另一个我再次提醒,你要注意,这个铁笼子里是不是就你一个人(或动物),当心别把自己和一头狮子或老虎关在一起……便感觉自己好像真与一头狮子或老虎同处一室,吓出一身冷汗,惊叫起来。不承想,却真的喊出了声音。凄厉的惨叫声划过夜空,把自己给惊醒了。惊醒之后的我,毛骨悚然地愣在那里,直挺挺的,半晌不敢出气。冷不防从身边传出一个人的声音:吓死我了……紧接着,轻轻的鼾声在耳畔继续。也许梦也在继续,在另一个地方。

麦子金黄

　　登上山顶，看到山下一片金黄时，我知道，麦子熟了。它意味着丰收的季节已来临。我不是因为特意要看麦子才登上那座山顶的，而是因为登上了那座山顶，才看到了那一片金黄的麦子。

　　其实，在还没有登上山顶之前，我就已经知道麦子熟了，只是，还没看到那么一大片金黄。在山下，我所看到的麦子和麦田都离得很近，近到一伸手，我就能摸到麦穗儿，一低头就能闻到麦香。而且，因为山下地势平缓，无论怎么抬眼望去，我也只能看到一小片土地，而不能将山下所有的麦田都尽收眼底。只有上到山顶，才能将山下所有的土地都装进眼眶。

　　其实，这样说也不太恰当，因为并不是山下所有的田地都种着麦子，还有别的庄稼，比如油菜、青稞、蚕豆、土豆和胡麻等。只不过，在麦子熟了的季节，油菜、青稞已经收割完了，胡麻也快熟了，只是并不金黄，而蚕豆和土豆的叶子却还绿着。但麦子一直是那片田野上最主要的种植品种，占据着绝大部分土地，是我老家那一带所种庄稼的主角。麦子,不仅种植面积广,而且相对于别的农作物,其品种也要丰富得多。与之相比,其他各类作物就成了陪衬和装点,它们一般都会零星地分布在麦田之间,充当绿叶,臣服于麦子的统治地位。

所以,这样的景致也只有在麦子熟了的季节才能看到,要是在拔节抽穗的季节,麦子还绿着,是深绿,除非走近了看,从远处的山顶,它与青稞、蚕豆和土豆们混在一起,都是透着蓝的深绿色,很难分辨。如果再早些时候,油菜花一片灿烂,青稞苗泛着翠翠的黄,蚕豆和土豆的间距又很大,麦苗虽然稀稀拉拉地盖不住地面,但其色调却还是深绿色,即使从很远的地方,种过庄稼的人都能一眼看出地里种着的是麦子还是别的庄稼。如果再晚些时候,麦子也收割了,或撂着麦垛,或留着麦茬,或已经翻耕,与依然绿着,或植株日渐干枯发黑的蚕豆、胡麻和土豆的地块也是一眼就能分明的。

因为生在农村也种过庄稼,对于麦子,我有很多非常具体的记忆,有形象,也有故事。好像它不是一种植物,一种庄稼,而是我生命中真实存在过的一个人或一个族群。又因为长期做过记者,采访过育种专家,对于麦子,我又有很多算得上理性的认识。我知道一粒麦种的培育过程远比养育一个孩子要艰辛得多,一个人往往毕其一生的心血,才有可能育成一个品种,说白了就是一粒麦子。这还是幸运的,很多人,一辈子都没有培育出一个成熟的品种。尽管他们可能也培育出了一粒粒麦子,但因为不成熟,只能在试验田里完成一次次播种发芽、展叶拔节、抽穗成熟的生长过程，无法大面积推广种植。严格地讲，它们从没真正成为一粒麦子，因为麦子是用来吃的，是要养活生命的，而它没能成为粮食。

我曾写过一篇长篇人物通讯，主人公是一位叫孔爱群的育种专家，标题就是《一个人的一生和一粒麦子的故事》。文中所讲述的，是一个学农学的河南籍大学生，大学一毕业就来青海，用一辈子的心血最终培育成功一粒麦子的故事。那是二十年前的事，但孔爱群那张像麦子一样的面庞一直在我的眼前浮现，从未消失过。不知孔爱群是否健在，但我肯定，只要天底下还有人在种他培育的那粒麦子，他就会一直活着，与麦子一起，活在麦田里。

在我老家，因为所有农作物中麦子一直居于主体地位，一般来说，看某一年是不是一个丰收的年景，主要也看麦子的收成。只要麦子丰收了，就可看作是丰年。这样说，并不是不看重其他作物的收成——粒粒皆辛苦，所有的收成都很珍贵。但是，只要麦子丰收了，心里就不慌。而且，麦子收成特别好的年景，一般来说，也肯定是个风调雨顺的年景，其他收成也差不到哪儿去。

所以，在我老家所有与丰收有关的习俗都与麦子有关。以前曾有很长一段时间，中国农村的日子过得很苦，几乎所有的人都为吃饭问题发愁，其实，愁的就是粮食——在北方就是麦子。每年到了收获的季节，人们都非常看重打麦场上第一场打麦子的场景。天不亮，一群人就到打麦场摊场，而后就架上牛马驴骡，用石碌子一圈圈碾压,一群男女面对面排成两排跟在拉石碌的牲畜后面,用连枷一遍遍密实地敲打。每隔一小会儿,还有三两个人手握木叉将场上的麦子透透地翻一遍……

这是人类丰收的进行曲,节奏欢快喜悦,和着心跳,铿锵有力,豪迈悲壮。

这时,从翻开的秸秆底下就会露出一粒粒麦粒儿,金灿灿的,瞅一眼都能在心里掀起一层波澜。先是由饥饿引起的丝丝抽搐向全身蔓延,而后,记忆中的麦香击中味觉神经,发出一连串轻微的脆响,再往后,是咀嚼的欲望和吞咽的快感幻觉……日头西斜时,丰收进行曲接近尾声。麦草已经堆在一旁,一群孩子在麦草堆里打滚儿。整个打麦场即将上演最迷人的一幕:麦子已经堆在场中央,正等待风起。终于起风了,几个壮汉手握木锨开始扬场。扬场时嘴里还唱着礼赞丰收的歌谣。一粒粒麦子迎风撒向天空,而后画出一道优美的弧线,穿过阳光落下时,在麦堆上也溅起一层阳光。一群村妇则端着簸箕和筛子,在收拾麦子中残留的杂质,使每一粒麦子都发出让人沉醉的光泽,让其呈现最完美的形态。她们也在哼唱一支歌谣,与那几位壮汉悲壮的咏叹和礼赞相比,她们的吟唱就成了一种倾诉,哀婉凄美,像是无尽的思念。

第一场麦子的收获是神圣的,因而庄重。于是,丰收的劳动场景就变成了一个仪式。但它远没有结束,它还在继续。村庄里的人会用最快的速度,将第一场麦子磨成新面,而后,定会蒸几笼新面馒头—— 一般都舍不得先做成面条, 先要用一张桌子恭敬地摆到一个高台上,献给天地神灵,再到祖坟上献上一点儿,以示感恩。然后,把第二笼馒头小心地装到一个提笼里分送给祖上和亲友中的各位老人尝鲜,之后再送一点儿给所有的族人和村庄里敬重的长者,共同分享丰收的喜悦。俗曰:送新面。送新面的人出门时,馒头还冒着热气,于是留下一路麦香。所有在村庄里住过的人,每年都不是因为自己吃到了新粮食才知道麦香的,而是送新面的人从巷道里走过时飘出的麦香闻到的。最后,一家人才会安心地围坐在一起,慢慢品味劳动的果实,其时,很多老人都会喜极而泣,泪流满面。记得,每年咀嚼第一口新面时,我爷爷都会流泪。

但是,丰收的季节才刚刚开始,它会持续很久,不仅贯穿整个秋天,甚至会一直延续到过年的时候。过了年,又得为下一个丰收的季节而忙碌了。应该说,以前的农事,每个季节都有它特有的节日和仪式。我们村庄里,播种的季节、出苗的季节、锄草的季节、天旱和下雨的季节、收获的季节,都要举行专门的仪式,以感恩天地万物,以求风调雨顺、天下太平。比如开犁播种的仪式,其实就是一场实景演出的播种情景剧。其中最隆重的就是庆祝丰收的这一部分,它在中秋节那天晚上会达到一个高潮。圆月初上时,每家每户的屋檐下都会摆上一张供桌,各种瓜果和五谷宝物都将摆满桌子,新麦面的大馒头自然也是必不可少的,还会点上几盏明灯,说是在拜月亮,其实在庆祝丰收。

我老家的中秋之夜,还有一个偷食献果的习俗。村庄的孩子乘着月色可去偷别人家献的丰收果实。不被发现当然没事,如果被人家发现了也不要紧,因为是习俗,都视之为吉祥,一切皆为欢喜。发现自家的果实被偷,不能视而不见,也不能真的上前阻止,更不能生气动粗,一般只会虚张声势地喊上一嗓子,而后乐观其变。我后来觉得,那就是一种民间分享丰收喜悦的独特方式。那个时候,物质条件差,各家的供桌上也就几样供品,有人还真会去偷,能否偷到东西不重要,重要的是那个过程和房前屋后留下的笑声。后来条件好了,物质丰富了,各家的供桌上都摆满了各类鲜果和精致面点,却很少有人去偷了。于是,中秋之夜的笑声也没以前多了。

就这样,一群农夫庸常的日子过得有滋有味了。就这样,麦子在我记忆里留下了难以磨灭的印记,一片金黄。如果人的记忆也是一片土地,那么,我这片土地上也长着一片麦子。也许人的味觉与生长庄稼的土地有着密切的联系,回想起来,自从住到城里以后,我再也没有吃到过能散发着浓郁麦香的馒头了。而正是因为有那些记忆,我还能时时地想到麦子,想到一片金黄,也能闻到一股麦香。

不知道为什么,想起麦子、闻到麦香时,我都会怀念从前的日子。我想,这肯定不是因为从前的日子比今天更美好,也不是因为以前的麦子比今天更金黄。

麦子,一直一片金黄。

地球日的蛙鸣

4月22日夜里,我听到了今年的第一声蛙鸣。

其实,我所栖居的这座城市并没有很多青蛙。我在这里生活了整整二十六年时间,以前的多少个夜晚,从未听到过蛙鸣。我在这座高原城市听到蛙鸣是近两三年才有的事情,这与我所居住的那个小区的环境有关,小区所有的楼间空地上,除了绿树花草,还有很多水景,有喷泉,有水池,有小瀑布,也有亭台水榭、小桥流水。如果整个小区是一个大世界,那么,那些小巧精致的水域就是一个水的小世界了。有了水,就有了水生物,当然也包括青蛙。

虽然,我知道,如果没有水的世界,青蛙们就不可能繁衍生息,但是,我还是不太清楚,那些青蛙是怎么来到那个小区的?它们肯定是自己生长出来的,而不是人工繁殖的,那么,它们又是怎样生长出来的呢?从搬到那个小区,听到蛙鸣的那一天起,我一直都在想这个问题,却百思不得其解。一个原本没有水的地方,人为地引来一点儿水流,造出一点儿水景,这是很容易做到的。别说是当下的时代,这样的事情在古代也能做到。古罗马时代就已经出现了城市供水系统、城市喷泉和水景,京杭大运河在隋代就已经贯通南北……但是,在一个原本没有青蛙的地方,怎样才能引来一群青蛙呢? 这些事情在大自然面前,也许并没有我所想象的这样复杂,而是非常简单,你只需造就一片水域,青蛙自然会悄然出现。我或者人类的疑问恰好在这个"悄然"上,如果它不是悄然发生的,而是大张旗鼓地粉墨登场,我们自然也会看个真切明白。可如果真是那样,又岂不是毫无悬念、索然无味了? 而假如大自然中的一切现象,真像人造的世界一样,都能看得一清二楚,没有丝毫奥妙和神秘可言,那整个世界不就太过肤浅和苍白了? 那样我们还会有一个又一个的疑问吗? 那样我们还会为一个又一个疑问而苦苦地上下求索吗? 而如果整个世界没有任何疑问,那么,它一定会像一潭死水,陷入无法继续演进的状态。它停在那里,步入寂静,而后凝固。

突然,我想到这一天正好是个纪念日,第四十三个地球日。四十三年前的这一天,在地球那边的美国爆发了有两千万人参加的环保运动,它被视为人类现代环保运动的开端,直接促成了1972年联合国第一次人类环境大会的召开。至1990年的地球日,全世界已经有一百四十多个国家的两亿多人参与了此项纪念活动。我想,在这一个地球日参与纪念活动的国家至少已经超过了一百五十个,甚至更多,而参与活动的人数说不定早已超过了三亿或者四亿。这无疑是个庞大的人群,单从数量上看,这个群体足以影响整个世界。他们有着不同的国籍、不同的肤色、不同的语言、不同的文明和信仰,不同的价值取向、是非判断和利益纠葛,但在这个特殊的日子里,他们却能摒弃所有的成见和隔膜,从地球的每一个角落走到一起,共同为地球祝福和祈祷。

可是,事情远没有我们所想象的那样简单。一般而言,自古以来,人群的多寡并不一定会影响到这个世界的基本走向。恰恰相反,有很多时候,世界整体演进的方向正好与绝大多数人朴素的理想背道而驰。这也就是为什么,世界日趋一体化的发展进程所呈现的不仅是越来越多元的冲突格局,而且还有日益加剧的城乡和贫富差距。表面上繁杂多元的世界形态骨子里却还是一高一低、一南一北、一东一西、一荣一衰的单向性二元结构。就拿蛙鸣来说,很多人记忆中的蛙鼓声已经变成了遥远的回忆,以前蛙声一片的地方,现在的蛙鸣已经日渐稀疏。和蛙鸣一起销声匿迹的还有许多大自然的欢歌笑语,譬如鸟鸣蝉噪,譬如蝶影花香……大自然中许多美妙的声音,我们再也无从寻觅。世界的很多地方一片寂静,所有的喧嚣都在大自然之外径自弥漫,心灵在一派烦躁与不安中无处藏身。这是这个世界的一个病。

我所居住的这个小区有一个好听的名字,叫香格里拉。搬入这个小区之后,每年春末初夏的晚上,我都会听到阵阵蛙鸣。一开始并没有格外留意,但是,住的时间久了,那只在特定的时间出现的声音就成了一种记忆,一种印象。在每个春夏交替的季节,心里好像总是期待着点什么, 那感觉像是一棵树上新近才长出的嫩芽,先是点点绿意,而后是片片绿叶,而后是婆娑妖娆,浓荫欲滴。至于所期待的到底是什么,似乎也不甚明了,及至一声声蛙鸣开始此起彼伏时,才恍然大悟。是了,我所期待的正是蛙鸣。

以前的好几个春末和初夏,我并没在意,蛙鸣声响起的确切时间,仿佛就在期待日渐浓厚的某一天夜里,它便如期而至了。之后的每一天夜里,它都会准时响起,就像是潮起潮落。如果恰逢夜雨,那一晚青蛙的叫声尤其欢畅。我所栖居的这座城市原本少雨,春夏交替时节的雨水更是金贵得很,正所谓春雨贵如油。然而,今年的这个季节却有很多的雨,而且还不是细雨,并且多半都下在夜里,于是,这个季节青蛙的鸣叫声便分外稠密。差不多有一个多月的时间里,它们几乎都在彻夜鸣唱,那是真正的生命礼赞。而我之所以记住今年蛙鸣响起的确切日子,不仅因为那些夜雨,也不仅那一天是第四十三个地球日,而是因为小女在次日早晨的一句话。一大早醒来,她就叫喊:"爸爸,昨天晚上,我听到青蛙叫啦!"这是一个提醒,我再次重温一段记忆、一种声音、一个季节,一个日子就这样被铭记。

而一两天之后发生的一件小事,又加深了我的这段记忆。那天,小女从幼儿园回来,进家门时,哭哭啼啼的,小脸蛋上还有泪痕。我问她怎么啦,她说,她回来时在小区水池边看青蛙,她看到有两个小朋友逮住了一只青蛙,正用一根木棍刺戳它的肚子。她过去劝阻,说那样青蛙会疼,求他们放过那只青蛙。不料,两个小朋友非但不听她的劝阻,还对她动粗……听着小女的哭诉,安慰她不要轻易掉眼泪时，自己心里却也落下一颗泪来。在平日里教孩子什么可以做、什么不能做、什么绝对不可以做时，我是否犯了一个很大的错误，把自己的是非标准过早地强加给了自己的孩子呢？

有一天，她从外面回来时，手里攥着一把绿草，一看就知道那是从草坪上拔的。我什么也没说，领着她下楼，走到院子里才问："你那些草是从哪里拿的？"她领着我走向一片草坪，在草坪前的路边上，有人已经拔了不少的绿草。我和她蹲在那里时，她好像已经意识到我要对她说什么了。还没等我开口，她就抢着说："这些草不是我拔的。"我说，我相信，但我要告诉你的是一些别的事情。我拿起几株青草，让她看青草被掐断的地方，问她，你看这个地方是不是有点不太一样，像是有什么东西流了出来，你看见了吗？她说，看见了。我说，这就是青草流的血。流血会怎么样呢？她回答："会疼。""爸爸就想让你记住这个。你能记住，是吗？"她回答："是的，我能。"

还有一次，我领她到小区后面的山坡上看蚂蚁。沿着一条小山沟一路走去时，山路两旁有很多的蚂蚁，大大小小的蚂蚁窝一个挨着一个，几乎布满了整条山沟。虽然，平日里很少有人会注意那些幼小生命的存在，但那却是一个非常繁荣的世界，目前地球上已经发现的蚂蚁种类多达七千六百余种。我对小女说，那每一个蚂蚁窝就是一个蚂蚁的家族，就是一个大大小小的蚂蚁部落。蹲在蚂蚁窝边上，观察那些蚂蚁时，我给她指认，什么样的蚂蚁是雄蚁,什么样的蚂蚁是蚁后,哪些是干苦力活的工蚁,哪些是专门用来打仗的兵蚁,还有工雄蚁、工雌蚁或无翅雌蚁、大腹工雌蚁等等,并让她仔细观察蚂蚁窝边上那些圆圆的小土粒儿——那都是工蚁们从蚁穴中清理出来的建筑垃圾。我还让她记住一个叫刘易斯·托马斯的人的名字,因为,这个人对蚂蚁世界有过精彩的描述,他写道:"蚂蚁的确太像人了,这真够让人为难。它们培养真菌,喂养蚜虫做家畜,把军队投入战争,用化学喷剂来惊扰和迷惑敌人并捕捉奴隶……它们什么都干,就差看电视了。"有时候,走着走着,她会不小心踩到蚂蚁窝,就提醒她,那样可能会踩伤蚂蚁或者踩坏蚂蚁窝。她走路时便非常地小心了……

在看到她因为一只青蛙、一只蚂蚁而流眼泪时,我突然生出许多的担心来。她要面对的是周围所有的人,如果她的是非标准与整个人群有出入甚至对立,那么后果不堪设想。可是,我们就该让自己的孩子从小就学会残暴的本领吗? 就不该让他们懂得尊重别的生命吗?

多年前,我曾在一篇文字中读到过这样一则小故事,不记得作者是谁了,但这则小故事却依然鲜亮如初。故事发生在北欧某个家庭的花园里,一个来自中国的父亲正站在一旁,看两个孩子在花园里玩耍,一个是中国孩子,另一个就是那个家庭的小主人。那个中国孩子正在满园子追着那些小虫子什么的,逮着什么就弄死什么,而另一个孩子却追着这个中国孩子,不停地阻止他的行为。那位中国父亲直看得目瞪口呆,问另一位父亲,你们是怎么教育孩子的? 另一位父亲也感到很惊讶,说这个不需要特别的教育,他一生下来,应该自然懂得这些道理。虽然,这只是一则两个孩子玩耍之间的小故事,但我却看得惊心动魄,灵魂出窍。它使我想起法兰西伟大的思想家琼·德·拉·布吕耶尔的一句话:如果人们不关心这些品格,我感到惊讶;如果他们关心,我也会感到惊讶。

进入 6 月上旬的某一天,随着阴雨天气的结束,香格里拉的蛙鸣声也突然消失了。小区一下子就安静了下来,除了喷泉流水和几声鸟鸣之外,再无别的声音。我想,那些曾经彻夜欢唱的青蛙们一定还在那里,躲在阴凉潮湿的地方,等待着下一个雨夜的来临。在这样等待时,它们可能正在孕育更多的生命,说不定,就在我写下这些文字的当儿,它们已经产下了无数颗蛙卵。那每一个如珍珠般串缀膨胀的小气泡里就是一个个青蛙的幼体,在下一个雨夜来临之前,它们很可能就已经长成了一只青蛙。如果是那样,那么,当天空风起云涌,雨滴将要飘落而还没有落下来的时候,青蛙们肯定早已感觉到了,它们昂首向天,未雨绸缪,等待雨滴飘落。终于,淅淅沥沥或纷纷扬扬的雨如期而至。第一颗雨滴落到一只青蛙的背上,它一激灵,就"呱"的一声,喊出了满心的喜悦。蛙鸣再次响起,先是一两声蛙鸣从某一个角落里传来,而后又一两声蛙鸣从另一个方向唱和,之后,随着雨丝像一根根琴弦在天地之间弹奏出越来越细密的和声,一场气势磅礴的多声部蛙鸣交响大合唱开始了。而且,因为有很多新生力量的加入,为这台自然大合唱引入了一段天籁般的童声小合唱,使那个夜晚的蛙鸣更加精彩纷呈,高潮迭起。那是蛙类们的受洗之夜,也是它们的狂欢之夜,当然更是众多生命愉悦酩酊、激扬亢奋的不眠之夜。

我不知道,有过这样一段思虑之后,在下一个雨夜来临时,我会不会也和青蛙们一样彻夜难眠。我从不曾彻夜倾听蛙鸣或者大自然发出的其他声音,要是真有那样的一个夜晚,那一定是一种十分美妙的生命体验了。也许第二天的早上,小女一睁开眼睛又会叫喊:“爸爸,昨天晚上,我又听到青蛙叫啦!”也许不会,她总是出其不意,你即使想象出一万种结果,她最终给出的答案也会超出你的想象。但是,假如我真的曾彻夜沉浸在青蛙的鸣唱中,并为之陶醉过,我一定会将自己的体验尽可能生动细致地讲给孩子们听。

我想,他们肯定喜欢听到那样的声音。

一 草与沙 一

走向天堂牧场的野牦牛

一 草与沙 一

走向天堂牧场的野牦牛

那天傍晚,我过昆仑山口,正要一路向下,这时,我却忍不住往车窗外张望,我感觉冥冥之中有一双眼睛正盯着我。我就望向南面的山梁,于是我就看见一头无比雄壮的野牦牛正在那山梁上望着苍茫的天空,我感觉它要从那里一步踏入天界,去找寻它梦中的大草原。那一刻里我想到了孤独,是的,孤独,孤独正从四荒八野向它汹涌而来。

昔日青藏高原上的野牦牛群可与北美大草原上曾经有过的野牛群相媲美,当上千头乃至几千头一群的野牦牛从那亘古莽原上走过时,天地都会为之动容。北美大草原上的野牛群随着欧洲殖民统治者的侵入渐渐退出了人类的视野,尤其是西部大淘金的狂潮使野牛群遭到了灭绝性的杀戮。德国著名记者洛尔夫·温特尔在他《上帝的乐土?》一书中对北美大草原上的那一段历史做过这样的描述:"在印第安人世世代代精心保护的地区曾有六千万头野牛,白人出现在那里仅仅三十年,这巨大的野牛群消失了。驻

053

扎在阿肯色河畔的陆军上校理查德·L.道奇证明说:'1872年还有数百万头野牛吃草的地方,到了1873年到处都是野牛的尸体,空气中散发着恶臭,大草原东部成了一片死寂的荒漠。'"

青藏高原野牦牛群的消失也与大淘金有关,但是关系不大,而且,时间要晚得多。在北美大草原上已难以觅见野牛踪影的时候,青藏高原上的野牦牛们还在灿烂的阳光下有节制地繁衍着它们的子孙。直到二十世纪中叶,它们才开始遭遇大规模的杀戮。饥饿是它们惨遭杀戮的罪魁祸首,先是三年困难时期,人们为了社员的活命进行大规模猎剿,这是它们和人类的首次交锋。之前的亿万年里,人类从没有真正靠近它们,或者说,人类从没有以试图伤害的方式接近它们,虽然高原土著一直与它们相邻而居,但却视它们为友,相敬如宾。它们对人类的感觉就如同自己的同类,在它们的眼里,人类无疑是弱者,他们渺小,他们不堪一击。所以,它们从不设防。

所以,一百年前,在昆仑山麓,当瑞典探险家斯文·赫定和他的随从第一次用火药枪对准它们,并向它们射击时,它们还以为那是在和它们开玩笑。但是,那粒小小的弹丸却差点射穿它们身上厚厚的铠甲。于是,它们第一次抬眼望了望对面的那些异类,那些异类头上的目光第一次让它们感觉到了恐惧。于是,那个受伤的同伴就向那些不远万里跋涉而来的异类冲杀而去。但是,又一粒弹丸向它飞来,接着,又是一粒,这一次差点命中要害,它被彻底激怒了,用尽全身的力气,冲向那些可恨的家伙。我后来猜想,当那头野牦牛快要冲到跟前时,斯文那小子所表现出来的样子肯定不是他在著名的《亚洲腹地旅行记》中所描述的那样镇定自若,而是惊恐万状,脑子里甚至是一片空白,他唯一所能想到的是他的瑞典老家和他年迈的白发老母。我想正是这一闪而过的念头救了他的老命,昆仑山神为这个念头而心生悲悯,让他们从一片惊慌之中回过神来,向那头野牦牛射出最后的那颗子弹,野牦牛就倒在了他的脚前,而他却可以把这作为炫耀后世的资本。后来,他们甚至把家养的牦牛当成野牦牛胡乱射杀,为他的这次经历增添传奇色彩。

他无疑是一位思想者,他有一间令人艳羡的书房,那书房里充满了森林的芳香,他坐在那宽敞的书房里回想他在亚洲腹地的经历时,那些野牦牛早已被他忘在脑后了。就在那间书房里他成就了《亚洲腹地旅行记》,在这本书中,他除了详尽地罗列在他看来离奇和有意思的见闻之外,他也颇有文采地描述了很多野生动物的生活场景。

据说,野牦牛可以循着子弹散发的火药味向猎人一路追杀而来。如果是顺风,它们灵敏的嗅觉可以嗅到几公里以外的异味儿,尤其是人类的体味。自然界很多的野生动物都有这种奇异的本领,所以,有经验的猎人都会守在逆风的山口等待猎物。野牦牛是一种具有团队精神的生灵,当一群野牦牛在一起时,它们就是一个整体,在不同的环境里,它们中的每一个个体都有自己的职责和分工。带领和指挥它们行动的是一头大家都诚服的公牦牛,无论面对怎样的严峻形势,它都不会忘了自己的使命。它总会让自己处在相对危险的位置来保证群体的安全,当灾难来临时,它又总会自觉地冲在前面,会用自己的生命来换取群体的安全。

我从没有近距离观察过一头真正的野牦牛。虽然,我很多次见过野牦牛,但是,它们都离我很远,最近的距离也在一公里之外。我在很近的地方看到的只是野牦牛的标本,我曾用手轻轻地触摸过它的绒毛。那绒毛之下生命的气息已经不再,我感觉到的是令人窒息的冰冷,那是死亡的气息。我不知道,人们为什么要把一个个鲜活的生命制成僵硬的标本,是为了热爱,还是为了仇恨?也许只是为了显示人类的残忍和冷酷吧。所有的标本都以热爱的名义出现但却以仇恨的面目存在着。在美丽的蝴蝶泉边,到处都挂满了蝴蝶的标本,但是制成标本的蝴蝶再也不能翩翩飞舞,蝴蝶泉之上翩翩飞舞的蝶群已经成为回忆。

青藏高原上许许多多的野生动物也变成了标本。在都兰县境内的昆仑山麓有一个国际狩猎场,每年都有很多国际猎人到这里狩猎,高原珍稀野生动物雪豹、白唇鹿、野牦牛、藏羚羊、盘羊、蓝马鸡等等都成了他们猎获的对象。狩猎场藏族导猎成烈告诉我,那些国际猎人猎获的动物也都制成了标本。他们每次到猎场都会带来一些动物标本的图片集,都制作得很精美,每次翻看那些图片册子,他的心就会隐隐作痛。在看那些图片时,他感觉这个世界上几乎所有的野生动物都被猎人们制作成了标本,从非洲的狮子到亚洲的大象,从南美丛林的昆虫到青藏高原的羚羊,但凡在地球上存在过的野生动物几乎没有被遗漏的。在听阿克成烈讲述这一切时，我眼前所浮现出来的却是一幅地狱的图景。是的，那每一册动物标本图片集其实就是一座地狱。那些美丽生动的鲜活生命因此再也不能奔跑和飞翔了，再也不能唱鸣着沐浴阳光雨露了。所有的一切都已僵硬，都已经死亡。随着它们的死去，整个世界也在慢慢地死去。每一个生命的死亡就是一个世界的结束。

野牦牛是现在世界上最庞大的野生动物之一，要猎获一头野牦牛并非易事，而要把一头猎获的野牦牛制成标本更是一件很困难的事。我听阿克成烈说，一头成年野牦牛的两只犄角之间足可以坐进去三个壮汉，那是何等开阔的额头。这些年，城里人都喜欢收藏有犄角的野牦牛头骨，所以，那些随意抛撒在高原荒野上的野牦牛头颅就成了宝贝，被一具具捡了回来，制成了工艺品，挂在城市高楼房间的墙壁上。在高原腹地行走时，我也曾见到许多野牦牛硕大的头颅。在莽原深处，它们静静地立在那里，经受风吹日晒，一双双没有了眼睛的眼睛死死地盯着上苍，好像在等待着神灵的启示。我在所见到的每一具头颅前都曾逗留很长时间，我想听到它们关于高原、关于高原生灵的一些诉说，所以，我就静静地立在那里，时刻准备着聆听。有那么些时候，我仿佛真的听到了什么，但却无法将它表达，至少不能用人类惯用的语言加以表述。最后一次去黄河源头的约古宗列时，我也从那最后的草原上捡回一具野牦牛的头骨，没有做任何的修饰就放在我的书房里，它每天都给我一种提醒，我每天都能感受到它的存在。

在塔尔寺的一座木楼上，陈列着两排野生动物的标本，其中就有一头是野牦牛。它们被视为神灵供奉在那里，接受着人们的膜拜。那是一头高大的野牦牛，它的活体净重至少在一吨以上。它宽阔的肩膀、飘逸的裙毛、威武的身躯令人肃然起敬。倘若，它没有被制成标本而是依然在高寒莽原之上独来独往，它就会更加威风凛凛。它是自然界真正的王者，在自然界没有什么东西可以伤害到它们，除了人类，尤其是荷枪实弹的人类。人类的智慧一旦用来戕残和杀戮，他们就可以伤害一切，即使他们手无寸铁也能做到，因为他们会用陷阱。

二十世纪八十年代末，我听一个淘金的农民说，他们在高原腹地淘金时曾捕获过野牦牛，并用它来果腹充饥。当时他们用的就是陷阱，而且那些陷阱都是现成的。那些陷阱都是用来淘金的金窝子，我曾在一些文字中详细地描述过那些陷阱。在青藏高原腹地的那些河谷地带曾经到处都布满了这种陷阱，它们使一条条河流及其谷地变成了千疮百孔的废墟。那些河谷里从此再也没有了清澈的流水和绿色的牧草。深十几米甚至几十米的深坑一个连着一个。

而那些河谷地带曾经都是野生动物们的家园，在过去的岁月里它们一直在那谷地里繁衍生息。常年在那些谷地里淘金的人们就发现了这个秘密。于是，他们就把那些原本用来淘金的金窝子当成陷阱来捕获猎物。要把一头野牦牛驱赶到一个限定的地方几乎是不可能的，但是可以诱骗。所向披靡的野牦牛注定了要勇往直前,哪怕前面有万丈深渊。而善于欺骗的人类就利用了这一点,他们从能够确保自己在安全的地带开始实施诱骗计谋,譬如从很远的地方朝着野牦牛开枪射击,也许野牦牛还在射程之外,但他们知道它肯定会发现子弹射来的方向,而且很快就会沿着那条看不见的射线向你飞奔而来,当它终于抵达那个曾射出子弹的原点时,那个射手早已逃离,但他仍带着火药枪,他身上仍散发着火药味儿。野牦牛几乎没有停顿就直接拐向他逃离的方向,它心中可能在暗自窃笑,甚至可能会用牛语骂出一句"雕虫小技"之类极其轻蔑不屑的话语。但是,它小看了人类。小看就会轻敌,轻敌就会导致灭亡,这是人类用几千年的征战获得的经验。他们视之为真理。当它长驱直入,站在一片陷阱的包围中时,它才意识到了人类的卑劣,它自然无法想象人类何以用这等下作的伎俩来对付一个傲视万物的王者。就在那一刻里,它被自己所遭受的这种耻辱侵吞了。它一下子就变得垂头丧气,不知所措,仿佛就像当年乌江边上的霸王,四面都是楚歌,大势去矣。它站在那里举首顿足,茫然四顾,而后,而后就纵身跳入了身边的深渊。它是否在想,也许那深渊之下还会有一条出路,那路的尽头就是金色的草原,就是天堂牧场。

　　我在听到这个故事时,眼前所浮现出来的就是昆仑山头上那头野牦牛昂首向天的情景。

最后的藏羚羊

　　我在电脑键盘上生硬地敲打这些方块汉字时，这座城市的人们正在为藏羚羊2008北京奥运吉祥物申报成功欢呼雀跃，而我的心情却依然沉重。我不知道，韩美林为什么要将藏羚羊设计成一个变了形的布娃娃，那个五颜六色的布娃娃和藏羚羊到底有什么关系呢？藏羚羊绝无仅有，藏羚羊无可替代，藏羚羊是大自然在高寒极地亿万年锤炼而成的精灵，它怎么就变成布娃娃了呢？其实我对韩美林本人满怀敬意，我喜欢他信手拈来的那些作品，他的这类作品放射着痛苦的光芒。但是，藏羚羊不在乎这些，藏羚羊有着比所有美术家和哲人加在一起还要多的痛苦，它们的苦难浸泡在它们自己的鲜血中，它们的鲜血染红了一座高原。

　　在可可西里，我曾久久地凝望过一只藏羚羊，它在孤独地往前行走，步履缓慢而且沉重，好像它自己都不知道它要走向哪里。我一直有一个感觉，藏羚羊就像草原上的游牧民族，所有的藏羚羊都是一个原始部落的成员，它们的转场就像牧人部落的迁徙。

整个夏天和秋天,它们都一群群分散在莽原大野之上,逐水草而不断漂泊,某一群藏羚羊似乎都有自己固定的牧场,年复一年,它们都在自己熟悉的路上。而到了冬季,它们都从四面八方赶往可可西里腹地的太阳湖边去产羔,那是一个雷打不动的选择,千百年不会改变。太阳湖边的沼泽草地是整个藏羚羊部落共同的大产房。它们为什么要这样做? 一直是一个不解之谜,至今,人们还在不断猜想。我猜想,那也许跟它们的生存环境有关,青藏高原上曾经到处都有猛兽出没,如果藏羚羊分散产羔,就很难保住种群的繁衍,而集中产羔就能保证其种群不会遭到天敌灭绝性的伤害。

虽然,人们至今还没有对这种猜想给出一个令人信服的答案,但是,它却给了盗猎者一个准确的指引。如果,藏羚羊分散在整个大高原上,短短十几年间,偌大的一个种群也不会在一群盗猎者的枪下濒临灭绝。不幸的是,盗猎者用不着在整个大高原上到处搜寻藏羚羊的踪影,他们只需要等待冬天来临,然后,就可以上路了。不需要兜圈子,也不需要给任何人打招呼,只要开着车,带着给养和足够的枪支弹药,直奔太阳湖而去就是了。

太阳湖,一个多么美丽的名字。那是一片怎样动人心魄的湖水,以致让人用太阳的名字为它命名。我在第一次听到这个名字时,就做过这样的想象:那可以是一个秋天,可以是一个临近傍晚的时刻,当那个第一个有幸走近这片浩渺的人,终于站在那湖边的草地上,凝神静气,望向那一片梦中的蔚蓝时,他惊呆了,他甚至忘了自己正站在一片水草地上,他跪伏在地,久久不敢抬眼望去,任凭泪水湿透了衣衫。他跪在那里,失声痛哭时,他甚至怀疑刚刚眼见的一切是幻景,一派横无际涯的碧波荡漾里,荡漾着的是无边的夕阳和夕阳金色沉静的光芒。那也可以是一个冬日的早晨,太阳刚刚升起来,就将厚重的光芒泻落在那一派凝冻的清风涟漪之上。而在湖滨的草地上,一群群成千上万的藏羚羊正在早晨的阳光下伸着懒腰……就在这时,那个人失声喊出了太阳湖的名字。我想,他肯定是受了太阳湖以及藏羚羊神灵共同的启示。

那时候的太阳湖一片宁静。那宁静延续了千年万年。那宁静是后来才被打破的。后来的太阳湖里一年四季都荡漾着藏羚羊的鲜血,那是血色的湖光,那是如血的残阳。湖滨无边的荒原上,到处是藏羚羊的残骸。一批又一批的盗猎者接踵而至,一群又一群的藏羚羊纷纷倒毙。

人们也许还记得索南达杰、扎巴多杰这两个人的名字,他们都为保护藏羚羊而献出了自己的生命——虽然扎巴多杰死在了自己的家里,据说还是自杀,但是,我知道扎巴多杰,他即使是自杀,他的死也与藏羚羊有关。他是为藏羚羊死给活着的人看的。当年他的大舅哥索南达杰曾说过一句话:如果一定要有人为藏羚羊去死,那就让我去吧。我没能见到活着的索南达杰,但是,在他死后,我却是第一个赶往治多草原采访的记者,我感受了他死的分量。那天晚上,我因感冒发烧,在治多县医院打点滴,给我输液的年轻护士一边招呼我,一边在忙着制作小白花。她说:明天,我们的索书记就要上路了,我要戴着自己亲手做的白花去为他送行。

她说,她并不认识索南达杰,但是,她认定,一个愿为藏羚羊而死的人即使素不相识也一定要去送送。那些天里,全治多的数百僧侣自发地赶到县城,聚在一起,点燃了千盏佛灯,连续七天七夜专为索南达杰的亡灵诵经超度。那不是一般的规格,那已经是超越了凡人礼遇的顶礼。

我一直铭记着那个季节。那个季节的大地已然封冻,和大地一起凝冻的还有太阳湖的碧波和涟漪。远处的山冈上已落着厚雪。而藏羚羊轻盈的脚步就由远而近了,由远而近时,你的梦想就在比岁月更加久远的地方如岚飘落。那时,天际里的云彩就像是太阳湖夏天的诗行。有歌声便在心灵深处悄然响起:

是谁驱散了你的羊群

留下你守在最后的草原

摸不到亲人的手

喊不出声音

流不出泪水

在哪里?在哪里生长着你的梦

彩色的云,银色的河

青青的山坡上建起的家园

一双小手捧起光明的灯盏

小小的弟弟,满怀深情的弟弟

要走一条认定的路

掩去伤痕的弟弟

让我们手牵手

一起往前走……

扎巴多杰我是见过的,在昆仑山一隅,我曾和他有过一夜的长谈,那一夜我们都在谈他的"野牦牛队"和大家的藏羚羊。有两个人曾在可可西里拍摄过两部影视片,一部是彭辉拍摄的纪录片,片名叫《平衡》,讲的就是扎巴多杰的故事;一部就是陆川的故事片《可可西里》,讲的故事与索南达杰有关。这两部片子中,我还是更喜欢《平衡》,因为,它更为沉静,也更有厚度和深度,我在它没有多少对白的悲怆语境中感受到了一种诉说的魅力和启示。"平衡"两个字一直困扰着扎巴多杰,他因此而常常感到不平衡,他的不平衡缘于他的思想,他至死都在追求一种平衡。

那天,他在巡山的途中大老远就发现了那只刚出生不久的小藏羚,它的母亲倒在血泊中,身上的羊皮像是刚刚被剥掉的,上面的鲜血还依然鲜红。那小羊羔还依偎在母亲身边,一声声呼唤着母亲。扎巴多杰在抱起那小羚羊时,一串泪水就滴落在小羚羊的身上。他将它放进自己的怀里,用宽大的藏袍衣襟裹了起来。在之后的那些日子里,他一直在照顾这个已经失去了母亲的孩子,几个月后,又专程前往可可西里将那只小羚羊放还给大自然。

有一次,他还看到过一只更可怜的小羚羊,它还在母亲的肚子里,它还没来得及出生,但它的母亲却已被枪杀,同样是被剥了皮的母亲,所不同的是这个母亲的肚皮也给划开了,于是,还未及降临的小羚羊便提前探出头来,呼吸着凛冽的空气,它不知道世上发生过的事情。扎巴多杰他们发现这只小羚羊的时候,它还一息尚存,但是,他们已经无力回天了。他们不忍目睹小羚羊那最后的模样,只好挥泪而去。

这些都是盗猎者造的孽。有人曾给我讲过这样一件事,他曾看到过一只焦黑的藏羚羊,它被盗猎者捕获之后,全身的毛皮给活剥,但是它还活着,它血淋淋的身躯被阳光和风雪吹打成焦黑色了。在那荒原上,它每走一步都要凄惨地哀叫。有人还给我讲过这样的事情,他曾目睹盗猎者活剥藏羚羊皮的情景,他说,那真是惨不忍睹。盗猎者将捕获的藏羚羊摁倒在地,然后,用锋利的刀刃在藏羚羊四只小腿和脖子上划上一个圆圈状的口子,再从四只腿的内侧和肚皮上划开一条条线,将那些伤口连在一起,而后从脖子的刀口将羊皮翻开一角,就用力去拽,等拽到一定时候,就猛地一下放开摁在地上的羚羊,只见那藏羚羊腾空跃起的一刹那里,整张的羚羊皮就已在盗猎者滴血的手上摇荡。而已被剥掉了羊皮的藏羚羊却血淋淋地奔跑在寒冷的荒野上。

这是何等惨烈的情景。藏羚羊何辜?人类缘何要用如此残暴的手段来杀害藏羚羊?根源还是人类的贪婪。他们要用藏羚羊绒编织装饰西方贵妇肩膀的披肩——沙图什。据说这三个字是克什米尔方言,通俗的说法就是藏羚羊绒披肩,还有一个高雅的名字叫"指环披肩"。据说,一条长两米、宽一点五米、重一百五十克的沙图什攥在一起就能轻柔地穿过一枚钻戒,"指环披肩"之名由此而来。在国际互联网上对沙图什作过这样的介绍:"在海拔五千米的藏北高原,生活着一种名叫藏羚羊的野生动物。每年的换毛季节,一缕缕轻柔细软的羚羊绒从藏羚羊身上脱落下来,当地人历尽艰辛把它们收集起来,编织成了华贵而美丽的披肩沙图什。"

这是一个美丽的谎言。在藏北高原上,从来就没有什么沙图什。屠刀才是沙图什的编织工具。一只藏羚羊身上的原绒最多不超过一百五十克,而据印度野生动物保护协会提供的一份资料显示,一条重一百克的披肩,需要三百至四百克的藏羚羊原绒。也就是说,每条沙图什的背后是三只藏羚羊的生命。如果人们用这样一种思维方式去思考这个问题,那些喜欢沙图什的西方贵妇也许再也不会将它披在自己的肩膀上,因为那样她们就会想到她们的肩膀上披挂着的是三只藏羚羊的生命,她们的灵魂将因此而浸泡在藏羚羊的鲜血中,永世不得安宁。

据说印度克什米尔地区是全球最早也是最大的藏羚羊绒披肩的加工地,1992年这个山地小镇的藏羚羊绒加工量达到四千四百磅,相当于一万三千只藏羚羊身上的绒产量。前几年,有关专家和学者估算,因为加工生产藏羚羊绒披肩,每年大约有两万只藏羚羊惨遭杀戮。据青藏高原野生动物专家实地考察后估计,至1995年时,藏羚羊种群的总数大约只有五至七点五万只。而自1990年以来的近十年间,至少已有三万只藏羚羊被盗猎者猎杀。

其间，仅森林公安机关破获的盗猎藏羚羊案件就有一百多起，共收缴藏羚羊皮一万七千多张、藏羚羊绒一千一百多公斤、各种枪支三百余支、子弹十五万发、各种机动车辆一百五十三台，共抓获盗猎藏羚羊的犯罪嫌疑人三千多人。曾长期战斗在反盗猎前沿的朋友们告诉我，已破获的盗猎案件顶多只占盗猎案件总数的三分之一。事实告诉我们，堪称国宝的藏羚羊已所剩无几，它正面临灭绝的危险。

一百年前，瑞典探险家斯文·赫定曾这样描述藏羚羊生活的场景："在山谷中，我们有时惊起大群的羚羊。看看这些温文尔雅的动物，公羊竖着光亮的长角，就像刺刀在阳光中闪烁着——人们简直难以想象出比这更美丽的景致了。"一百年后的1999年春天，有位叫李长远的中国男子告诉我，他也曾见过那样美丽的景致，但是都消失了，一切都消失了。那时他的身份是海西蒙古族藏族自治州林业公安科科长，我见到他的时候，他刚从可可西里回来，他到可可西里是去参加一次保护藏羚羊的行动，他和他的队友们走的是北线，也就是说他们刚刚横穿过可可西里北部。但在整整十天的行程中，他们没有看到一只藏羚羊。而就在十几年前，他还看到过大群的藏羚羊在那大草原上的情景，他还清楚地记得那壮观的藏羚羊群。在向我讲述这一切时，他的眼睛一直望向远方。我想，他正在回望那空旷的大草原，那里已经没有了藏羚羊的身影。

我得记住2005年的这个冬天。这个冬天来临时，国家通讯社曾发布过一条令人振奋的消息,说可可西里的藏羚羊种群已恢复到十年以前的规模,还说可可西里已重新成为野生动物的天堂乐园。若果真如此,那再好不过了。

湟鱼与蝌蚪

　　多年来，有一个故事一直铭刻在心里，每次想到这个故事，我便会禁不住热泪盈眶。那是一个老牧人和湟鱼的故事，故事发生在布哈河边上。布哈河是青海湖最主要的补给河，是青海湖湟鱼集中产卵的地方。以前的布哈河没有任何阻拦，它从祁连山麓、从天峻草原一路奔来，舒缓、宁静、清澈、欢快、酣畅淋漓。但是，从二十世纪五六十年代以后，布哈河上就有了一些水坝，而且越来越多。这些水坝不仅拦截了河流，也破坏了河流原本的生态。每年的湟鱼产卵季节，往布哈河洄游的湟鱼就遇到重重障碍，这还是其次，最要命的是，很多的湟鱼趁河水暴涨的时机拼命涌向了河水，而且拼命地向上游翻滚，但是，就在这时，灾难降临了。因为水坝蓄水或其他原因导致的枯水，使布哈河几近断流。于是，满河床急于产卵的湟鱼就憋死在那里。

　　是那个老牧人最先发现了这个惨状，因为每年的这个季节他都会来河边上看望那些鱼儿。他被眼前的情景给惊呆了，他已经来不及细想到底发生了什么,他脱下自己新做的藏袍,把它平铺在河床上,然后,小心地将那些鱼儿捧到皮袍上,再把它们送到下游的水深的河中放生,一次、两次……十次、百次……整整一天他都在忙着救那些鱼儿,皮袍毁了,但他却救活了无数的鱼儿。接下来的几天里,他一直在那河边上抢救那些鱼儿,接下来,每年的这个季节,他都到河边上来抢救那些鱼儿,年复一年从不曾间断,直到他去世时还叮嘱后人们一定要去救那些鱼儿,否则,他将死不瞑目。后来,每年的湟鱼产卵季节,布哈河边上就有一些牧人专门抢救那些滞留河床危在旦夕的鱼儿。

这是一个真实的故事。在一片"救救湟鱼"的呼唤中,我尤其珍视这个故事所具有的人性力量和精神品质。它让我懂得了一个简单的道理,要保护万物生灵,仅有呼唤和打击是不够的,关键是得让充满了爱心的良知又重新回到人们的心里。要是那样,我们就不再需要呼唤和打击。但是,人的爱心和良知又到哪儿去了呢?是谁放逐了我们原本的良心?又怎样才能让它重新回到我们的心里呢?一种普遍生命意义上的道德伦理体系是一朝一夕就能构架得了的吗?我们所缺失的已经不仅仅是普遍的爱心和良知,也许还有能让爱心和良知滋长衍生的土壤,我们心灵的水土已经大面积流失,我们灵魂深处的精神生态可能已遭到比自然生态更为严重的破坏。

而最糟糕的是,心灵世界生态的缺失和破损已成为大自然生态遭受更严重破坏的源头祸水。而大自然生态环境的严重失衡却为心灵生态的修复增加了难度,大自然最终将会对人类的心灵施加致命的影响。我还不能断定,那时人类还有没有力量承受那最后的压力,但是,我可以确定,如果人类物质世界的外表继续越来越强大,那么,它心灵世界的生态就会越来越脆弱。现代社会的许多弊病就是其前兆。

在高原所有的生命万物中,我对鱼类的认识尤其有限,从科学的意义上讲,我对它们几乎一无所知。生养了我的那个小山村里,除了池塘里养的鲤鱼,很多人至今没见过其他活着的鱼类。以前,村庄附近的小河沟里,有一种很小的鱼,比小蝌蚪大不了多少。我在很小的时候曾看见过它们,后来它们就从那小河沟里突然消失了,没有人留意过它们消失的具体时间,更没有人知道它们为什么会消失或者去了哪里。虽然,后来我在青藏高原的每一条河、每一片湖水中都曾看到过很多的鱼,甚至有一次,在高原腹地,我还蹲在一片只有几十平方米的小湖泊前,在一簇簇金黄的水草之间,看到过一种虾米大小的金鱼——也许它们根本就不是鱼,但我还是把它们当成鱼类进行了差不多有一个小时的观察。很多年前,我还曾目睹过有人用炸药捕鱼的情景——他们在一个装满了炸药的玻璃瓶里装上雷管,然后点燃导火索将瓶子扔向河水,听到一声轰响之后,等候在下游河边的人们就纷纷跳进河中,就在这时,一大群肚皮朝天的鱼便已漂至眼前——这也许就是竭泽而渔,那情景真是惨不忍睹——但是,我从不曾有机会和条件对鱼类的生活进行过深入的观察和了解。

它们都生活在水的世界里,而水的世界对我就是一个遥不可及的地方,哪怕我就站在一条河边上,我都能感觉到它和我之间的遥远距离。我自幼还被告知,水是神圣的,泉水中不可以洗脏东西,不可以直接用手从泉眼中取水饮用,不可以直接用嘴对着泉眼喝水,不可以在河水中撒尿或往河水中抛弃脏东西……所以,我对水的世界一直满怀敬畏,即使长大以后,我也从不敢轻易涉足一条河流——哪怕它是一条很小的河流。

在所有的水生物中,我只对小蝌蚪进行过仔细地观察。我们村庄后面的山坡上有一眼山泉,有一间屋子那么大,泉水微苦,村里的牲口都在那里饮水。它有一个很怪的名字,叫“荷布洛”,没有人知道它准确的含义,我猜想它与那泉边的黑土和泉水中的小蝌蚪有关。小蝌蚪像鱼,但不是鱼,它是蛙类的幼体。小时候,至少有六个夏天,我几乎每天都有几次从“荷布洛”身边走过,有时还在那里逗留很长时间。那时,我牧放的牛羊就在泉边的山坡上啃着青草,而我就蹲在泉边的石头上,一边欣赏着蜻蜓点水的优雅风采,一边观察那些小蝌蚪的变化——我之所以耐心地观察它们并不是出于兴趣和爱好,而是因为我在那山坡上有足够的时间没地方去打发。于是,我就看到了一只小蝌蚪的整个生命过程。

那泉水中有不少青蛙,有一天,我突然发现被我们称之为胰子的那些软体漂浮物实际上就是青蛙所产的卵,我看到了它从青蛙身体里一点点诞生的样子,它们一大片连在一起,一头还连着青蛙的屁股,一头就已浮在水面上,一只青蛙所产的卵看上去比那只青蛙本身还要大。那些青蛙卵是一个个黑褐色的小泡泡,每个小泡泡有一粒豌豆那么大,它们连缀在一起就成了一串小泡泡,在夏日高原灿烂的阳光下闪耀着幽暗的光芒。

记不大清楚了,可能只过了三两天时间,我就看见一只只小蝌蚪从那一串小泡泡中滑了出来,从每一个小泡泡里都钻出一只小蝌蚪,于是,那泉里到处都是小蝌蚪了。大约又过了三五天时间,那些小蝌蚪的前身就长出了两只翅膀样的东西,后来的几天里那两只翅膀就变成了两条前腿,头部和眼睛开始变大,这时它的两条后腿也已长成翅膀的样子了。等两条后腿也完全生成的时候,小蝌蚪身后原来长长的尾巴也就一天天地消失了,等那尾巴完全消失之后,那些小蝌蚪就变成了一只完整的青蛙。

也许正是因为这样的经历,我才会在想到湟鱼的同时想起蝌蚪来。所谓无知者无畏,无知往往会让一个人的思维通往更加无知的世界,但偶尔也会令自己大开眼界。其实,湟鱼与蝌蚪没有直接的亲缘关系,湟鱼是一种鱼类,而蝌蚪是蛙类的幼体。虽然,它们都生活在水里,但是并非同类。而且,蝌蚪长大之后就会变成青蛙,可以到陆地上爬行,成为两栖类,而湟鱼和所有鱼类一样,一旦离开水世界就难以活命。当然,在很久以前,它们也是近亲——很久以前,它们和人类也是近亲。

2014年初夏,一家人去青海湖。我没有看到湟鱼,却在湖滨沼泽看到了一群蝌蚪。我带着年仅七岁的女儿徒步穿越湖东岸那片湿地——其实就是一片沼泽。因为气候变化,沼泽也在退化,露出了一座座已经没有了植被的小土丘,我和女儿就在那些小土丘上向湖南岸方向跳来跳去。有时候,沼泽里小土丘的间隙太大,女儿跳不过去,我就抱着她跳,有几次,就跳进了一片水洼。钻出来,将女儿放在干燥的地方,回头看时,那片水洼里有一群青蛙正在产卵,已经产出的蛙卵像浮萍一片片漂在水面上。因为阳光的照射,一些水草和别的水生物便有了黄铜一样的光泽,一派蛙卵也闪耀着金色的光芒。

我突然想起法国影片《喜马拉雅》里喇嘛诺布的一句话:"如果你要选择一条路走,就选一条最难走的。"因为,走一条最难走的路,你往往会有意想不到的收获。对人是这样,对鱼类和蛙类也是这样。因为选择了这样一条路,我们才遇见了一群青蛙和蝌蚪。

那时,我猜想,这些蝌蚪或蝌蚪长成的青蛙应该遇见过湟鱼,因为青海湖就在不远处。湟鱼在湖中的咸水里游动,到了产卵的季节,则要洄游到岸边的淡水中才能产下鱼卵,而青蛙们就栖息在岸边的淡水里。可是,我不知道,一颗鱼卵遇见一串蛙卵,或一条产卵的湟鱼遇见一只产卵的青蛙时,会发生什么样的故事。也许什么也不会发生,也许湟鱼和青蛙都会把它们相遇的情景讲给它们的后代们听,这样,鱼类和蛙类的世界里,就会有一个故事流传。也许,它们的相遇会是一种冒险,我不能肯定湟鱼会不会攻击蛙卵,但青蛙也许会吃掉鱼卵。即便这样,湟鱼和青蛙都不会改变产卵的季节,更不会改变产卵的地方。任何一种生命的延续原本就是一次充满艰辛的跋涉,就是一次冒险,湟鱼和青蛙也不例外。

且放白鹿青崖间

夜观青藏古岩画图，竟发现许多狩猎图上的猎人是骑着鹿的。

尽管猎人在后来的藏族社会中成为被歧视的对象，但是，很久以前也许并不是这样。青藏高原严酷的自然环境决定了人类的生存状态和生活方式，狩猎也许是藏族先民最原始的生活方式，因为狩猎，他们开始驯化野生动物，继而衍生为牧放，最后才开始游牧。但是狩猎还在继续，游牧天涯与追逐猎物相得益彰。虽然，我不曾仔细考证，但是，长期在藏区生活和工作的经历告诉我，至少在藏传佛教盛行之前，青藏高原的雪域藏区一定出现过一个以狩猎为生的时代，至少狩猎行为曾普遍地存在于整个藏区。有人把它称之为猎牧时代，我甚以为然。想来那个时候的藏区狩猎和游牧并存，先民们在狩猎的同时游牧，游牧的同时也在狩猎。

这个时代的前期曾经历过漫长的岁月，从青海湖流域到藏北湖群周边的那些岩画就是有力的佐证。因为大部分岩画上都画有牦牛,有专家将青藏岩画(包括新疆昆仑山麓、宁夏贺兰山、内蒙古岩画和川滇横断山区岩画——这些岩画上也画有牦牛)统称为"牦牛岩画"。我曾仔细留意过这些古岩画,发现其中的很多岩画就是一幅狩猎图,猎人手持的弓箭和弓弩清晰可辨。不仅如此,骑猎的现象已经普遍存在,而且还出现了苯教象征物"雍仲"的图案。据专家考证,这些古岩画出现在青藏高原的历史大约在距今三千至一千年之间。汤惠生先生认为,青藏高原最早的岩画出现于公元前一千年前后,为早期金属时期——青铜时代的文化遗存。

在这些岩画中,有很多骑鹿狩猎的场景。它告诉我们,古代先民竟然是骑着鹿狩猎的,你能想象这是一种何等样的景象? 鹿在成为先民的坐骑之前,曾经也一定是他们眼中的猎物,而后捕获,而后像高原的牦牛和马匹一样被驯化成了家畜和坐骑。它使我想到了李白的诗句:"且放白鹿青崖间,须行即骑访名山。"李白"一生好入名山游,五岳寻仙不辞远"。原以为骑着一头白鹿去远行只是李白一厢情愿的浪漫情怀,是一个梦想,不承想却在这些岩画上看到了真实的画面。也许李白真的养过一头白鹿,也曾骑着白鹿遍访名山,至少是偶尔骑乘白鹿的,因为他正好也生活在那个年代。其时,他与杜甫、高适等好友相聚,畅游天下,临别,友人执手相问,别君去兮何时还? 李白如是作答,豪爽淋漓。不禁神往。

也许果洛地区最早的猎人也是这样,骑着一头白鹿去狩猎和游牧。因为，果洛有很多鹿，不仅有白唇鹿和马鹿，也有白鹿。而且，鹿还是传说中阿尼玛卿山神最主要的家畜，因为受山神的庇护，鹿在果洛一直被视为祥瑞之物，不可猎杀。虽然，二十世纪九十年代前后曾一度受到大肆猎杀，致使野生鹿群数量锐减，但是，后来随着枪支的收缴和保护力度的加大，鹿群几乎已经恢复到昔日的规模了。现在，果洛的很多地方又能看到成群的野鹿了，像玛沁县的雪山乡一带，鹿群已经像家养的牲畜一样，与牧人的牛羊混成一片，不分彼此。有时候，牧人草场上鹿的数量甚至已经超过了牛羊，它们与牛羊争抢草场，使牧人很头疼，不知道该怎样做才好。

其中还有白鹿。听到雪山乡有白鹿的消息之后，我曾专程去寻找。虽然，那天我没看到白鹿，但鹿群却是看到了的。在山巅、山坡草地上到处都能看到它们的身影，一派呦呦鹿鸣的景象。因为已经没有了猎人，好像它们也感觉到了，所以也不再害怕人类。雪山乡牧人成列告诉我，每天早晨和傍晚，鹿群都会来到他家跟前转悠，一两百头的鹿群很常见。人走到跟前，它们也不躲避，甚至赶也赶不走。

我跟成列约定，随后一定到他家里住下来，看鹿群，也去寻找白鹿。其实，我自己也不是很清楚，为什么一定要寻找到一头白鹿？即使找到了一头甚至一群白鹿，那又怎么样呢？你不可能骑到白鹿的背上，甚至连它的一根毛也未必能摸得着的。细细想来，自己只是想证实一下它的存在，只要它存在着，好像就能了了心愿。

那也许就是"且放白鹿青崖间"的感觉。不一定要骑，在，就好。

　　看来，至少在雪山那个地方，猎人的时代已经彻底结束，甚至盗猎的现象也已经完全禁绝。曾经的猎物又成群结队地走进了人类的视野，不仅鹿，棕熊、雪豹、猞猁和其他野生动物也陆续回来了。如果仅从野生动物的角度看，家园似乎已经恢复到了昔日宁静的状态——当然，还有一些东西恐怕很难恢复了，譬如已经融化的冰川和雪山，已经严重退化的草原。

　　为国家生态安全计，从二十世纪末开始，三江源区生态环境的保护不断升级，至二十一世纪初，整个三江源区都成为国家自然保护区，现在又成为首个中国国家公园的体制试点。包括果洛在内的整个三江源区民众为此付出了巨大代价，超过五万的牧人迁离了祖祖辈辈繁衍生息的草原，以禁牧还草。他们不仅没有了曾经的草原和牛羊，也不再以游牧为生，而是住进了生态移民点的房屋，依靠国家的生态补偿来维持生计。一开始，一些牧人还舍不得牛羊，举家迁离草原时，把畜群也一同带到了移民点上。可是，他们已经远离自己的牧场，畜群没地方可去，只好让别的牧人代牧。结果，几年下来，一群牛羊就从眼前消失了，说不清楚它们去了哪里，只是看不见了。从这个意义上说，三江源牧人的游牧时代也已接近尾声，游牧天涯已成为久远的回忆。

　　而在家养牲畜急剧减少的同时，依然留守在草原上的牧人突然发现，野生动物们一下子就多了起来，大有取代家畜的架势。与很多人的看法一样，他们也认为这是生态环境得以改善的缘故，只是不知道该如何应对接下来会出现的问题,譬如他们与野生动物怎样相处的问题,像成列家那样。因为它毕竟不是家畜,虽然它们整天在自己家的草场上走来走去,还与自己家的牲畜争抢草原,可是,你无权决定它们的去留。它们是受到国家保护的生灵,你不仅不能伤害,还得善待它们。而且,长远地看,那草原不仅是人的家园,也是它们的家园——虽然曾一度,它们从那草原上消失了,但那并不意味着它们放弃了自己的家园。而如今,它们又回来了,你也不能不承认它们是在回家。说到底,地球不仅是人类的家园,也是所有生灵万物的家园。地球的沉沦,虽然它们和人类都成了受害者,但是与人类相比,它们更加无辜,而人类则是咎由自取。

至少目前我还不能确定,野生动物们的再次繁盛是否意味着人与自然关系的彻底改善,因为它取决于未来我们是否能与大自然和谐相处。而能否处理好这个矛盾,则要看人类会在多大的程度上给大自然让步。这是一个悬念。而从另一个角度看,即使野生动物们能够繁盛到鼎盛的景象,地球是否还能承载起如此重负也未可知,因为生态环境全球性整体恶化的趋势还在加剧。拿三江源来说,草原、雪山、冰川、河流、森林都已经不是以前的样子了,人类所面临的困境也是所有生灵的困境,也许更甚。那么,它们将怎样面对日益破败的家园呢? 如果它们也会思索这个问题,那么,它们会作何选择? 它们是否有勇气和胆量与人类共享日益稀少的地球资源? 即使它们做出了这样的抉择,在人类那里,它们地球公民的权益会得到应有的尊重吗？

为此，我设想过一种可能——也许是最好的一种结局，那就是让成列那样依然留守在草原上的牧人，不仅可以牧放少量的牛羊，也可以鼓励他们试着去牧放自家牧场上的鹿群（或者别的野生动物，譬如岩羊、藏羚羊、野驴、野牦牛什么的）——而与棕熊、狼、虎豹等猛兽继续保持适当的距离，并与之周旋，重新找到一个既相互制约又互为依靠的平衡点，并与大自然和谐相处，直到永远。

《山海经·大荒东经》记载："有中容之国，帝俊生中容，中荣食兽、木实，使四鸟：豹、虎、熊、罴。"其《大荒南经》《大荒西经》中也说，一种长着三个身子的人和叔歜国人，亦使四鸟，皆为豹、虎、熊、罴。由此可见，远古先民或许真的驯养过这些猛兽。后来这一传统为什么没有一直延续下来？无法考证。我想，其原因无非有二，其一，人丢失了野性，驯服猛兽的能力尽失；其二，四鸟野性难改，不再把人放在眼里。

很显然，而今，人类更不具备这等能耐。世界一些著名马戏团的那些杰出驯兽员当是一个特例，他们身上或许延续着某种特有的原始基因。不过，在读莎拉·格雷恩的小说《大象的眼泪》时，我所看到的却是马戏团那些动物的悲惨遭遇，也许过不了多久，以商业利益为目的马戏团驯兽表演说不定会从舞台上彻底消失，就像古罗马角斗士的表演早已禁绝一样。甚至，世界各地动物园中被关在铁笼子的那些猛兽最终也会获得自由和解放，回归自然，因为这种做法与未来的地球文明相悖。

祖先们的经验值得汲取。即使所有的猛兽都能驯化成家畜或宠物，也不能为之，我们毕竟还得为大自然保留最后的一点儿野性，以捍卫万物生灵（或造物）的尊严。地质年代意义上的现代生物进化沉浮录显示，无论动植物，几乎所有人类的驯化豢养（或栽培种植）的物种最终都会导致生物本性的衰退，继而灭绝，不得不依赖转基因的方式减缓其衰退的速度，以争取时间延续人类的繁衍。现代人类一直热衷于生命科学的实验，而试验的对象都是人类之外的其他物种（比如小白鼠），无一例外。试验的目的却并不是要更好地了解大自然，而是为了人类文明的永久性接续。毫无疑问，它会极大地伤害到大自然，使大自然原本的生命序列遭到更大的破坏，继而进一步失去平衡。这是人与自然的根本性冲突。

所以，那些牧人即使能继续驯化那些野生动物，最好也不要家养，只是用这种方式与它们进行必要的交流。如果可能——我是说，如果能得到一头鹿什么的允许，他们甚至可以偶尔将一头白鹿什么的变成自己的坐骑，骑着它到处游走，像古岩画上的猎人和李白那样——这是因为，我知道牧人会善待自己的坐骑。我以为，这是牧人们喜欢的一种生活方式，因为牧人骨子里是喜欢逍遥和自在的。一个牧人骑着马走在无边的草原上是一种逍遥自在，一个牧人骑着一头白鹿走在无边的草原上更是一种逍遥自在。那样的日子里，如果这个牧人知道李白在一千多年前就已经写过那样一句诗，也一定会喜欢上李白的，仿佛他也生活在唐朝一样。但前提必须是,那头白鹿也是逍遥和自在的。

前些日,看美国影片《猩球崛起》,有一个镜头画面印象深刻,一个即将从钢铁大桥坠落的人,突然向一只大猩猩伸出一只手高喊:"救救我!"那是一个人类向一只猩猩伸出求救的手,看那样子,那大猩猩原本是要施救的,可是当它看清了那个人的嘴脸之后,才决定放弃的。因为,正是那个人将它们引向了灾难。于人类、于文明、于科学和万物,这个画面都具有讽刺的意味和象征的意义。

也许,人类确实到了该向大自然伸手求救的时候了。但是得记住,你要伸出去的一定是一双善意的手。

驴·马·骡

　　山冈上站着一头驴。它望着远方的天空,那里有一朵云。可能是受了那朵云彩的启示,它甩了一下尾巴,而后昂起头伸长脖子叫了起来,声音悲怆嘹亮,有金属的质地,像是在呼唤那一朵云。这是记忆中的事。

　　幼时,在课堂上学《黔之驴》,因没去过黔地,不知道那个地方什么样,就像黔之虎不知驴为何物。想象中,黔之虎见到的驴应该还是驴的样子,与别的驴子没有分别,就像我在山冈上见到的那样。几十年之后,再读《黔之驴》,竟读出一些新意来,觉得古人比我们有智慧,他们早就发现了生命存在的奥秘。如果黔之驴得以活命并繁衍,并非必然,而是偶然。而黔之虎终究会发现这个秘密,这才是必然。这种必然和偶然构成了生命万物的秩序。不仅黔之驴,天下驴子和骡马、牛羊,乃至其他生灵亦复如是。

　　驴是一种富有感性色彩的圆蹄类动物,如果它能每天都吃饱肚子,也不用过度劳累,还能有一点儿空闲时间想想心事,它还会是一种充满幻想,也满怀激情的动物——总之,我是这样想的。我感觉,塞万提斯和刘亮程也有这样的想法,说不定奇人阿凡提和神仙张果老也会这样想。

我读过刘亮程写驴的文字,感觉他笔下的驴充满情欲,然后是由此引发的冷峻与黑色幽默。我得承认,他是第一个把驴写得像一头驴的作家,至少在中国作家中再没有第二个。某种程度上,他写的驴比张承志写的黑骏马更像生灵——张承志的黑骏马已接近一种图腾,是一种精灵,而非牲口。而刘亮程的驴就是一头牲口,读他的文字你甚至能嗅到驴粪的味道。在整个文学史上或许只有一头驴堪比刘亮程的驴,那就是塞万提斯的驴——你当然不会忘记,这头驴就是那个伟大的骑士堂吉诃德的坐骑。即便如此,那也只是驴的一个侧面,而非全部,驴还有很多侧面。

也有人把堂吉诃德的那头驴说成马或者骡子,比如堂吉诃德从来不说自己骑着一头毛驴,而一定说是一匹骏马——一个骑士怎么可以骑一头毛驴纵横驰骋呢?桑丘有时候也会把那头驴说成是骡子。我以为,这多半是因为人们在将西班牙语转换成别的语言时造成的讹传,堂吉诃德只有骑着一头毛驴才会成为堂吉诃德。他不能骑骡子,更不能骑一匹真正的骏马——那样这个旷古绝伦的文学形象将会失去大半的光彩。

驴、骡子和马当属近亲,在人的世界里,也把它们归为一类,驮牲口,都是可替人类驮载和运输重物的牲口,且都是圆蹄类。可能正是这个缘故,人类有意识地让驴和马互相交配,生出了一种非驴非马的物种——骡子,它兼具马的健壮体格和驴的耐力,而自己却没有生育能力,它只有一个用处,役使。因为驴和马还肩负繁衍子嗣的重任,原本属于驴和马的大量苦活累活便转嫁给了它们共同的后代——骡子,它因而成为人类最可依赖的役使对象。而驴和马不仅能与同种交配生出新的驴和马,驴和马媾和还能生出骡子来,驴生的骡子叫驴骡,马生的骡子叫马骡。于是,驴和马又多了一个功能,创造骡子,创造的骡子越多,驴和马的担子也就越轻。

你如果仔细观察过一头驴在地上打滚的样子,某些时候,你也会生出想学着驴的样子打个滚的冲动来。说实话,小时候,我曾学过那样子,在土炕上,结果感觉舒服极了,至今想来,还能感觉到那种让满身细胞都受到一种彻底抚慰的畅快来。后来,我甚至觉得,人们应该创立一种驴打滚养生术,如把持得当,兼及太极阴阳,此术当可造福万代后世。

虽然,骡子和马也会打滚儿,有时候动静还挺大,但是,由于它们体型更庞大,打起滚儿来远没有驴那般轻巧娴熟,所以也总是半途而废,打不彻底,打不完整。在驴,那是一段精美的舞蹈,而于骡子和马则成了一种丑陋的忸怩。

在人类眼里,最适于骑乘的是马,因为马背更加宽阔沉稳;骡子则适于驮载重物,因为它比驴更有力气,比马更有耐力;而驴则只能肩负骡子和马不屑于为之的使命。于是,如果驴、骡子和马同时都在,无论派什么用场,人类都会首选马和骡子,最后才会选一头驴。对一头驴来说,这是它所希望的局面,这样它还可以腾出些时间来,多打一回滚儿,多一番享受。

我与驴、骡、马都有过亲密的接触,我骑过驴,也骑过骡子和马。驴子脊背如刀背,马鞍不适合,适合的鞍子又不适于骑乘,无论怎么骑都不舒服,走不了多远,它就会将你的屁股磨烂。也许我不得要领,我或许应该像阿凡提和张果老那样倒着骑,让驴掌握方向,让驴前进,自己则以后退的方式抵达——那样去什么地方已经不重要了,重要的是终会抵达某个地方。比之驴,骑骡子则舒服多了,因为骡子和马都可用同一盘鞍子,骑骡子如同骑马,只是骡子有时候不专心走路,走着走着,总想在路边啃一口青草,如果你没有娴熟的驾驭能力,它也总会让你吃一些苦头的。最舒服的是马背,马背是摇篮,马背是歌谣,在马背上你既可以抵达远方,也可以进入梦乡。最远的一次跋涉,我曾在旷野骑马走了两天,才抵达远方一山谷。所以,我也更喜欢马,骡子次之,不得已才会选一头驴。

十几岁时,族内一个爷爷娶奶奶,以习俗,要让一个人去给新奶奶娘家送男方准备的份子礼,主要是早已蒸好的白面馒头,外加几瓶用红布包扎好的青稞酒和几包老茯茶。因为大人们都忙于娶亲和接待客人的大事,送份子礼这等小事只能派一个小伙子去。这次他们选中了我。因为马和骡子也负有更重要的使命,驮载馒头等份子礼的事只能让一头驴去完成了。那时候,驴已经不多了,族内只有一头又老又瘦的驴,我就成了这头老驴的搭档。看上去,我是主角,它只是配合我完成族人交代的任务,但实际上,驴才是主角,我只是一个引路的人,我把这头驴引领到要去的那个地方,卸下礼品,喝口茶,再把回礼放到驴背上,牵着驴回来,即可。因为新奶奶的娘家很远,我牵着驴送完礼回来时,天已经黑了。中途要过一条河,那时河已经封冻,结了厚厚的冰。到了河边,那头老瘦驴弓着腰,四条腿都在发抖,颤颤巍巍地死活不肯从冰面上过。我只得强拉硬拽,结果,那驴蹄下一滑,就平平地趴在那冰面上了,无论我怎么努力,它都无法重新站立起来。最后,我只好拽着驴尾巴,让它在那冰河上滑动。好在冰面光溜,我把它拽到河对岸,才让它战战兢兢地站起来。如果是一头骡子或一匹马,就不会出现这种情况。

驴习性刁钻狡猾,它很会在你眼皮底下耍一些小聪明。如果你赶着一头驮载东西的驴走远路,你还得时时留意着这头驴,不能走神,尤其是在狭窄的山路上。它会想尽办法往狭窄的地方蹭,稍不留神,它就会将背上的东西撂下来,而后一溜烟,放下你跑了,让你顾首顾不了尾,进退两难。无论对人还是对其他牲畜,驴子总喜欢扭着来,很难协调一致。如果把一头驴跟一头牛驾在一起犁地,你就会发现,它不使劲儿往前拉,而是一直歪着脖子往一侧使劲,要不是身后有扶犁者不停地挥舞着皮鞭,它定会撂挑子。而一头骡子和一匹马却做不出这等事来,尤其是马,它即使累趴下了,背上的东西也不会掉下来——如果驮在马背上的是一个人,它更会尽心竭力,即使这个人神志不清了,甚至死了,马也一定会把他驮回家的。如果他从马背上坠落,马也会守在身边,寸步不离,直到有人找到他们。

与骡子和马相比,驴还好色,或者说,最初,驴的出现与色有关。相传,世上原本无驴,它被上天派到人间是为了降服一女色魔。那女魔头每天都要找一位俊男相陪,如欲望得不到满足,会立即处死那个男子,无数俊男为之丧命,无一幸免。一头驴子就带着特殊的使命来到了人间,它化身一美男子出现在女魔头门前……后来……后来,自然是驴子以它特有的能耐降服了女魔头。原本的故事还有很多细节描述,大多龌龊不堪,故着意剔除,未录。总之,从此世间有驴,天下太平。

村上有人养过一头叫驴,就是专门给驴和马配种的驴。他们家门前就是一条大路,驴拴在院门口,只要门开着,从门前经过的行人和各类牲口,它都尽收眼底。如果看到一匹母马或一头母驴从门前过,它就会亢奋,就会"嗯啊—嗯啊"地狂叫不已。不可思议的是,它对人类女性也有这种冲动。一个夏天的中午,一家人正在屋檐下吃饭,一个衣着鲜艳的女人从他家门前过,被驴瞅见了,本性难移,一下亢奋起来,又是叫喊又是跳腾……一家男女老少恨不得找个地缝钻进去。可事后,又觉得新鲜,把这事当成趣闻讲给村里人听,说驴是灵物,通人性。

这样的事,在马的身上不会发生,在骡子的身上更不会发生,因为骡子已经沦落为一种无性的动物,为了避免其狂躁难耐,凡雄性骡子,生出来不久便会对其施行阉割,使其失去本性。据说,骡子原本是有性的,且子嗣甚众。后来为什么丧失本性又无后?传说很多,说法不一,大多都有受到诅咒等说法,皆不可信。不过,驴、骡子和马虽是一类,却非一种,但是它们还能和睦相处,互为依存,在整个动物界也算得上一个特例。仅有驴,不会有骡子,仅有马也不会有骡子,如果只有骡子,或许就不会有驴和马。从这个意义上说,它们是一个整体,驴中有骡,马中亦有骡,骡中有驴亦有马。这才是造化的奥妙。如果我们把驴、骡、马现象不断放大,由此推及万物,我们就会发现,其实,生灵万物莫不如是。

无论驴,还是骡子和马,都为家畜,家畜存在的意义在于它的实用价值。而任何事物的实用价值都有可能被更加实用便捷的东西所取代,驴子、骡子和马也不例外。随着现代交通运输工具的日益精巧发达,这个世界上,除个别偏远山地土著,已经没有人再用驴子、骡子和马匹驮载运输东西了。于是,突然之间,驴、骡、马一下子从我们的眼前消失不见了,尤其是驴和骡子——在某些地方,马匹之所以还存在,是因为要满足人类娱乐的需要,而非必不可少。

以前,我老家一带山区乡村,几乎家家都养驴、骡子和马,而今一头也没有了,成了稀罕物。以前养过这些牲口的人家,现在的孩子大多没见过它们,驴、骡、马的时代已经结束,它们正在成为新的传说。以前,驴的地位很低,一头驴顶多也就一只山羊的价钱,远远比不上骡子和马,现在反过来了。如今骡子和马只存在于老人们的回忆中,而驴子虽然也不见了,但驴子的市场还在。一次回家,听说一个偏僻村庄里有一头老驴还活着,八方买家趋之若鹜。一头老驴竟要价上万,一张驴皮的要价也超过两千——说是要做成美容养颜的阿胶的。那也许是那一带乡野最后的一头驴子,之后,就没有驴子了。没有了驴子,就不会有骡子,马也危在旦夕,因为它很难独善其身。

如此想来,过不了多久,很多的家畜也都会成为濒危物种了。譬如土种黄牛以及黄牛和牦牛的杂种后代犏牛。犏牛类似于牛中的骡子,所不同的是雌性犏牛尚可生育,与黄牛交配生黄牛,与牦牛交配生犏牛,但雄性犏牛也像骡子,不能造就自己的后代。它主要的功用是耕地,也是役使,现在也已基本消失。而如果它从我所栖居的这片土地上消失了,也就从全世界消失了,因为牦牛属这片土地特有的牲畜。类似的事,在众多的土种猪、土种羊、土种鸡等牲畜的身上也正在发生。仅二十世纪以来,全世界有超过半数的家养动物已经灭绝。因为现代科技在配种、基因配型等环节的精准介入,很多原本由牲畜自己完成的事,都由人类代劳了。于是,工厂化大型养殖业过度繁荣,却导致普天下的猪、牛、羊越来越像是一个模子里倒出来的,外貌特征和毛色越来越统一,没有了差异化,也没有了血缘谱系标记。某种程度上,它干扰并打乱了牲畜自然繁衍进化的秩序,很多牲畜因此失去了自然的属性和本能。

其实,这也是一种衰退和灭绝。随之一同衰退的是人类的味觉、嗅觉和对大自然母体的感觉——那是维系人与自然关系的纽带,像人和动物的脐带。如果这是自然界一次人为因素造成的大败退,那么,驴、骡子和马一定是它们的先烈。

狼·兔子·狐狸

藏族有一句俗语，人前的兔子人后的狼。它有借物喻人的意思，但也确实是在说兔子和狼的事。在人面前兔子会显得很从容自在，不会惊慌失措，也不会让你看出它害怕。其实，那一副模样是它特意装出来给你看的。兔子最为胆小，说不定在这样做的时候，它早已吓得尿都出来了。但是，当着你的面，它不会乱了方寸，善于伪装是兔子的看家本领。情急之下，兔子还会装死，这是猎人们经常会看到的一幕。它会在安全逃离之后，才会显出吓坏了的样子。兔子逃离之后，如果你能在不远的地方再次见到它，那么，你就会看到它吓坏了的样子。它很可能正躲在草丛里大口地喘着气，像是魂儿都没了。即使逃离，兔子也不会跑很远，也许就在旁边的草丛里。也许在它看来，只要离开人的视线，就安全了，没必要跑太远。另外，因为兔子前腿短而后腿长，逃命的兔子会想尽办法选择上山的路线逃走，这样它几下就会从山下跳到山顶。如果不得已选择了下山的路线，那无异于一条死路，因为下山时，它几乎每走一步都要栽一个跟头,那不是走而是滚。

我曾在山野多次与野兔邂逅,那情景像是两个不期而遇的故人。也许是它先看到我的,因为,我看见它的时候,它已经在看我。它正蹲在草丛里,两只金黄的小眼睛滴溜溜地转着,两条前腿抱在胸前,嘴唇快速地嚅动着——可能正在嚼一嘴青草,还没来得及吞咽。看上去,它像是早就料到我会出现在那个地方的样子,一点儿也不感到吃惊,依然在咀嚼它的青草,享受它的美味。而且,也没有要逃走的迹象。反倒是我,因为眼前突然出现了一只兔子,猝不及防,停止了行走,步伐被打乱,一时竟忘了自己走到这里的目的,所能确定的是,我肯定不是来见一只兔子的。它为什么会在那个时候出现在那个地方,我不得而知。于是,有好一阵子,我们彼此僵持在那里,不敢动弹,那应该是静观其变。好像谁要是动一下,就会使自己陷于被动。当然,僵持不会一直持续下去。很快,我回过神来,清楚地意识到,对面只是一只兔子,你不必惊慌,更不必害怕。但是,我也确实不知道接下来该干什么,转身离开?似乎有点不妥,觉得那样,自己在兔子面前很没面子,像是我很怕它,而其实,我并不害怕。可是,我又不能挪动脚步向前走去,因为它就在前面,再往前一步,我就没地方落脚。跟你直说了吧,我也根本没打算一下扑上前去,把它逮住,因为,逮一只兔子并不在我这一天的计划之列,那会彻底改变我一天的生活,而我从未想过要改变这一天生活的样子。我在脑海中迅速地搜寻着打破这个僵局的计策。最后,我想,在进一步行动之前,先得跟它打个招呼。思来想去，最后，我只说了三个字："你好啊！"说话时，还友好地向它轻轻挥了挥手。那一瞬间，我看到它咧了咧嘴唇，像是在嘲笑。我以为，它也要说点什么，可是没有，就在我挥手之间，它噌一下就跳进草丛里不见了。还有一次，我走进一片草丛尿尿，一只兔子蹲在那里，我却没有看到。它可能吓了一跳，跳起来，也吓了我一跳，赶紧憋住尿看时，它以惯常的做法和姿态窜入旁边的草丛里了。

　　而与兔子相比，狼的表现正好相反。狼一旦与人正面遭遇，它会非常惊慌，甚至不知道该怎么挪动脚步。我曾在路上几次与狼正面相遇——当然，我身边还有别人，如果是我一个人，我究竟有没有胆量和心思留意它的一举一动，还说不定——我看到狼时，它正一门心思地埋头走路，一副心事重重的样子。所以，直到离得很近了，它才发现前面有人。而这时，它已来不及躲避，只好硬着头皮迎上来。在万般无奈之下，我想，它是打定了主意要赌一把的。也许它早就料定，在无路可逃的情势下，即使有一群人，只要他们手无寸铁，它依然可以大摇大摆地从他们中间穿行而过。但是，狼不是兔子，它不善伪装，它所有的恐惧都会写在眼睛里，你会看到一层泪光在它眼睛里缓缓汹涌，你甚至会觉察到它因为害怕四条腿正在剧烈地颤抖着。当它从几个行人身边颤颤巍巍地走过时，我感觉到了它的恐惧，也感觉到了人内心的恐惧，因为它是狼。但是，紧接着，我感觉到的是人内心的愤怒，他们无法忍受一匹狼会从他们身边不慌不忙走过，那简直是奇耻大辱。于是，他们振臂高呼，像是要即刻投入战斗，一副要生吞活剥的架势。事后，等冷静下来之后，我才想，那一切不过是虚张声势而已。他们之所以要弄出些吓人的动静来，无非是想在狼面前找回些面子，在人面前找一个台阶下。其时，人还惊魂未定，而狼已经走远。

走远了的狼会很快找回自信，显出它的淡定来。它知道，只要不是离得太近，人不会将它怎么样的，也奈何不了它。这时，它会恢复固有的步伐，缓缓走向一面山坡，走向山顶。一般而言，在翻过那道山梁之前，它一定会稍作停留，并回过头来看一眼山下的人影。有很多次，目睹这样的一幕时，我曾想象，此时此刻，狼会作何感慨？它会发出轻蔑的笑声，还是一声浩叹？它会不会感到后怕并由此对前途满怀忧虑？我最终所能确定的是，所有这些想象都出自人性而非狼的本义。

从那道山梁翻过去之后，那匹狼也不会加快前进的步伐，迅速向着远方逃离。假如，随后你能站在那山巅之上仔细搜寻，也不难找到它的踪影。它可能已经走远了，但不会很远。翻过那道山梁是它最后的逃离，危险在山的这面。但是，比起兔子来，狼的确可以逃得更远一些。

比狼逃得更远的是狐狸。狐狸在人面前会显得妩媚妖娆，甚至无比优雅。只见它迈着碎狐步，似走非走，脚尖轻点地面，扭着腰肢，翘着尾巴，额头微微上仰，噘着小嘴巴，一对媚眼顾盼生情，像是在看你，又像是在众里寻找什么。不知狐步舞最初是否就是受了狐狸的启示，不过，近前看狐狸，的确会让你联想到妖艳的女子。想来，蒲松龄应该是一个与狐狸有不解之缘并对其做过细致观察的人,你看他笔下的那些狐狸精,哪一个不是妩媚惊艳、超凡脱俗的尤物? 害得一个个书生舍命相随。

这是在人前。狐狸一旦从你身边走过去,稍稍离开一点儿,你会清楚地看到,它离开的速度会越来越快。远远看狐狸消失在视野中,你会感觉自己刚刚看到的是一段彩虹,闪了一下,便不见了。很多次,在旷野,我就是这样目睹狐狸从视野中消失的。如果你看到它从一道山梁翻过去, 即使你随后就能站在那山梁上搜寻,也不会找到它的踪影。它早已不知去向。狐狸总是在背离你的地方,做出迅速逃离的举动,那是真正的逃离。这也许就是我们越来越看不到狐狸的原因。

天地之间一对鹤

天地之间，一对鹤在悠然踱步。

有那么些时候，总在不经意间，一对鹤会突然出现在我的眼前。不是一只，也不是三只，而是一对。我从未见过一只鹤孤零零地在一个地方，也从未见过一大群鹤在一起的情景。

一大群鹤在一起的样子，我只在摄影和绘画作品中见过，譬如宋徽宗赵佶的《瑞鹤图》。赵佶的画上有二十只丹顶鹤在晴空里上下飞舞，众鹤呼应生动，堪称神品。画作下方尚有徽宗瘦金体题文："政和壬辰，上元之次夕，忽有祥云拂爵，低映端门，众皆仰而视之，倏有群鹤，飞鸣于空中，仍有二鹤对止于鸱尾之端，颇甚闲适，余皆翔翔，如应奏节，往来都民无不稽首瞻望，叹异久之。经时不散，迤逦归飞西北隅散，感兹祥瑞，故作诗以纪其实：'清晓觚稜拂彩霓。仙禽告瑞忽来仪。飘飘元是三山侣。两两还呈千岁姿。似拟碧鸾栖宝阁。岂同赤雁集天池。徘徊嘹唳当丹阙。故使憧憧庶俗知。'"在中国，无论在帝王眼里，还是在民间，鹤皆为祥瑞仙禽，自古如是,可谓千古一鹤。上下五千年文明史上,如果让国人选出一只吉祥的鸟儿,我想,绝大多数人可能会首选凤凰,其次,一定是鹤。可凤凰只是一只传说中的鸟儿,它也许真的存在过,但谁都不曾亲见,鹤却不同,它不仅真实地存在,而且为世人所喜闻乐见。

不仅在中国,在全世界,鹤也算得上一种珍稀鸟类。鹤,为鸟纲,鹤形目,鹤科,仅有一属。虽然,它在世界各地均有分布,但是,目前仅存十五种,其中中国有八种,如白鹤、衰羽鹤、丹顶鹤、黑颈鹤等。而且,几乎所有的鹤种,其种群数量都非常有限,尤以灰鹤、黑颈鹤、丹顶鹤为最。历史上可能还出现过别的鹤种,而今却已无从寻觅,譬如黄鹤。黄鹤是否真的存在过,世人大多持怀疑态度,以为崔颢误将白鹤当黄鹤,对此,我并不以为然。况且,崔颢写《登黄鹤楼》那已经是一千多年以前的事了,而且从他的诗句中,我们也不难看出崔颢也未必见到过真正的黄鹤,因为他分明写的是昔日的黄鹤。"昔人已乘黄鹤去,此地空余黄鹤楼。黄鹤一去不复返,白云千载空悠悠。"今日无黄鹤,未必昔日亦无黄鹤。

迄今发现的化石鹤类已经有十七种,它们分别出现在始新世、渐新世、上新世和更新世。其中,游荡鹤属五种,鹳鹤属二种,鹤属十种,前两属鹤类均早已灭绝。科学研究得出的初步结论是,鹤科鸟类大约发生在七千万年前,至第四纪冰川期,受喜马拉雅造山运动等影响,部分鹤类开始灭绝。而且,灭绝从未停止过,曾经在地球上繁衍生息过的绝大多数生物都已经灭绝了。近一百五十年间，大约有近百种鸟类又刚刚灭绝。当然，还有少量的生物继续存活了下来，包括人类和鹤类。

其中有黑颈鹤，它因为适应了青藏高原的隆起而开始繁衍，并成为最年轻的鹤属种类。我于天地间不期而遇的那一对鹤，正是黑颈鹤。不是一次两次，而是很多次，也不是个别地方，而是很多地方——但都在青藏高原，大多在青海境内。我所记得的是，每次远远看到它们的时候，我都在路上。因为视野中出现了它们的身影，每一次，我都会停住脚步，而后慢慢靠近它们。当然，我不会走得太近，那样它们会受到侵扰和惊吓，并离你远去。当走到一个能看清它们的地方，我一定停下来，不会再往前靠近。即使这样，很多时候，它们也会觉得你已经越过了一条界线，于是，款款迈步，缓缓移动，渐行渐远。每次看见它们，都是在一片草原上，都有一片湖水，它们在湖岸上走走停停。偶尔，一只鹤会发出一声长唳，像呼唤，像低语，像沉吟，另一只听见了，也伸长脖子鸣叫一声，像呼应，像回答。因为，我所见到的黑颈鹤都是一对一对的，心想，它们应该是长相厮守的情侣，是恋人。

我第一次看见一对黑颈鹤是在黄河源头。那是一片辽阔的草原，几千个湖泊点缀其中，站在高处俯瞰，宛若繁星点点，故得名"星宿海"。我看到的那一对黑颈鹤住在其中一颗"星星"的岸边。那天，我向那片湖水走去时，打老远就看见了那一对鹤，它们忽而一前一后、忽而一左一右地在岸边草地上漫步。我向它们走去时，它们也开始慢慢迈动脚步，沿着湖岸走动。因为湖面不是很大，不一会儿,它们已经在湖对岸了。

我最后一次看见一对黑颈鹤的地方离此地也不远,也在黄河源区,也有一片湖泊,但它不属于星宿海,而是一片独立的湖泊,那是我所见过的最美的湖泊。站在那湖边,我曾对玛多县旅游局的朋友说,希望能在这湖边立一块牌子,上面写上这样一句话:"请你务必不要离湖水太近,更不要试图用你身体的任何部位去接触水体。我们并不是说你不干净——你非常干净,但是,对这片湖水而言,我们所有的人都还算不上干净。"你能想象这是一片怎样的湖水吗?每到秋天,湖滨草地上一派缤纷绚烂,金黄色、紫红色的水草像一个巨大的花环环绕着湖水,与皑皑雪山、碧蓝湖水交相辉映,将一幅绝世的湖光山色挥洒在荒野之上。

此湖名曰冬格措纳,意思是有一千座山峰簇拥着的湖泊。其西北是开阔的托素河源区河谷,河谷一侧有一金字塔状小山,山下立有石碑,上刻"吐蕃古墓葬遗址"字样,下方还有几行小字,说也有学者称这里是古白兰国遗址。湖东南有山谷,两面山峰怪石嶙峋,疑是火山岩,千奇百怪,形态各异,如十万罗汉坐卧山野。进得山谷不远,豁然开朗,突兀一奇峰,曰珠姆煨桑台。珠姆是雄狮大王格萨尔的王妃,想来,格萨尔征战四方降妖伏魔时,也曾在此久久盘踞。据说,六世达赖喇嘛仓央嘉措最后一次远行时,也曾途经此地。当地藏人确信,他是特意绕道经过这个地方的。想必,他早就知道这是个神奇美丽的地方,因而一路往东向青海湖方向跋涉时,刻意走进那条山谷,来看看这片湖光山色。也许正是受到这片蓝色湖水的启示，才促使他从一片蔚蓝走向另一片蔚蓝。虽然，在他流传于后世的那些情歌中，我并未找到有一首情歌是属于这个地方的，但是，我确信，他一定为冬格措纳写过一首情歌，在心里。

那天，我们走到那湖边时，清澈的阳光令人目眩。好像那阳光不是从一个地方洒落下来的，而是从很多地方洒落的，它们相互交织，变幻着光芒的色彩。也许是海拔的缘故，在海拔超过四千米的地方，我常有这样的感觉。即使太阳在你的这一侧，那阳光好像也能从另一侧照射过来。正恍惚间，我看见了那一对鹤，像两个仙女——其实是一位公主和一位王子，它们正在那湖边悠然踱步。在这样一个地方见到一对鹤，在我看来，有着非同寻常的意义。也许，当年仓央嘉措走到这里时，也曾与一对鹤不期而遇，说不定，他就是为一对鹤而来。如是，我所遇见的这一对鹤是否就是他所遇见的那一对鹤呢？如是，这鹤应该还记得他的那首情歌。

不仅如此，这一路上，仓央嘉措可能与一对又一对黑颈鹤不期而遇，在羌塘，在唐古拉，在巴颜喀拉，在冬格措纳和青海湖。他曾在情歌中写到过白鹤，我以为，他诗中的白鹤即是黑颈鹤，黑颈鹤除颈部有环状黑色羽毛，全身几近洁白。那时，黑颈鹤还没有被命名，世人只知有白鹤，而不知有黑颈鹤。他在诗中写道："洁白的仙鹤啊，请将你的翅膀借我；我不会飞到很远的地方，只到理塘转转就回来。"——这是记忆中的仓央嘉措情歌，谁的译文？我已记不清了。不过，这一次他不是去理塘，而是未知的远方。"远方，还在那里吗？那个心已经去过,脚步还不曾抵达的地方。"——这是我一首情歌的开头。远方,其实是一个并不确定的地方,但是,我们依然会想念,甚至会因为想念在暗夜里落下泪来。对鹤、对我、对仓央嘉措来说都是这样。所以,人们总是梦想着有一天能放下一切独自去远行。

藏人传说,格萨尔有一个忠诚的牧马人,一生都在为格萨尔放马。他去世后,他曾经放马的地方出现了一只黑颈鹤,鸣叫着,久久不愿离去。藏人便说它是"格萨尔可达日孜"——意思就是格萨尔的牧马人。我第一次看见黑颈鹤的地方正是格萨尔赛马的终点,历经各种磨难大获全胜的格萨尔在那个地方登基称王。立于那方经幡飘展、嘛呢石簇拥的高台闭目遐想,似有马蹄声自天边响起,仿佛又有万马奔腾的场景浮现眼前。天地之间,那一对鹤寻寻觅觅,像是在寻找曾经的牧场,又像是在追寻失落的马群。也许那一对黑颈鹤还在继续牧放,牧放一群隐于无形的骏马,只等格萨尔重返人间。那时,它们便会立刻显形于山野天地间,长啸嘶鸣,开始新的征程,纵横天下。

某种意义上说,像黑颈鹤一样,仓央嘉措也是一个牧人,不仅因为血缘、祖先和草原牧场,还因为他牧放的心灵和深情吟唱的情歌。无论遭受过多大的人生磨难,其心灵一直在辽阔的精神疆域中自由驰骋,绽放自在。我总感觉,在踏上最后的这段旅程时,他就像一只孤独远行的鹤。可是鹤不会独自远行,一只鹤总有另一只鹤相伴。也许,对他而言,所有的陪伴都已结束,或者说都已留在了身后,最后的这段旅程注定了他要独自面对。所以,他径自往前,却无法回头,因为他知道,所有的羁绊都已解脱,所有的缘分都已放回原处,所有的轮回都已开成花朵,长成慈悲,剩下的只是一次远行。

当我回想遇见过黑颈鹤的那些地方,再把一对又一对黑颈鹤与一个地方、一些人、一些往事联系在一起时,它便具有了某种令人怀念的意蕴,会在心头久久萦绕,于是沉浸其间,流连不已。即便是想象,岁月深处,一个地方能有如此众多的人和事与一只鸟儿联系在一起,这不能不说是一种辽阔久远的记忆,它远远超越了一个人所能拥有的人生经历和生命体验。而且,这还不是一只普通的鸟儿,它是黑颈鹤,是仙鹤。何况,这还不是想象,而是经历,是记忆。一只鹤就这样纵贯我的人生,时时地让我萌生出一种自由飞翔的冲动来,或许这也是一次远行吧。

有道是:海为龙世界,天为鹤家乡。而我看到的鹤都在地上,大多与我栖息在同一片土地上,因而似乎感觉自己的身上也多了些高洁的品性。这自然是妄言。你不是鸟儿,更不是鹤,你就是你。不过,这并不妨碍你能遇见一对鹤,更不妨碍你去喜欢所遇到的那些鹤,让它永远留在你的记忆里。

在青藏高原所有的珍稀鸟类中,黑颈鹤给我留下的印象最为深刻。在所有的鹤类中,我只对黑颈鹤做过近距离的观察,而且是在野外。黑颈鹤是唯一生长繁殖于高原的鹤类,栖息在海拔两千五至五千米的高原。北起阿尔金山—祁连山,南至喜马拉雅山麓—横断山,西起喀喇昆仑,东至青藏高原东北边缘,都是它的栖息领地。有如此辽阔的家园,正好可以满足它们喜欢分散居住的喜好。黑颈鹤通常不喜欢聚在一起过拥挤的生活,它们喜欢小家庭的生活,并以小家庭为单位分散居住,而且,一个小家庭与另一个小家庭之间会保持一定的距离,以避免相互侵扰。而一个小家庭就是一个繁殖对,一个繁殖对至少都拥有一平方公里以上的领地。人烟稀少的青藏高原正好给它们提供了足够宽松的生存空间,所以,一年的大部分时间它们都生活在这里,不愿离开。直到11月中下旬严寒来临,小鹤的羽翼也已经丰满,可以展翅飞翔了,它们才暂时离开家乡,飞到云贵高原或雅鲁藏布江过冬,像是去度假。它们是鸟类中真正的乡绅和贵族。

如果在青藏高原只选一种代表性的鸟类,我一定会选黑颈鹤。尽管还有一些鸟类更加稀有珍贵,譬如藏鸦——迄今为止目睹藏鸦的人都是屈指可数的,然而,我仍偏向于黑颈鹤。如果把视野限定在我所栖居的青海这片土地上,那么,我更会坚定地选黑颈鹤。科学界认定的第一只黑颈鹤也发现于青海。1876年,俄罗斯探险家普尔热瓦尔斯基在青海湖发现了它,并取得标本。有消息称,科学家经过多年追踪观察发现,全世界至少有一半的黑颈鹤是出生在青海的。据科学家测算,全球黑颈鹤数量大约在九千只左右,有繁殖对三千至四千对,其中至少有一千五至两千对在青海繁殖。单凭了这一条,青海作为黑颈鹤的家乡,也当之无愧。

不过,我也发现,喜欢远离同类分散而居的黑颈鹤也有特别喜欢的地方,这样的地方总会有很多它们的小家庭,譬如玉树隆宝就是这样一个地方。早在二十世纪后期,那里已经设立了国家级黑颈鹤自然保护区。那是一个开阔的草原湿地,在那里你经常会看到几十对黑颈鹤其乐融融的场景。虽然也是一对对分散开来的,但这一对与另一对不是离得很远,而是毗邻而居,从这个小家庭里能听到另一个小家庭的动静。我想,像隆宝这样的地方大概就像是人类社会的城市,人口相对稠密。但是总体上讲,这种地方毕竟是特例,黑颈鹤不像人类这样热衷于城市化。它们偏安一隅,不求繁华,却拥有辽阔旷远的疆域,以期驰骋和飞翔。

也许,正是相互之间总是保持适当距离的这种栖居方式,才使它们过着悠闲自在的生活。自由和自在都需要足够的空间距离。但凡拥挤,节奏就会加快,竞争就会激烈,压力就会加大,情绪就会紧张,因而免不了冲突和剑拔弩张。我从未见过匆匆忙忙的黑颈鹤,它们总是一派静谧恬淡、从容优雅的样子。

因为,它们从不拥挤。

草原在铁丝网一侧

这是一台实景演出的剧目。

虽是舞台剧，但考虑到主角均系未曾驯化的野畜之缘故，是即兴表演，因而这也是一台只能在旷野上演的大型剧目——它应该是一种全新的剧种，叫田野剧。舞台就是一片一望无际的草原，背景是地平线之上的巴颜喀拉和天空，唯一的舞台道具是两道望不到尽头的铁丝网——铁丝网架设在一根根一人高的水泥柱上。为本剧担纲主角的野畜分别是两头藏野驴、两只藏原羚（也叫黄羊）、一匹狼和三只狐狸。参与本场演出的其他演员包括一群人和十数群动物。依剧情发展的需要，他们会依次登场。

演出时间是 2016 年 10 月 13 日早晨。演出地点在黄河源区玛多草原，这个地方现在的另一个名字是中国国家公园，准确地说，是正在体制试点中的中国国家公园的重要组成部分。另外，需要说明的一点是，因为这是一个真实的故事，整台演出与故事进展同步进行，没有预设的情节，也没有事先准备的剧本，所以，除了嘈杂的人声之外，整台演出没有任何对白——当然，这也是考虑到了对白翻译的难度——除非造物主自己也愿意加入演出，否则，那几乎是不可能做到的事情。故事开始的时候也是演出拉开序幕的时候，故事结束的时候也是剧终。还需要提醒并请你谅解的是，因为所有演员只有一次上场的机会，一经下场，无须候场，便会径自离去，故而也没有谢幕。等最后一位演员走出舞台之后，假如你也在场，也请自行离去——说实话，我们并不确定你是否会在场，所以我们的整台演出并没有设观众席，或者说，我们只有一位观众，那就是上帝，或者说造物主，它有自己的席位。

如果感兴趣，你可以留意我们的宣传海报，除了剧照，上面还印着这样一句话：我们拒绝一切的虚构和虚构的一切。剧照的主体部分是一头惊恐万状的狼，背景虚化后凸显出两头野驴和两只藏原羚的剪影。

考虑到动物肖像隐私权益，所有野畜之名都已隐去，或只提它们的动物学名称，比如狼，我们就只提狼，而不说明它是一匹来自北方的狼还是别的什么狼，也不用化名，除不知名者外，所有上场人类演员，都是真名，并已通过实名制认证。因为我的名字已经在前面出现过，所以，以下均以第一人称代词"我"代之。当然，对我，你也完全可以忽略不计，我的存在与否与整台演出没有任何必要的关系，说白了，我就像个可有可无的道具，即使我不存在，这场演出也会如期举行，顶多，正像你将要看到的那样，某些人声细节会略有改动，无伤大雅。

现在,请安静。而后,等待。故事(或者演出)即将开始——

这天,我和沙日才先生在黄河源区玛多草原的田野调查仍将继续。今天我们要去的地方是莫格德哇、冬格措纳。之后,拐到花石峡,再从那里去果洛州府大武镇。莫格德哇在托素河源区,有人说那里是唐代古墓葬遗址,也有人说是古白兰国遗址。而冬格措纳是一片湖泊, 在藏语中的意思是一千座山峰簇拥着的黑色湖泊。所以,还没踏上旅途,对这段旅程已经满怀期待。在我,心早就去过,而脚步还不曾抵达的地方就是远方,莫格德哇和冬格措纳就是这样的地方。无论是唐代吐蕃古墓群还是古白兰国遗址都令人神往,而随后我所看到的冬格措纳应该是我所见过的世上最美的湖泊。这是这台田野剧目得以如期上演的由头。

和前一天一样,这一天,我们在玛多行走的向导依然是周保,县文化旅游局的一名干部,一个熟悉玛多并怀有幻想和探险精神的藏族小伙子,有他随行的旅途总有惊喜在不远处等你。前一天,他曾带我们找到过卓陵湖,那是黄河源区除扎陵、鄂陵之外的第三大湖泊,传说中它们是格萨尔王妃珠姆的父亲和他的兄弟。这不,这天早晨,我们刚一出玛多县城,他就把车开下了柏油公路,拐上了一条沙土路,把我们带进了莫格滩。这是一片苍茫无际的大草原,而那条沙土路就从那草原穿越而过。沙土路两边还留有一片足够宽阔的空地,比那沙土路还要宽阔,应该是特意空出来给路作缓冲和陪衬的,它使这条粗糙简易的路面顿时显出些奢华来。而在那空地的一侧沿着沙土路面一路浩浩荡荡的就是两道铁丝网,铁丝网架设在一人高的水泥柱上,每隔十米左右立着一根水泥柱。一开始,并没在意,走进去之后才发现这条路不仅很长,而且笔直,这使那两道铁丝网显得无比壮观。

连偶尔开车从这里经过的周保也颇感意外,我听见他自言自语道,这铁丝网是什么时候拉上的呢?去年还没有。末了,他还歪过头来冲着我说,这铁丝网不好,玛多草原上经常发生野生动物撞死在铁丝网上的事情,也有野驴撞死在水泥柱上。正说着,他低下头从挡风玻璃望了望,说:"前面有两头野驴。"我和沙日才赶紧伸长了脖子看。我们看到野驴的时候,野驴也看见了我们。那时,车速还很快,野驴开始奔跑起来。我让周保减速,缓慢行驶,让野驴在铁丝网中间找到一个门进去。这时,两只藏原羚也出现在前方不远处,它们不安地跳来跳去,这使它们屁股上那一大片白毛在晨光中不停地抖动着。它们撒腿奔向前方,可是对面也来了一辆车,野驴又掉转头朝我们奔来,两只藏原羚也是。我们停下车,熄了火,静静等待它们能找到一个门进去——我们看到,在两车之间也确实有一个铁大门可以进去。可是,它们看不到,气氛越发紧张起来。它们不停地在两道铁丝网和两辆车形成的狭长地带来回飞奔,不时撞在铁丝网上,那两只藏原羚还不断摔倒又爬起。这情景大约持续了十分钟。这时对面的车也停了下来,两辆车之间大约有三百米的距离。对面车上还下来一个身着藏袍的女人,弯下腰,用两只手小心地驱赶那两只藏原羚。果洛藏族自治州文联主席沙日才先生也下车去做同样的事情。我们以为的善举善行,效果不佳,甚至更糟。

也许人类自以为是的一些善举,在野驴和藏原羚们的眼里可能完全不是这样,因为看它们的样子好像是越发惊慌了。或者,我们曾经太过残暴,即使从今而后我们不再残暴,但我们在它们心里的形象也很难回到当初的模样。

它们先是沿着沙土路两侧的空地来回奔突,后又在两道铁丝网之间穿梭跳跃。有好几次,我看到一只藏原羚狠狠地撞在铁丝网上了。一头野驴有几次在铁丝网跟前突然收住脚步,向着铁丝网里面惊慌地望了一眼。我想,它试图从那铁丝网上腾跃而过,可是,发现那铁丝网太高了,于是又回过头来,前后左右不停地飞奔。如果那两道铁丝网之间的空间足够开阔,给野驴以足够的助跑余地,从这样一道铁丝网腾空而过对一头野驴来说并不是什么难事。可是,相对于它们的奔跑需要,这两道铁丝网离得太近了,根本跑不起来,它们正要奋蹄,腿脚还没有伸展开来,身子就已经贴到铁丝网上了……

它们终于发现这是一次无望的突围,根本没有去路。有那么几秒钟的时间,我甚至感觉那两头野驴已经垂头丧气了。但是很快,它们又振作起来。而那两只藏原羚一直在飞奔,有几次它们跑到我们眼前时,我看到它们喘气的样子像是垂死挣扎,鼻孔都已经红了。再这样持续下去,非倒地毙命不可。这过程大约持续了一刻钟,它太过漫长了。仿佛我们不是在忍受时间的煎熬,而是在感受生命先被碾轧成时间的碎屑粉末,而后变成灾难的狰狞。而生命的挣扎还在持续。无望、无助、无奈,直至绝望。这时,一头野驴终于在那道漆着血红色油漆的铁门前停住了。接下来是片刻的停顿。它正在犹豫。是否要从这道铁门里进去,它拿不定主意。时间凝固了。最终,它一仰头,从那里进去了。感觉它不像是在逃命,而像是英勇就义,那是赴死的决绝。随后,另一头野驴可能接到了它同伴的呼唤,很快也穿过那道铁门向草原深处飞奔而去。

望着它们远去的背影,我很想对它们说,离开这道铁丝网之后,最好就待在某个地方,只要那里还有水草可以活命,就待在那里,再也不要靠近这道铁丝网。更不要继续往前奔跑,因为前方不远处一定还有一道铁丝网拦在那里——人类惯常的思维就是这样,他们架设一道道铁丝网就是要围住一片片草原。你要是不进入铁丝网里面很危险,但要是进去之后,四面都会是铁丝网。可是,这不是野驴们的思维方式,从一次灾难中逃生之后,它们一定会沿着逃生的方向一路向前飞奔而去,以为前方再也没有了铁丝网,也没有了灾难。

我们继续停在那里。因为那两只藏原羚还在挣扎着来回拼命奔跑。所有的挣扎和拼命,都是一种重复,一而再地重复,像所有的死亡,没有新意。在这样拼命挣扎的间隙,它们可能进行过短暂的交流,因为,突然,它们像是商量好了似的,两只藏原羚从那狭长地带的中间分开,各自向着相反的方向奔跑。这次它们没有回头,一直向前飞奔。一只藏原羚从我们车旁飞越而过。它与我们擦肩而过之后,依然没有放慢速度,不一会儿,就已消失在视野中了。可是,我们的视野之外还是视野,还有路,还有铁丝网,你又能去哪儿呢?

车又启动了,缓慢行驶。会车时,两辆车上的人都在相互注视。我们相互注视的目光里一定写满了理解之类的空洞之物。车速依然缓慢,因为两辆车的前方还有生灵。很快,顺着我们行进的方向奔跑的那只藏原羚又在前面出现了,我们只能慢慢跟在它的身后,直到它脱离危险。可是,前方再也看不到铁门。一道铁丝网上不可能有很多的门,要不,铁丝网就没必要存在了。可是,这道铁丝网太长了,总也走不到头。而那只藏原羚一直在我们的前方,我们必须非常缓慢才不至于让它太过害怕。

这时,左前方沿着铁丝网跑来一匹狼,一不小心它也走进了这条沙土路,尽管它已经看到前面有一辆车正向它开来,可是身后也来了一辆车,而且还是一辆卡车,声音更大,样子也更吓人。狼无疑是一头猛兽,可是看它的样子好像更加可怜。想必它也知道,人这种动物可能对一头野驴、一只黄羊什么的会心存怜惜之情,但是对它不会。所以,即使前面有万丈深渊,它也得硬着头皮勇往直前,因为,它别无选择。从踏上这段人类沙土路的那一刻开始,它就已经意识到无路可逃。一般而言,人对于狼的仇视与凶残远过于狼对于人的危害。在面对这匹狼的时候,我感觉到,我们的车速明显地加快了。好在手无寸铁,我们绝没有胆量赤手空拳地去挡住一匹狼的去路。尽管车在疾驰,但是狼依然从一旁向我们身后飞快跑远。在与之擦身错过的刹那,我留意到,这是一匹雄壮俊美的狼，具有王者风范，体魄健壮，毛色发亮发红，它从一旁一闪而过时就像一道闪电。那只藏原羚却在路的另一侧向着与狼相反的方向奔跑，因为有人和车，狼与藏原羚都无暇顾及对方，它们的注意力都在人的身上。

也许狼也看到了那只正在逃命的羚羊，可是一只羚羊的诱惑远远抵不上对死亡的恐惧。也许羚羊也看到了从斜对面飞奔而来的狼，但是它还在坚定地向前奔跑，因为对面只是一匹也在逃命的狼，而身后却是人，比狼更加可怕。也许在它心里，此刻，它们同病相怜，或者同仇敌忾。那时，我想过，如果没有人，而只有它们，在这铁丝网围堵着的有限空间狭路相逢，那么，后果又会怎样呢？左前方终于远远看到了一道山梁，我想，至少在那个地方会有个缺口。果然，铁丝网在山脚下断开，藏原羚爬向山坡。狼也已经跑远，朝着相反的方向，即使它还记得刚才的那只羚羊，它也断不敢回头。

可是，那铁丝网的一头还在不断伸向远方，不知何处才是尽头。那天早晨，我们几乎一直在两道铁丝网的夹击中不断向前挺进，不断深入草原腹地，好像我们不是行进在一条道路上，而是由两道铁丝网不断驱赶着我们。因为，一旦走进去，我们也没有别的去路，只能受制于那两道铁丝网，前途渺茫。突然我感觉，我们仿佛也是几头野兽，被那铁丝网所围困。那野驴、那藏原羚、那狼与我们都在同一条路上，像是殊途同归，更像是同归于尽的样子。

约下午两点，我们抵达高原小镇花石峡，停车歇息，就着羊肉在车上啃了点干粮，这是午饭。随后，周保离去。我们继续旷野跋涉，由西向东绕过阿尼玛卿雪山北坡，沙日才先生亲自驾车前往大武镇。约四个时辰之后，我们看到又一只狐狸横穿公路，走到路边时，它回过头来优雅地看了我们一眼，而后，消失在河谷山坡上。这是当天我们看到的第三只狐狸，都是普通的狐狸，个头比猫大一点儿，比藏狐小，也没藏狐漂亮。从那个地方抬眼望去，大武已在眼前。

　　这一天，我们一直在路上。傍晚时分，经过一座雪山，夕阳刚刚坠落。坠落之后开始燃烧，光芒照亮了雪山，烧红了天空，却烧毁了天上的云彩，朵朵白云化为灰烬。于是，天空暗淡。我在渐渐暗下来的天空下回望来时的路，回望那两头野驴、那两只藏原羚、那一匹孤独的狼和那三只狐狸。此外还有很多的老鼠，它们在草原上到处飞窜。因为它们可以在铁丝网中间穿行自如，所以它们既在铁丝网这边，又在铁丝网那边，既是后台服务，也是群众演员。这一路上，我们还与一只野兔、两只黑颈鹤、若干鹰鹫、三五对黄鸭、一大群斑头鸥、五六群黄羊、七八群野驴和数群牛羊不期而遇。我们在铁丝网的这一侧，它们在铁丝网的另一侧。当然，对它们而言，它们在这一侧，我们在另一侧。唯一不曾变化的是，铁丝网无处不在，整个草原都在铁丝网的一侧，不在这一侧，就在另一侧。

　　夜幕降临。星光点亮。万物远去。

　　旷野回到寂静。造物主独坐一隅。

草与沙

一 草 与 沙 一

草与沙

　　一片草原飘进我的脑海,像梦,像传说中的阿拉伯飞毯。最先想到的是那些草叶,先是一片叶子,而后是无数的草叶,而后是一边草原,而后是草原无边无际的苍茫。

　　可是,紧接着我却想起了沙漠,先是一粒沙子,而后是无数的沙子,而后是一片沙漠,而后是沙漠无边无际的荒凉。

　　草原与沙漠分属两个生态系统,之间似乎相去甚远,没有直接的因果关系。对于草原,一个是生,一个是死。而对于沙漠,只有生,没有死,或者只有死,没有生。思绪缘何要从一片草原跳到寸草不生的沙漠呢?草与沙之间有着怎样的生命联系呢?就是这个疑问,一下子把我带进了一个深渊,一片泥沼,便感觉有五雷轰顶。

　　目光从一株青草的叶尖儿上缓缓滑下,滑过分蘖的植株和纤细的根茎,就到地面了,就看到了泥土。我想象着要是草原上没有了牧草,又会怎样呢? 于是,大片的牧草就从眼前枯萎飘零,一直退出了地平线。地表渐渐裸露，有风从远处吹来，一层细细的泥土随风飘散，飘远。后来，风越刮越大，风稍如利刃，一层层削刮着地表之上的泥土，席卷而去。没过多久，草原上的泥土已经消失殆尽，不知去向。但是，风还在呼啸，随之而起的是一层一层的沙尘。曾经绿草如茵的地方已经沙砾遍野。而大风却丝毫没有要停歇的样子，远处的山梁上已经堆满了流沙，紧随草原远去的背影，沙漠已经越过了地平线，向曾经的草原汹涌而来。

而后，我把目光投向一片沙漠，继而环顾地球，目光缓缓掠过非洲北部、阿拉伯、西亚、中亚、东亚、北美；而后又掠过非洲南部荒原、澳洲南部旷野、南美潘帕斯草原和巴塔哥尼亚高原……我看到了一片一片的沙漠，它们连成了一条沙漠带，在北纬三十度和南纬三十度上下，环绕着整个地球。

人们还惊讶地发现，地球南北的这两个地带恰好正是人类文明最为辉煌灿烂的地带。尤其是沿着北回归线环绕地球的这个地带，由西往东依次是古埃及、古巴比伦、古阿拉伯、古印度和古中国文明的发祥地，甚至还包括了古希腊和古罗马为代表的地中海文明，最早的村庄和城镇、最早的庙宇和宫殿、最早的文字和阅读都出现在这里。上帝在这里降临，佛陀在这里觉悟，真主在这里获得最后的真理，这里是众神的领地，也是人间烟火的摇篮。所有的福音和梵歌都从这里传遍四面八方，所有的古老记忆和英雄史诗都在这里跌宕。这无疑是一条人类文明的中轴线，仿佛是一个刻意的安排，即使在纯粹的地理范畴之内，这也不能不说是一个神奇的现象。那么,有谁能做出这样的一个安排呢?

我又把目光投向了现在依然有牧草飘摇的那些大草原,由非洲而西亚,由北中国而美国西南,我发现这些大草原几乎都在大沙漠的边上,每一片大草原都与一片大沙漠相依相伴。

最后,我把目光投向遥远的岁月,然后一点点缓慢地后移,直到最后一个冰河期刚刚结束的时候再停住。我看到,那个时候,除了赤道附近的热带雨林地区和寒温带蔚为壮观的森林地带,整个地球表面的其他地方几乎都被大草原所覆盖,南北温带地区的非洲、欧亚大陆、北美大陆及南半球其余的广袤山野都是大草原,尤以欧亚大草原最为壮观,从北大西洋到北太平洋两岸的这片辽阔土地上到处都是草原。之后,过了很久,这些地方才逐渐有森林覆盖,地球才迎来伟大的森林时代,而大草原依然。

可是,那些一望无际的大草原而今安在?

虽然,至迟在三千万年前,撒哈拉大沙漠已经有了最初的轮廓,但是,有迹象表明,直到六百万年前,今天撒哈拉大沙漠的一大半还是一片大草原,一条酷似亚马逊的大河曾横贯撒哈拉大草原——在大陆板块漂移之前的悠悠岁月里,说不定,它就是亚马逊古河流的干流河段。后来,大风将沙子一粒粒吹进了河谷,大沙漠一点点吞噬了那片大草原。

如同人类的祖先走出非洲,大风甚至把沙子从非洲大陆刮过了红海,落到了阿拉伯大草原。但是,直到摩西时代,约旦河以东地区的广袤土地还没有完全变成沙漠。《圣经·旧约》上说:以色列人从兰塞起行，往疏割去，除了妇人孩子，步行的男人约有六十万。又有许多闲杂人，并有羊群和牛群，和他们一同上路。

摩西率部族出埃及、过红海，回到迦南那片"流着奶和蜜之地"的乐土之前，曾在这片土地上辗转四十年之久，如此众多的部族和他们的牛羊不可能在一片大沙漠里生活这么长时间。但是，很显然，即使在那个时候，这里的土地也已经非常干旱，他们常常因找不到水源而进退维谷，水成为摩西显示神迹的一个标志。而今，约旦河以东地区已经是一片大沙漠了。

从那时起，直到今天，这片土地上的战火就一直没有熄灭过，既有人与人之间文明的冲突和杀戮，也有神与神之间正义的较量和混战，还有一个原因就是为了争夺水源——就像今天那片土地上所有争端的一个主要原因是争夺石油一样。一滴水之所以引发一场场战争，就是因为人被沙漠所困。

走进那片大沙漠，凝神静气，你就会感觉到，从久远的过去，号角就已经吹响，战鼓就已经擂动，无边无际的金戈铁马与连天厮杀也早已经开始，此起彼伏。透过历史的烟尘和滚滚黄沙，你会看到一次次尸横遍野的重复回放。以色列人、犹太人、阿拉伯人、赫梯人、希腊人、罗马人、匈奴人、波斯人、突厥人、蒙古人……都曾在这里纵横驰骋，角逐厮杀。最终，沙子不仅掩埋了所有战死沙场的将士，也掩埋了所有正义和邪恶的痕迹。当然，也掩埋了古巴比伦和阿拉伯文明璀璨的火光，那火光曾照亮过整个人类的夜空，至今想来，我们还会感到丝丝温暖。

由此往东，是巍峨的兴都库什山。在过去漫长的岁月里，已经有无数的人翻越过这座大山，其中包括亚历山大和成吉思汗。兴都库什山再往东，越过今天的帕米尔高原，一片又一片的大沙漠又会出现在你的眼前。塔克拉玛干、巴丹吉林、腾格里、毛乌苏大沙漠一路绵延浩荡，覆盖着亚洲腹地。古楼兰、大月氏、古黑城、西夏、大辽和巴丹吉林曾经的辉煌灿烂也一路湮灭，随之灰飞烟灭的是一片片广袤无垠的大草原，每一片曾经的大草原都变成了一片大沙漠，每一片曾经的草叶上都堆起了一层流沙。

我曾一次次地想象过，那些大草原被大沙漠所掩埋的过程是个什么样子。那些堆积起来的沙子，由一粒而百千万而万万亿亿，层层叠叠，不绝如缕，像山峦，像云海，像滔天巨浪，一片片吞噬草原的过程肯定是一个浩大的工程，需要无比漫长的岁月，绝不会在须臾之间就能完成得了。那么，肯定有一片又一片的草原会直接被掩埋，那么，在那些大沙漠之下也肯定会有一片片草原还未及灰飞烟灭，没有彻底死亡。它让我想起了那些古埃及和古楼兰的木乃伊，正是沙漠让他们经住了岁月的啃噬，没有腐烂和消失。那么，在那些大沙漠之下，是否也有草原的木乃伊，或者只是几片草叶的木乃伊呢？就像一些远古羊齿类植物的化石。若是，在久远未来沧海桑田的沉浮变故中，那一片草原是否还会复活？因为，只要草叶还在，根须就在；只要根须还在，草就能复活。

可是，会有草原的复活吗？在地球的记忆里，只有草原的消亡，没有草原的复活。

现在世界上的那些大沙漠无一例外都是曾经的大草原,那么,有一天,现在世界上的那些大草原是否也会无一例外地变成大沙漠呢?从长远看,这不是没有可能,唯一不可能发生的事情是现在的大沙漠再也不会变成大草原了,因为,所有的大草原都在萎缩变小,而所有的大沙漠都在扩张变大。

草叶何其轻柔,沙子又何其坚硬。只要有尖利的风从旷野上吹过,只要有沙子从远方飘落,草叶就会枯萎飘零,草原就会离我们远去。一场旷日持久的大风可以吹走一片草原,却会把一座沙丘吹成一片沙漠。但是,只要不给大风和沙子以可乘之机,在一片牧草丰美的草原上,大风是无法停住脚步的,沙子也没有立足之地。风吹过草原时,无边的草叶根茎相连,轻轻摇曳,丝丝奏鸣,翩翩起舞,那是生命优雅的沉醉与逍遥。风却显得更有耐心,它们一千年又一千年地从草尖儿掠过,为的只是等待一个机会,带走一点点细细的泥土,吹走几片薄薄的云彩。很显然,这样的机会是可以等到的,于是,最初的一点点泥土和几片云彩飘向远方,之后越来越多的泥土和云彩被吹走……很久以后,草原上已经露出细细的沙子,雨水越来越少,土地越来越干旱,牧草越来越稀疏……

草原地带和森林地带的区别在于,森林地带的土层很厚,有些地方,即使挖掘到丈余深处,依然是土层,而草原地带的土层却很薄,那里不可能长出高大的木本植物,只能生长青草。大凡草原之下原本就有一片潜藏的沙漠,每一簇青草之下就是一把沙子,每一片草叶之下就是一粒沙子。无边的牧草在草原上起伏,无边的流沙在牧草的根须间汹涌，一旦失去牧草的遮蔽，沙子们就会揭竿而起，冲出地面，汹涌成海，波浪翻滚。

原先，我还以为沙漠的沙子都是大风从很远的地方吹来的，后来，我才发现，那些沙子不全是风从远方吹来的，有些还是从地底下钻出来的，只要地表上的植被给大风以机会，它会很容易就地造就一个沙漠。

青藏高原何其雄伟，西亚大沙漠的沙子不可能翻越这座高原。千百年来，我们一直以为这是一个安慰，以为如此则可保中国江南鱼米之乡的安全。可是，在高原腹地的黄河、长江源区，我们已经发现大面积的沙丘正在向四野八荒迅速扩展，那么，那些沙子从何而来？不就是就地生出来的吗？所以，沙漠也许大可不必费力气去翻越一座高原，高原开阔的草原之下就掩藏着无垠的沙漠，那些沙子只要伺机在草原上撕开一道口子、一条裂缝，草原就会节节败退，沙漠只需乘势紧随其后，则可大势定矣！

那么，你能想象，如果青藏高原都变成一片大沙漠，它会带来什么样的后果？滚滚流沙会从高原倾泻而下，像江河之水一泻千里，淹没所有的土地吗？

自从天地间有了沙漠，草与沙的较量从未停歇过。而在草与沙的较量中，大地上流动的沙子总是处在进攻的状态，生长于大地上的牧草却一直在节节败退。一片沙漠会侵占一片草原，而一片草原只能守望另一片草原，却无法去占领一片沙漠。一片草原变成一片沙漠，无疑是草原的死亡，沙漠就是草原的坟墓。

然而,这并不是一个生和死的必然轮回,草原可以一直是草原,它不是非得要变成沙漠。只要一片片大草原一直坚守自己的领地, 每一株青草用自己的身躯时刻守护赖以扎根的方寸泥土,永远守望相助,沙漠就不可能得逞。也许,大自然中的一切原本就是如此保持着平衡。只是,后来草原上出现了人,而且,越来越多,他们赶着如云的畜群,像一片片沙漠,占领了一片又一片草原,杀伐劫掠, 甚至垦荒浇灌,那是对草原的蹂躏和杀戮,最初平衡的天平开始倾斜,草原开始死亡,阿拉伯和美索不达米亚大草原就是这样消亡的。而一旦有草原的死亡,沙漠就是它的葬身之地。因为,沙漠可以像河流一样流淌,而草原只能像牧人一样漂泊。流淌的沙漠可以淹没草原,而漂泊的草原却无法覆盖沙漠。

　　草叶是大地肌体上最柔软的组成,只有赤脚走在一片牧草丰美的草原上时,你才能够深切地体验那种柔软的程度。但是,要体验到那种柔软的细腻,你的步履得足够缓慢才行。那时,那些草叶会从你的脚底下向你身体的每一根神经传递它的柔软。一开始,是一种伴有些许刺痛感的痒。之后,无微不至的抚摸便会弥漫,一种快感会传遍全身。最后,它会停在你的心尖儿上,摇晃。末了,又弥漫,复又摇晃,直到你颤颤巍巍地醉倒在草地上……

　　假如,你光着脚,从一片草原直接步入一片流沙,走过一片连绵的沙丘,又会得到一种怎样的体验呢? 你是否会感觉,那每一粒沙子都是一片枯死的草叶?

源

油灯飘摇成不朽的相思。

眸子温柔如宁静的港湾。

留下了一片思念,走向高原时才知道带上的也是一片思念。

站在唐古拉、巴颜喀拉的白头上,俯视脚下的苍茫大地。心想,悠悠岁月就是那一支自天地相接处款款飘来的古歌吗?

天空里有一只鹰在高高地飞,在苍天之下它似乎成为一种启示,一种思考。那是生命永恒的风景,还是苦难人生的诠注?

那时,江河正从你脚下的土地上一点一滴、涓涓潺潺地涌出,慢慢地汇聚成一泓碧水,一条小溪,又慢慢地汇聚着另一泓碧水,另一条小溪。慢慢地留下一片湖泊,一汪清泉,成为一条大江,一条大河。披着阳光,披着风雨,从草地,从雪原,从森林,从十万大山之间,奔腾着,咆哮着,向远方奔流而去。苍茫浩荡,宛如这块高大陆的面颊上滚落的行行清泪,又仿佛是她高傲的头颅上披散的长发。

哦,让那只鹰伴随我吧。

让那支古歌伴随我吧。

我唯一的愿望是也变作一粒水珠,随那洪流一同奔向远方,去追寻它一路失落的梦,去聆听它千万年吟唱不已的歌。便觉着自己的生命也像一条河,也从那里发源,也从那里开始人生的旅程。其实,源于斯者,又何止是我的生命,站在那源头之上,就有一种站在万物之源上的感觉。

那是个美丽的黄昏。我看见一个藏女穿着拖地的袍子,披着长发,弓着身背一桶源头之水,缓缓走向一座山冈,脚边跟着一条牧犬。当她站在那山冈上时,夕阳最后的一抹余晖就从她身上辉煌地泻落了。

远远望去,那整个一座山冈内在的全部力量好像都凝聚到了她的背上。那硕大的木桶就在她背上高高耸立,直抵苍穹,好像整个天空都是靠她支撑着。离她不远处,一顶牛毛帐篷里已飘着炊烟,她背了那水回去后,就会用它烧成饭,烧成奶茶。然后,那水就会变成血液,变成生命之源。

我看着她站在那山冈上,和天地连为一体,阳光自她身上泻落,江河自她脚下流出,便觉得我好像不是在看一个普通的背水藏女,而是在捧读一页真实的神话。她站在那里,好像是万物的中心,她背上那个硕大的木桶里装着的源头之水好像就是万物之源,天地、岁月、光明、江河,好像都从那桶里开始。而我则好像是从那桶里不慎滴落的一粒水珠。

126

闭目遐想,仿佛已步入幻境。冥冥之中,我已置身我之外,看着我自己。看着我自己时,真好像看着一粒水珠。只见它渺小的身躯晶莹剔透,映着天地日月,映着宇宙万物,映着那女人背上高耸的木桶。

大河之上的巴颜喀拉

大河就是黄河。这个世界上没人不知道黄河。

"黄河之水天上来",这个"天"其实就是巴颜喀拉。这个世界上也没人不知道巴颜喀拉。然而,大多只知那是一座山脉,而不知那是一个"天"。

巴颜喀拉由西北向东南绵延千五百余里,西北自亚洲脊柱昆仑山别出,东南则直抵川西高原岷山和邛崃山,山峰多在五千米以上。其西南为长江流域,整个山麓皆为玉树;东北则属黄河源区,除了麻多乡,整个山麓全是果洛。

我在青藏高原自然博物馆的一段主题词中写下过这样的话语:每一条河的源头都耸立着一座山,山是河流的母亲。一座山和一条河加在一起就是山河。一条江和一座山加在一起就是江山。

巴颜喀拉就是黄河的母亲。巴颜喀拉是蒙古语的译音,它在藏语中的名字叫"职权玛尼木占木松",蒙古语的意思是"富饶的青黑色山脉",藏语中意思却是"山之祖"。先有众山之祖,而后有大河之母。它在众山之中的显赫地位注定了黄河绝世旷古的伟名。巴颜喀拉属地质褶皱山脉,在它绵延起伏的褶皱上就是一座座高峰,智西山、雅拉达泽和雅郭拉泽就是其中的几列,而黄河最初的源流就从这些山麓的冰峰和冻土中渗出,先是点点滴滴,而后是涓涓潺潺,而后是汹涌澎湃,而后是大浪滔天,万古奔流。

而巴颜喀拉就在它的身后高耸逶迤,注视它远去的背影,守望它奔腾呼啸的岁月。山顶上最初的朝阳与晚霞依然飘荡,山下最后的草原与畜群却已走远。曾经的牧歌已成往事,梦中的炊烟已经飘向天涯,落在苍茫大地上的影子就是袅袅河川与漫漫长路。大河之岸,长路之上,人的跋涉不绝如缕,千年不息。

我不曾考证,当初在界定行政区划时,为什么单单将玉树藏族自治州曲麻莱县的麻多这一个乡划在巴颜喀拉的这边。但是,我敢肯定那绝对不是出于自然地理单元上的考虑,而可能是麻多当时的土著居民在方言等人文地理上更接近于康巴的缘故,而果洛全境基本上都属于安多藏区。这样一种界定当然不无道理,但是,它却在原本一体的玛多草原上划出了一条无形的界线,使它一分为二,一是麻多乡,二是玛多县。在我心里,它就成了一个遗憾。

这个遗憾与黄河有关。黄河有多个源头,其中最著名的有两个,先后都曾确定为黄河的正源,一个是卡日曲,另一个是约古宗列曲,均源出麻多乡境内。卡日曲自智西山麓轻盈流泻,约古宗列曲则从雅拉达泽峰东面蜿蜒而下，这两座大山都是巴颜喀拉的支脉。在一个更宽泛的地域范畴之内，它们均属于古老的玛多草原，也属于巴颜喀拉。

多年前的一个夏天，我曾先后两次分别从巴颜喀拉的东北和西南山麓走向黄河源头，那里原本是这座大山的一个小山洼，因为那些神圣的源泉而让人魂牵梦萦。虽然，我曾很多次来回地翻越过这座高大的山脉，甚至访问过山麓草原上的很多牧人，在他们总是飘着炊烟的牛毛帐篷里喝过醇香的奶茶，却一直难以抵达这座大山深处的那个小山洼。

第一次是从玛多县城出发，想绕过鄂陵湖、扎陵湖一路向西，再穿越开阔的玛涌滩，直抵源头。因为淋雨，感冒咳嗽，一大早起来，准备前往黄河源头时，我对自己身体的担心几乎和黄河源区生态恶化的担心一样多。玛多县城的海拔已经超过四千一百米，而我们要去的却是一个更加高绝的地方。我很清楚，这对自己的身体意味着什么，那将是一种极大的风险和挑战。坐上车，等待出发的空当里，我把自己的担心写在笔记本上，看上去就像是遗言。但是，那天我们只走到了鄂陵湖边，没能抵达源头。因为车辆故障，无奈，只好半途而废。

那天下午，我们登上鄂陵湖边的措洼尕则山顶，从那里西望，黄河源区旷野玛涌滩渺无边际，而巴颜喀拉却在一个更加广阔的世界里缤纷绚烂着，把大千世界的精妙与深邃尽显于山野，而又隐于目光之外，也许只有足够清澈深邃的心灵才能够感知和贴近。有很多次,我到过鄂陵湖边,登上措洼尕则山顶眺望过黄河源头,但足迹所至,仅止于斯,概莫能外。要知道,当年英雄格萨尔赛马称王所走的就是这条路,玛涌滩深处的一道山梁上有一个遗址,有考证说,那里正是格萨尔王的登基台。格萨尔纵横驰骋飞马而去,英雄消失在岁月的尽头,那就是一骑绝尘。而我们身负沉疴重荷,虽历尽艰难跋涉仍不能抵达,是我们的悲哀呢,还是人与自然的历史宿命?一滴水从源头一直流入大海,还是那一滴水,那就是一种抵达。有些地方,即使近在咫尺,即使穷尽跋涉,也不一定能够抵达。此岸与彼岸既是咫尺也是天涯。

半个月之后,我又从曲麻莱县城出发,再次踏上追寻黄河源头的艰难旅程,那里的海拔和玛多县城一样高。说来蹊跷,我们一路向北,穿过秋智乡的广袤山野,行至巍峨的智西山脚下时,车又出故障了。而且,我开始出现严重的高山反应,头痛欲裂,神志昏迷。那个地方的海拔不会超过四千五百米,在这样的高度,我从未有过如此强烈的高山反应,这是第一次。就想,我可能又要与黄河的源头擦肩而过了。冥冥之中也许有什么业障在阻挠我们前行,我注定了无法了却这个心愿。在我,这俨然是个约定,而对黄河,就不一定了。人们为什么非得要走到源头呢?到了源头又会怎么样呢?它对黄河来说真的就那么重要吗?扪心自问,每一个走向黄河源头的人,又有几个纯粹是为了一条河流,而没有掺杂丝毫的私心杂念甚至商业功利的目的呢?我所谓的职责里面难道就没有这种不干净的成分吗?至少我不敢说,纯粹是为了河流以及大自然才选择了写作，而不是因为写作才写河流以及大自然，我还没有从骨子里完全剔除这些世俗的病灶。倘若黄河有知，它完全有理由拒绝你的靠近。它所拒绝的不仅是你肉体散发的腐臭之气，还有你心灵深处不够清澈甚至污浊的念想。这是个无法逾越的障碍，于写作、于跋涉都是。我为自己的污浊深深忏悔。

黄河源头已近在咫尺，而我们却无法继续前行。坐在山前的草地上，啃着干粮休息。这个时候，车的马达声就响起来了，就在身边。草地上的一群人长出一口气，意识到，我们可以继续上路了。那一刹那间，我突然感觉自己的高山反应已经随风飘散。后来，有人告诉我，那天，车辆只是突然熄火，没有发现故障。

于是，我们就走到了黄河源头。此前，已经有很多人到过黄河的源头，我们是无数后来者之中的一员。那天，在翻越智西山时，我看见沿途盛开着硕大的金黄色花朵，枝株孤单，叶片稀少，茎上长着密密的绒毛，它的学名叫黄花绿绒蒿。这种草本植物在青藏高原分布广泛，花开两种，除了黄色，还有红色的，就叫红花绿绒蒿，可入药。它的藏语名字可能更加响亮，不管开的是黄花还是红花，都叫格桑花。它可能是整个青藏高原上知名度最高的一种植物，因为被视为天赐祥瑞，千百年来，它的芳名一直都在传唱，正可谓是流芳百世了。

因为有吉祥的花朵相伴相随，身心的愉悦无以言表。等到在智西山顶停车四望时，眼前的山川和心中的大千世界都已幻化成一朵吉祥无边的格桑花了。从山顶下望,黄河源区山野尽收眼底。山下的开阔谷地之上绿草悠悠,午后浓烈透彻的阳光在山谷里汹涌升腾,有河就从那谷地中央款款流淌,袅袅蜿蜒,从容缥缈。我大喜过望,想象中的黄河源区大野就该是这般模样。一种妥帖与安慰,就随山野尽情舒展开来。卡日曲,这就是著名的卡日曲。

屏声静气。从卡日曲身边轻轻走过时,我有一种担心,生怕自己的走动会惊扰那一派极致的宁静,便希望自己是一片薄薄的云彩,径自飘远,悄无声息。那一刻,我似乎有所了悟:为什么,几千年来,一代代人要历尽艰辛不远千里万里来找寻黄河的源头,可能就是为了找到这种宁静吧。这种宁静会唤醒一个人心灵深处那些最圣洁的记忆,即使这记忆已经消失在非常遥远的岁月里。它会在你的耳边轻声细语:你一路走来时曾经丢失了什么?你生命之初的纯洁在哪里受到了玷污?你灵魂的历程因为什么迷失了方向?你需要归属。需要全身心彻底地归属。那样你的生命才会完整,那样你的精魂血脉才会找到源头。如果黄河是一棵树,这里就是它的根,而你就是这树上的一片树叶。

历史上有关黄河源头的探寻最早可以追溯到春秋战国时代,尔后的两千年间,导河自积石、河出昆仑之说一直盛行,但都是一个大致的猜想,却没有一个精确的经纬指向。黄河正源的首次确定是二十世纪六十年代以后的事了。经过两千年的长途跋涉,人们终于走近大河之上的巴颜喀拉,找到了巴颜喀拉怀抱中的那些山泉。先是卡日曲,后是约古宗列曲,一直沿用至今。而近些年,约古宗列曲的水量日益减少,源头水源日益枯竭,黄河正源很有可能又要改回卡日曲了。但是,无论怎么改,在短时间里都出不了麻多乡的地界——如果整个地球表面不发生剧烈的地理和气候变故,大河之源最终的退守也不会越过扎陵湖、鄂陵湖,不会越过巴颜喀拉的视野。

如果这里依然会有漫长的寒冷季节,如果西面的雅拉达泽峰依然高高耸立,如果地表之下的永冻层依然不会融化,那么,这两片浩渺的水域以及上游的星宿海就不会彻底干涸,那么,黄河之源就不会从更大的玛多草原上消失了。但是,你能确定大地之上究竟会不会发生剧烈的变故呢?或者它什么时候发生,很久远,还是早已迫近?

尽管,行政区划意义上的麻多和玛多是两个截然不同的概念,但如果抛开了汉文字层面上的区别,在纯粹的自然地理范畴之内,这却是同一个地名的两种不同书写,如果用藏文字来书写这两个地名,那么,麻多和玛多就没有丝毫的区别,麻多就是玛多,翻译成汉语都是"黄河的源头"。我所谓的遗憾就在这里纠结,一直在心里,挥之不去。

世界上一直把大河源头的确定视为重大的地理发现,发源于本国国土之上的大河长度及源头地理坐标是一个国家最基本的地理数据之一。尤其像黄河这等伟大的河流,其源头的地理坐标对整个流域民族都是一个非常重要的精神参照,是民族文化心理和精神图腾的一个原始起点。从这个意义上讲,一条伟大河流起始的地方是何等的神圣!它不容有丝毫的含糊,更不能留有遗憾。

也许是因为我出生的地方离黄河很近,对我而言,它不只是一条河流,流淌在大地上,更流淌在心里。在很小的时候,我从老家山坡上第一次望见黄河的那一刻,它就已经是我生命与灵魂的一个图腾。我所有的情愫与梦想都能在对黄河的依恋中找到最初的那一抹底色。我想,对一个人的生命历程而言,那肯定是一个事先无法料想其深刻程度的精神起点和指引。那种千折百回的跋涉就是一个启迪与暗示。所以,我对黄河一直满怀敬畏。所以,当我有幸能走向黄河的源头时,我其实就在一条朝圣的路上。河有源,而朝圣之路却没有尽头。

约古宗列曲与卡日曲只有一山之隔。如果我的期待是一颗种子,在抵达约古宗列曲之前,它早已经长成了一片广阔的草原。我是穿越了这片广阔的草原才走近约古宗列的。但是,当我真正站在约古宗列曲点点滴滴从地底下涌出的那个地方时,那片广阔的草原却一下子就变成了一个噩梦。在雅拉达泽东麓一面平缓的山坡上,我们找到了那一眼山泉。要是我一个人在那里,即使有那些写有"黄河源头"字样的大小石碑为证,即使有些石碑上还落有几位国家领导人的名字,我也断不敢相信那里就是万里黄河的源头。那是一眼很普通的山泉,水流很小很细,一抬腿就会跨过,腿不用抬很高,平时走路的样子就行。不一会儿,我们几个人已经从那"黄河"的身上来来回回地过了十几次。黄河怎堪这等胯下之辱？从那山坡顶望向西南，可看到一道高高弓起的山脊，那就是雅郭拉泽，那是一座以野牦牛的名字来命名的大山，它的屁股撅向约古宗列，约古宗列曲就好像它的一泡尿。

但它是黄河。那个地方的植被已经全无，土地已经完全沙化。我在那山泉附近的山坡上，只看到了孤零零仅存的几种植物，有一种我能叫出名字，是独一味，圆圆大大的叶子贴着地面，几片叶子围成了一个圆盘，一朵花就开在那圆盘中间。还有一种植物，我叫不出名字，也紧贴着地表生长，长得非常壮硕，它的叶子都像一个小喇叭，这些小喇叭密扎扎地挤在一起，不留丝毫空隙，站远一点儿看过去，它就像是从地面上鼓出来的，一层细碎的花朵就在那个翠绿的"疙瘩"上灿若星辰。我相信，这都是些古老的植物，它们生长的岁月可能和黄河一样古老久远。在牧草茂盛的草原上，一般很难看到它们的身影，是草原的消退给它们带来了可以恣意生长的空间机会。它们用自己的繁茂记录了黄河日渐干枯的历史。

在约古宗列腹地，我捡到了一具硕大的野牦牛头骨，头骨表层已经开始风化，其形却依然完好无损，其状肃穆，两只犄角顶向苍天，两只眼孔将看不见的目光射向四极八荒。我不知道，它是否就是雅郭拉泽的后裔，但是，我确定它们之间有着生命的联系。野牦牛头骨在藏区享有神灵一样的礼遇，它们常常被摆放在寺庙和鄂博前，供人顶礼和膜拜。那么，它们的存在是否也是一种大自然的预言呢? 若是,它们又想告诉我们一些什么样的秘密呢? 那些秘密与我们的过去、现在和未来又有怎样神秘的联系呢? 毕竟,它们见证了一切。

山河的沉浮在人与自然的对决中尽情展现。最终,草原以牧草败退的方式宣告大自然的败落,花朵以盛开娇艳的方式演绎大自然的不幸,而人类却用苦苦寻找的方式来证明自己对大自然的背叛和远离。

雪山、湖泊和溪流山泉装点的巴颜喀拉草原美丽圣洁——我一直希望能用这样干净的文字来描述黄河的源头,因为,曾经的黄河源头就是这个样子。但是,当我真正面对今天的黄河源头时,却无言以对,甚至欲哭无泪。失语。失声。失忆。悲痛欲绝。

黄河一路向东出玛多草原,迎面就遇上了巍峨雄壮的阿尼玛卿。冰雪皑皑的阿尼玛卿身披银色铠甲,像一位威武的将军站在那里,挡住了它的去路。这是藏区众多圣神雪山中威名显赫的一座神山,它掌管着青藏高原东部山河的安宁。传说中的阿尼玛卿山神有一个庞大的家族,有九男九女共十八个儿女,有亲族三百六十位,还有一千五百名忠勇卫士和侍从,守护黄河源头的雅拉达泽峰就是他的次子。也许它早就知道会有什么样的命运在等着黄河,所以就不愿让黄河离开这片草原。

但是,黄河已经踏上千万里浩浩东流的征程,它不愿意就此停住自己的脚步。无论阿尼玛卿怎么苦苦挽留和阻拦,都没能改变它的初衷。它向南夺路而去,阿尼玛卿还不死心,也一路向南形影相随,不忍不舍,不离不弃,一直出了果洛。

至河曲时,已走过整整千五百里路。阿尼玛卿终于停住脚步,黄河终于挣脱它的牵绊,刚刚绕过一侧,想奔流而去,却又给阿尼玛卿生生地拽住,拖了回来。于是又一路向北,差不多又回到了阿尼玛卿当初拦住它的那个地方,才停住。从那里向东,纵深的长峡为它展现出前所未有的前景。黄河注定了要从这里横贯古老的东方大陆,世界注定了要从这里开始聆听北部中国的空谷绝响。东方文明的万家灯火就在大河谷地点燃,上下五千年,一路灿烂。

直到这里,黄河此前所流过的土地都叫果洛,或者玛域,如果从地理意义上给它们一个相对直白的诠释或者意译,那就是黄河源区,就是巴颜喀拉大草原,就是大河之上。

直到这里,直到二十世纪后半叶。大河之上的所有河段、河道除了桥梁,几乎没有任何其他现代建筑物,黄河依然像千万年以来的样子在原有的河床上静静流淌。河岸上绵延着草原,碧草连天。长风吹过,牧帐飘摇,炊烟飘散,畜群浮现,庙宇之侧的白塔飘落梵音天籁。草原深处有雪山耸立,白云在山顶上飘荡,朝霞夕阳映照悠悠岁月,日月星辰灿烂苍茫山河。河谷山坡上有森林覆盖,云杉、柏树、杜鹃和无边的灌丛把收集的阳光雨露回赠给江河与大地。林间空地上,一群蝴蝶正在嬉戏一头睡着的野鹿,禁不住笑的鸟儿们在林梢雀跃着,不小心抖落了几片阳光、一串露珠,落在一片花草上,激起一层细浪。

直到这里，直到这时，黄河还是那条曾经的大河，黄河还依然在流淌。记住，是流淌。流淌是河流最本真原始的秉性，如果失去流淌，河流就不再是河流，黄河也不再是黄河。

但是，也就从那个时候，一切都开始改变了。一个噩梦正从下游很远的地方逼近黄河源区大野，已经越过尕玛羊曲，向大河之上的巴颜喀拉草原肆意弥漫。

而从这里往东，就是尕玛羊曲了。

大河在尕玛羊曲以下

每一次路过尕玛羊曲，我都会在那里停下来，看一眼黄河。

我一直以为，尕玛羊曲是黄河最真实、最生动的一张面孔。我对很多人都说过，要看黄河，就去尕玛羊曲。如果整个黄河流域只选两个最具大河特征的地方，当首推尕玛羊曲，次之，才是壶口瀑布。壶口宣泄的是大河的跌落与咆哮，而尕玛羊曲则流淌着大河的沉稳与悲怆。一个激情澎湃，一个内敛含蓄；一个是险关危隘，一个是漫漫长路；一个尽显万马奔腾的壮阔激越，一个挥洒一骑绝尘的深厚超然；一个是粉身碎骨的汹涌腾跃，一个是义无反顾的沉静蜿蜒。

我喜欢后者，因为，它更耐看，也更有韵味。

我曾说，黄河是苦难中国的背影。如是，尕玛羊曲就是黄河的背影了。黄河在尕玛羊曲以上就已进入峡谷地带，但是，一直到尕玛羊曲，大河两岸还都是草原，或者说曾经都是草原，可统称为巴颜喀拉山北麓大草原。

这是世界上最广袤的草原景观之一,其东部边缘为共和盆地的塔拉滩和木格滩,其中塔拉滩的总面积接近三千平方公里,木格滩的总面积也超过两千五百平方公里。这两片滩地平缓开阔,一望无际,曾经都是青藏高原最丰美的草原。五千五百平方公里,这还仅仅是一片大草原的局部边缘,由此你可以想见,黄河曾经流过了一片怎样广袤的大草原?流过这片草原之后,黄河也就告别了大草原,从一座高原流进了另一座高原,从一种文明流进了另一种文明。于是,我们看到了一个远逝的背影。

尕玛羊曲所在的共和盆地就在这片大草原的东部边缘,也是整个青藏高原的边缘台地,地势平缓开阔。黄河从这里流过时,在这片草原上切割出一条纵深的峡谷,也使原本完整的草原一分为二。但是,那种一望无际的平缓依然在大河两岸延伸和舒展。虽然,从源头到这里,黄河已经有超过一千三百米的巨大落差,但是因为有了这片广袤平缓的草原作铺垫,黄河告别草原时的样子才显得那样从容不迫。

由此往前,青藏大高原已经收住脚步,它用一座座高耸的大山为自己结尾。于是,黄河在最后的草原上切割出的大峡谷得以延续,当黄河从青海南山和积石山的崇山峻岭间劈出一条去路时,也把这段河道开凿成了一条险峻无比的千里大峡谷,整个黄河流域再无出其右者。从前,但凡从这条大峡谷经过者,都会留下千古奇谈,那是一种传奇。听过那种传奇的人总是会联想起很久很久以前的事情,譬如,一代代外婆所讲述的那些故事。据史书记载,造访这条大峡谷的人中当以大禹为最。《尚书·禹贡》曰:"导河自积石。"在积石峡口,至今尚有三块巨石鼎立,相传为大禹治水时支锅造饭用的石头。每块石头都有一间房子那么大,实难想象,曾有一口怎样的青铜大锅置于其上,让空前绝后的人间烟火在大河谷地弥漫。那是两千多年以前的事了,那时,文明的火种早已在大河谷地里点燃,大河两岸已经开垦出一片片农田,东方最早的村庄、庙宇和城镇自下游河谷将万家灯火一路蔓延,一路辉煌灿烂。大禹王肯定应该是这片辉煌最伟大的浇灌者,他所打通和疏导的不仅是一条河流,更是一个民族、一种文明的血脉,也是一个世界通往另一个世界的通道。

孕玛羊曲以下不远,有一个叫拉乙亥的小地方。二十世纪八十年代初,在这里就曾发现六处中石器时代的文化遗址,这是青海境内首次发现的全新世早期的文化遗址。发掘出土了一千四百八十九件石器、骨器、颜料、谷物加工工具等珍贵文物。经碳14测定表明,至迟在距今四千八百年以前,这里就已经出现了农业文明。由拉乙亥往大河下游,文明的遗迹已经遍布大河两岸,马家窑、半坡、马场、齐家等文化星罗棋布,在远古的黄河流域形成了一个彩陶的世界,那是农耕文明的此起彼伏。

而在孕玛样曲以上不远处的同德县境内,也发现了一个远古文化遗址,那就是著名的宗日文化遗址。这是目前黄河上游发掘面积最大、出土文物最多、内涵最为丰富的新石器时代文化遗存。这里出土了一大批舞蹈纹彩陶盆和双人抬物彩陶盆及骨叉等五千年前的珍贵文物，为黄河上游乃至全中国所罕见，它再次证明黄河流域是中华文明的早期发祥地之一。我曾不止一次地凝视着那件舞蹈纹彩盆不能自已，彩盆内壁上那一圈手牵手的宗日舞者令人沉醉，它使我想到了青藏高原上锅庄的舞者。据有人考证，宗日先民的祖先最早可以追溯到几十万年以前的印支半岛猿人，而宗日现在的居民在那里生活的历史顶多不会超过三两百年，那么，那些远古的宗日先民而今安在？又是什么让他们在有过无比灿烂的创造之后离开了自己的家园？我想，一定是眼前的那条大河引领他们走向了更加广阔的领地。由此再往上游，跨过森林最后的边缘，就是广袤的草原地带，以游牧为标志的另一个文明就从那里无边无际的浩荡和铺展。从这个意义上讲，尕玛羊曲既是一个文明的出口，也是另一个文明的入口。那是一扇向着两片陆地和两个文明同时敞开的大门，而从这扇大门浩荡汹涌的大河却是贯通古今上下的那条通道。一千年，又一千年，一代代炎黄大禹的子孙就在这苍茫大道上苦苦求索。

相传，尧帝最早是让禹的父亲鲧治水天下，鲧逢洪筑坝，遇水修堤，采用的是堵的办法，结果，九年而水不息，被舜诛杀于羽山。舜帝又命鲧之子大禹继续治水，他与父亲完全相反，疏而不堵，反而大治天下水患。想必，大禹王肯定没有料想到两千多年以后这条大峡谷里所发生的事情，要不，他就大可不必枉费巨大心血，冒死导河积石了。因为，在两千多年以后，人们越来越热衷于在大河上修筑一座座大坝，将奔腾呼啸的河流拦堵于两岸之间，使这条曾经万古闭塞也曾经千古通畅的大河重新回到了不能安然流淌的蛮荒岁月。孕玛羊曲以下，已经矗立起一座座旷世伟岸的大坝，每一座大坝之下就是一座为人类提供不绝能源的发电站，它使大河两岸的灯火更加绚丽辉煌，但在古老村庄和城镇的房舍和窑洞中曾经明亮的那些灯盏却一盏盏熄灭了。

就在此刻，我粗略地数了数，从龙羊峡到刘家峡约四百公里的河道上，已经建成的大中型拦河大坝和水电站就有近十座，正在建设和将要开工建设的还有六七座，下一座大坝里的回水直顶上一座大坝，致使此河段的大河几乎不再流淌。原本滚滚而下的满河泥沙都被拦截于大坝之内了，于是，黄河不再黄，河水变清了，大有天下黄河青海清的趋势。河清海晏，人们为眼前的景象欢呼雀跃，却并没有深究我们所看到是不是黄河本来的面目，更没有去想，一条不再流淌的河流是不是真正的黄河。

这些年，有一句话在青海大地上广为流传，那就是"天下黄河贵德清"。其实，二十世纪八十年代初，黄河在贵德的样子还是天下黄河的样子，世代躬耕于斯的贵德人肯定还记得那滚滚而下的满河泥沙。为什么现在会"天下黄河贵德清"呢? 答案非常简单，因为，在贵德之上有龙羊峡那样的大坝。龙羊峡的库容达二百四十七亿立方米。这是个什么概念呢? 把黄河上游整整一年的来水量全部堵住，一滴也不让往下流淌，也未必能蓄满这个水库。何况，贵德以上还不止一个龙羊峡。

我其实并不反对龙羊峡的存在，恰恰相反，我一直以为，在整个黄河干流上有若干龙羊峡,是十分必要的。正因为有龙羊峡们的存在,黄河中下游广袤的土地才会得到浇灌,亿万黄河子民才会有水喝、有饭吃。三门峡、青铜峡、盐锅峡、八盘峡、刘家峡一直到龙羊峡大坝的修筑基本上都出于这样的一个目的。但是,现在一座接一座的那些黄河大坝也是出于这样的目的吗?尤其是自二十世纪九十年代后期开始大规模建设的那些水电站,其行为很值得怀疑,大有不榨干黄河决不罢休的迅猛之势。也许在不远的将来,因为这些大坝,古老黄河自上而下完全变成一条清流碧浪也未可知,可是,那还是那条黄河吗?不容置疑的是,整个北中国可以什么都没有,却不能没有黄河。很难想象,如果整条黄河都变成了一片片连在一起的水库,那么,她还会流淌吗?而一条不再流淌的黄河还是一条河流吗?

现在,尕玛羊曲也要建一座大型的水电站了。不记得,有多少次,我曾站在尕玛羊曲一岸,凝神伫望黄河从那里流过,只记得,大都是在日近黄昏的时候。虽然,每一次路过尕玛羊曲时,我从未刻意地安排过时间,但是,无论从哪个方向走向尕玛羊曲,在那一天,我只能在那个时候抵达尕玛羊曲,那好像是一个特定的时刻,从未有例外。而且,我一般都会选大河以南的某个地方停下,然后,站在临河的山坡上俯瞰黄河。因为,在南岸,从路边上,你就能看到尕玛羊曲精彩的地方,而在北岸,你要爬过一面山坡才能望见黄河。

藏语中的尕玛羊曲可意译为白色福地,黄河在尕玛羊曲上下一直向右,呈顺时针方向流淌,就连白色的浪花都在向右旋转,像是一个朝圣者在转山、转寺庙。河谷台地上有两个村庄,一垄垄田地围绕着房前屋后。村庄前面是万古奔流的黄河,而后面则耸立着一道寸草不生的山梁。大河在流过尕玛羊曲时缓缓地拐了一个弯,那道山梁就在大河的拐弯处往后缩了一下,便留下一片舒缓开阔的谷地。很久以前,那山坡上一定覆盖着茂密的森林,森林里曾经出没过豺狼虎豹以及其他难以计数的各种走兽和飞禽。出了森林就是大草原,而在大森林与大草原的中间地带还一定镶嵌着开满鲜花的灌丛。我想,拉乙亥和宗日先民一定是生活在那个时候的黄河谷地,那个时候的黄河谷地是个世外桃源。或有清风吹拂,或有大雪飘落,或有细雨阵阵,大草原自天地相接处绵延苍茫,大森林自两岸青山飘摇天籁,大河在草原和森林的幽静岁月里蜿蜒浩渺,而大河的子民们就在谷地的那一派宁静里生息繁衍,绽放生命的美丽和文明的花朵。

而今,森林已经远逝,从尕玛羊曲已经望不到森林的影子。两岸的大草原也正变成回忆,木格滩大草原已经沦为沙漠,塔拉滩大草原也正变成一片连绵的荒漠。大风已经把沙子吹进了河谷,雨水从山坡上倾斜而下,把山梁冲刷成了红色,留下一道道纵深的伤口,一年年流淌着红红的血,最后的泥土就随大河而去。冥冥之中,一定有一双眼睛看到草枯花落、万物凋敝、生命飘零的过程。如果有泪水从那眼睛里流淌,它一定会流淌成一条大河。

那天下午,我站在那山梁上,再一次凝望尕玛羊曲。最后的那一抹阳光正映照深谷大河，在河面上泛起一层明晃晃的亮色，像一个浅浅的酒窝，更像一片泪光，那是黄河最后的微笑呢？还是她最后的哭泣？

夕阳已经西下，山河如血。我站在尕玛羊曲身旁，像是搀扶着一位饱经沧桑的老人走到了一个渡口，从此岸望着彼岸，感觉身前身后都是天涯，无从慈航普度。

寺沟峡随想

　　因为峡谷的存在更加久远，对峡谷和峡谷里流淌的黄河而言，所有从这条峡谷里经过的人都是过客，都是后来者。而从留在这峡谷里的脚印推断，我走进这条峡谷已经是很久以后的事了。而且，可以肯定，还会有更多的人走进这条峡谷。前有古人，后有来者，我永远不会是孤独的行者。

　　这是黄河上游的一条峡谷，位于青海东部边缘，黄河一出了此峡谷便也出了青海。顾名思义，峡谷之名的由来一定与一座寺庙有关。我不大理解的是，最初的这条峡谷里，一定没有人居住，也没有寺庙，有的只是奔腾呼啸的黄河，无论从哪个角度看，这样一条大峡谷都应该早有自己的名字，那么，人们为什么会把这一条大峡谷与一座寺庙联系在一起，以至于喧宾夺主让其更名的呢？

　　很久以前，黄河不叫黄河，而叫大河，更早以前，甚至也不叫大河，只叫河——这是古老黄河的乳名。由此，我产生过这样一个臆想,也许连"河"这个方块汉字也是受了黄河之象的启示才诞生的。因为,黄河亿万年奔流不息的时候,大地上还有无数条河流也在流淌,不舍昼夜。何故,唯黄河曰河?那么,天下其余无数河川又是什么呢?我臆想中的解释是,黄河是祖先们第一眼看到的河流。

当然,早在人类发现这条大河之前,它已经流淌过亿万年的蛮荒岁月,它一直在等待一个开始,也等待一个被命名的时刻——那应该是一个神圣而庄严的时刻,万物的历史将因此而开启一页从未有过的光辉篇章。人类的先祖开始蹒跚走进大河谷地,火光第一次照耀了河谷的夜晚。很显然,他们早已经认识了这条河流,并沿着河谷而来。那个时候,他们虽然也能发出咿咿呀呀的声音,甚至已经掌握了基本的交流方法,可是,真正的语言还远没有形成,身边万事万物,包括河流也包括他们自己都还没有名字。想象中,一个象形的"河"字的出现是很久以后的事了。可能,他们先发现的是"水"的形态,雨水从天空洒落,水掬在手中也会点点滴滴,而河流是由很多的水滴聚在一起,绕过一道道山梁,从高处往低洼处流淌。又过了很久,这样一个意象被一个人用一块尖利的石头或未燃尽的木炭描画于岩石崖壁,并指着从身边流过的河流,笨拙地发出了一个音,大家都明白他描画的就是河流,而"河"作为一个文字发出"河"的读音并用于交流,那又是很久以后的事了。此后,黄河至少流过了五六千年的历史,才被我们所看到。

由此我猜想,寺沟峡肯定不是这条峡谷最初的名字,更不是它的乳名。那么，人们为什么会淡忘它原本的名字，却以寺沟峡取而代之呢？原因恐怕只有一个，那就是这座寺庙非同凡响，以致到后来，它已经成为峡谷周边地区甚至更大区域内一个人类文化活动的中心，很多地方的名字也因此几经变故，只有河流的名字没有改变过，黄河依然是黄河。因为，黄河不可替代，而其余皆可取而代之，包括皇权、朝代和国都的名字。一条黄河可以纵贯古今，而没有任何其他事物能千古不变，包括人类文明。即使今天的黄河几近断流，它还是黄河。而一条峡谷，即便是黄河大峡谷，它也是峡谷，而非黄河，因为有黄河的流淌，它才成为黄河大峡谷的——即使黄河彻底干涸了，只留下河床峡谷，我们也会说，那是黄河的河床峡谷。

寺沟峡也不例外。不说在万里黄河流经的地方，它算不得什么，即使有朝一日它能名满天下，也不过几十里长的一段河道，至少在此前的漫长岁月里，它从不曾为国人瞩目过，至少还没有到像长江三峡那样妇孺皆知的程度。

我出生长大的地方离寺沟峡的距离与此峡道的长度相仿，应该说很近，可是坦率地讲，我记忆中第一次清晰地出现这个地名也是近几年的事。此前的很多年，我已经很多次到过寺沟峡峡口，并在峡口的很多地方逗留，但从未迈进峡谷一步。其间，偶尔也曾听人说起峡谷之内风光旖旎，也曾动过去峡谷看看的心思，也只是想想而已，并未真放在心上。心想，离这么近，以前都从未听人说起过，还能"旖旎"到哪儿去？要是真有大景致，早该车水马龙了,天下哪一个景点不是如此?两三年前,一次与几个朋友去峡口小聚,有朋友给我看过几张他在峡谷拍摄的图片,这才真的动起想去峡谷看看的念头,并一直惦记着。那几张图片上所拍摄的并非旖旎风光,而是类似岩画一样的图案。其中一块巨石的图片,看上去很像一把座椅,人为雕琢的痕迹明显。他们给它取名:禹王座,后禹王座之名移至他处,此石又更名祭祀台。那座椅下方的石板上还刻着很多图案,一幅图案看上去像两条交叠的鱼,一幅很像吉祥结,还有一幅像一个法器。他曾给不少人看过这些图案,有人说可能是当地牧羊人所为,也有学者称是古老的八卦图案。我并非专家学者,至少在这个领域算不上,不过,仔细端详过后,我却有了自己的想法,那把石刻的座椅可能不是座椅,而是一个类似佛龛的物件,原本是用来供奉佛像的,或者曾经真有一尊佛像端坐其上。至于岩石上的那些图案,我的猜测是,也跟佛教有关,能看清楚的几个图案说不定就是吉祥八宝图案中的双鱼、法轮和吉祥结。说完,这个话也就放那儿了,没人再提。等几杯酒下肚,友人散尽,我也踏着夕阳归去。

直到2015年来临之际,我又突然想起那些图案,而且,很想即刻前往,去看个究竟。恰好寒假将至,便对不足八岁的小女讲,等放寒假,我就带你去穿越黄河大峡谷。一天,放学回来,她告诉我,元旦以前,她就考完了,十天以后才返校拿成绩单。也就是说,寒假已经来临。之后的几天里,几乎每天,她都要追问好几次:"我们什么时候去穿越黄河大峡谷呢?"所以,元旦一大早,我们就出发了。妻子开着车,带着我和女儿,向黄河谷地驶去。

　　由西宁往寺沟峡要经过我老家,便决定当晚先住到老家,看望年迈的父母,次日再往寺沟峡。第二天,我们便驱车寺沟峡口。峡口有座小寺庙,曰华尖寺,是通往峡谷的必经之地。在寺院门口停住车,下车伫望时,黄河就在身边苍茫浩荡,一片碧绿。这是我生平第一次看到碧绿的黄河。假如亘古以来,黄河一直是这个颜色,那么,它肯定不会叫黄河了。其实,我在这里所看到的黄河,更准确地说是一片静态的水域,是一个水库,因为,你根本看不到黄河流淌的样子。我记得,华尖寺靠黄河的地方,原来有一片被大河之水雕琢得光怪陆离的山岬岩壁,而今完全被河水淹没。

　　我决定从这里试着徒步穿越寺沟峡。从华尖寺的院中穿过,就来到了它的后山。我们从那里爬上了那面陡峭的山坡。至半山腰时,有一个平缓的台地,这是黄河谷地最常见的地貌特征。虽然没有路,但如果这片台地一直能延伸到远方,一路沿河而去也不是什么难事。那天,我们没有找到这些遗迹的所在,在那河谷台地上,我们只看到了一些石头,一些被水流雕琢出各式旋涡状平滑凹坑的巨石,它们静静安卧于荒草之间。一些岩壁上也被黄河之水冲刷出很多巨大且光滑的岩洞和深坑,它们或俯瞰黄河,或仰望苍天,将一段远古时代大河底部的自然奇观呈现在阳光下。无论多么漫长的岁月,要想在一块石头上留下如此深刻的印记,非一般水流所能做到,非得黄河这等大河经过亿万年的精雕细琢不成。一些大坝建成,截流黄河时,我曾在没有河水流淌的河床底部看到过这样的石头。我目测了一下,这台地,至少要高出黄河约六七十米,而且,我所看到的黄河还是已经被一座水泥大坝拦截了的黄河,它比原本的水面已经抬升了许多。那么,在此河段,曾经的黄河水面达到过怎样的高度呢?唯一合理的解释是,那一定是在大禹导河积石以前的事了。那时,这里的黄河一定像一个大湖,甚至还不曾上下贯通。黄河水面几乎在山顶之上浩渺,横无际涯,波涛汹涌。一万年又一万年过去之后,岸边的岩石上才会留下一点丝丝缕缕的印痕。

沿那台地走出约五里地之后,便到了尽头,尽头有一条人走过的路拐向了河岸。循着那路走去,没走多远,前方就出现了一面悬崖,皆岩石。虽然,路还在向前延伸,但已经不是荒草遮盖的土路了,而是一条在崖壁上开凿出来的石头路。再往前约一里地,那石头路也到了尽头,上面是悬崖,下面就是黄河。不知道,是谁在这岩石峭壁上开凿了一条有头没尾的路——后来,我才知道,以前这条路可以通往更远的地方,因为修了大坝,水位抬升,才淹没了前方的路。一条路走到尽头,就成了死路,尤其是在一面岩石峭壁上。生路在身后,我们必须走回头路,就往回。约三个小时之后,我们又回到了出发的地方。站在那里西望时,夕阳正从西面的山顶坠落。黄河,一川碧绿的黄河水像一片汪洋自西向东奔来眼底。夕阳倒影水中,万丈光芒在水中荡漾。我们回去的路正是夕阳坠落的方向。

一年半之后,应景区管理部门之约,我再次来到寺沟峡,让我继续上次的那些猜想。这次行走的路线与上次无二,不同的是,已经有一条青砖铺的路通往峡谷,临河的一边还砌着像长城一样的护栏。一路走去时,我再次看到了上次看到过的景象,也看到了上次所没看到的景致。很多自古有之的自然景观已经有了现代的名字,譬如那些被古黄河冲刷出来的石洞和石坑,被命名为禹王洞、禹王座、禹王缸,甚至还有禹王的洗脸盆和洗脚盆,不一而足——个别已赫然凿刻于崖壁。这哪里是大河长峡,简直就是一出人间喜剧。所幸的是,绝大部分命名尚未最后敲定,尚有补救的余地。

如果史书上的记载不假,大禹治水时应该真的到过这里。从寺沟峡以上官亭盆地四面山岩的地质沉积结构看,这个地方曾经肯定是一个大湖,水域面积当在百平方公里上下。那时,现在寺沟峡两岸的半山腰上还是古黄河的河床,我们在那河谷台地上所看到的那些水蚀岩石奇观,便是例证。再说了,当时大禹王即便没有一顶可以坐镇指挥的大帐,而不得不常年住在山洞里以图治水大业,那也不可能是那些水蚀岩洞,因为,那个时候,那里还是河床,他不可能住在河底下治水。

那么,那些刻于岩石上的图案呢?它也不可能与大禹有关,因为,它们也处在当时的河床地带。河床裸露于光天之下,当是大湖潮落、大河浩浩东流之时,而其时,河已疏浚,大禹自然也早已离去。如此想来,那些图案当是后来者的遗迹,其历史年代至少晚于大禹。而假如我的猜测是正确的,那么,留下这些遗迹的人走进这条峡谷的恰当时间应该是大禹走后两千多年之后才发生的事情。

我想到了寺沟峡的名字,也想到两座寺庙,确切地说是一座寺庙,或者说一座石窟,它就是位于甘肃永靖县境内黄河谷地的炳灵寺,或炳灵寺石窟。因为,另一座寺庙华尖寺是一座很小的寺庙,历史不过百余年,它还不足以影响到一条黄河峡谷的命名。炳灵寺则不然。自西秦北魏而隋唐,自五代宋元而明清,炳灵寺的开凿、营建、修葺和刻造从未间断过。其间,还包括了吐蕃王朝时期、角厮罗藏族政权时期和后来藏传佛教的长期经营,规模日渐宏大,形成了具有藏汉两种风格的著名石窟寺,位列中国六大著名石窟之一。古羌人来过,鲜卑人来过,汉人来过,蒙古人来过,藏人也来过……他们中有帝王,有奇僧,有道士和隐士,也有行者和智者,当然,也有大军密集的铁骑和平民匆忙的脚步。浩浩荡荡、绵延不绝的身影一直在那黄河的峡谷里穿梭。锤凿叮当作响的声音、僧人诵经念佛的声音、信众前赴后继祈祷、忏悔和匍匐在地的声音,还有太息的声音、哭泣的声音、诅咒的声音、催促的声音、坠落的声音和流逝的声音,也一直在那峡谷里跌宕起伏,不绝如缕。信仰的力量、慈悲的力量、光明的力量,以及贪欲的、世俗的、功利的、黑暗的力量也都在这里交汇过、消长沉浮过……还有,那峡谷里奔腾的浪涛、呼啸的山风、明灭的灯火,以及在大河的旋涡和人的眼眸深处闪烁不定的星辰,也曾在这里交相辉映。如果,这也是一条河,它当可与身边的黄河并肩齐驱,奔流不息。

　　考古发现,距今四千年前,这里已经出现了史前大型聚落和城池,文化内涵包括了马家窑文化、齐家文化、辛店文化,以齐家文化遗存为主。难以计数的彩陶以及巨型石磬、玉刀等出土文物证实，这里是中华文明的重要源头之一。距此不远，黄河上有一渡口，曰：林津，是唐蕃古道和丝绸南路的必经之地，也是古玉石之路的通衢之地，隋炀帝西巡、文成公主进藏，走的都是这条路，过的都是这个渡口。而炳灵寺石窟恰好处在这样一个咽喉要道上，有文字介绍说，其名为藏语"强巴炳灵"的译音，"强巴"即"弥勒佛"，"炳"是数词"十万"，"灵"乃佛之所在，故有"十万弥勒锡居洲"之称。虽然，其开窟规模略逊于克孜尔、敦煌、龙门、麦积山等石窟，但它开窟年代久远，珍贵的历史文化保存价值和高超的艺术水准，可与任何一座石窟媲美。其最早的石窟开凿于一千七百年之前的公元 265 年，就一百六十九窟造像题记记载的时间公元420 年，也比敦煌莫高窟还要早一百年。一个民族用一千七百年的时间，在黄河峡谷的岩石崖壁上开凿出一座石窟、一座寺庙，这个民族需要何等的耐力和定力？享誉世界的圣彼得大教堂，它的建造时间超过一百二十年，已看作是一大奇迹。那么，炳灵寺又当如何？

我想象过它最初开凿的缘起。我想，它的开始一定不是缘于一个庞大的队伍，而是一个人。在一个宁静的去处，当这个人浮想联翩或静静冥想时，一个念头出现了。他要寻觅一个地方，开凿一个石窟，石窟内再雕琢出一尊庄严的佛像。最初，这只是一个念头，后来变成了一个愿望，最后才成了一次远行。他带着简单的行囊动身了。动身之前，他可能确定了一个方向，一个去远方的方向。这个地方应该是一个幽静的峡谷,峡谷里应该有河的流淌,岸边的岩壁最好被水流冲刷和雕刻过,有岩石的坚硬,也有水的柔软;有光明的色泽,也有黑暗的厚度;有历史的沧桑,也有思想的质感。如果这个人动身的时间是一千七百年之前,他一定会选择向着黄河流淌的方向,因为那个时候,中华文明的中心在黄河流域。他之所以选择逆流而上,是因为他会舍弃中部黄土地带和东部平原。只有逆流而上,走出苍茫黄土地带,他才有可能找到一个理想中的峡谷。

他走进了寺沟峡。他和历史一起走进了寺沟峡。我敢肯定,他并不是一走到炳灵寺那个地方,就安顿了下来——也许他确实走到了那个地方,查勘一番之后,他觉得这个地方不错。可是,他并未急着做决定。既然是一生的一个宏大誓愿,当慎之又慎。他要选一个不留下任何遗憾的地方。于是,他继续沿着河谷逆流而上,看是否还有更理想的所在。在一道道峡谷的崖壁上,留下他抚摸过、试探过、思忖过和犹豫过的痕迹。在现今青海境内官亭盆地的一些崖壁上,至今还留有这样的痕迹,甚至在一个地方还开凿过一个洞窟,洞窟内已然残损的几尊大佛石刻造像,所讲述的仿佛就是那一段历史。他应该还到过更远的地方,但是,一路寻寻觅觅走下来,最终,他还是回到了寺沟峡,选择了炳灵寺那个地方。我觉得,这是一个了不起的开始,如果没有这个开始,也许就不会有伟大的炳灵寺石窟。我想象他是炳灵寺石窟最初的开凿者,是一个先行者。

之后。之后，才有后来者。后来者走穿并开凿了一千七百年之久的历史。他们中的很多人也许也曾一路逆流而上，重走过他的路。他们是身影伟岸的孤独行者，他们栉风沐雨，走在历史长河的峡谷中。既然行进的方向已经确定，离开和抵达就不会停止。在整个人类历史上，一千七百年之久的离开和抵达也称得上是旷古未有的跋涉。由此我猜想，他们中的不少人曾在这寺沟峡的河岸崖壁间停留，或短暂，或日久。几日、几月、几年，或一生一世，都随他们的兴致而定。对一个修行者而言，如若心中有佛，便处处有佛，又何必拘泥于一时一地呢？何况，寺沟峡内的那些河谷台地和崖壁上，到处都是天然的石窟，那都是黄河的杰作，聚天地之灵气、日月之光华，能端坐于这样的洞窟内参悟修行，内可观想自在法相，外可俯瞰浩渺星河，终极冥想智慧，这是何等殊胜的造化！

　　那天，再次走进寺沟峡之后，我仔细地端详过那些遗迹和水蚀岩洞。置身一片大小深浅不一的石坑前，景区管理人员指着一深井样的石坑对我说，这是禹王缸，它前面那一片小石坑则是禹王洗脸、洗脚或洗手用的器物——也许前一天刚下过雨，那些器物之内都是一片水光，而它上面的崖壁上便是禹王洞。我半开玩笑地问，为什么是禹王，而不是一位高僧呢？不必考证，只要有点历史常识就能断定，大禹是肯定没在这些黄河水千万年雕琢而成的岩洞里住过的，而一位常年往返于这条峡谷的高僧住在这里，则是很有可能发生的事情。或闭关，或静坐，或冥想，或只是出于好玩，对一位远离尘嚣的高僧来说，这都是可以理解的。试想，假如一位远方的僧人为炳灵寺云游至此,在一个仲夏的傍晚路经寺沟峡时,他也许会被眼前这些天然的洞窟所迷醉——他甚至会生出这样的慨叹来:既然这峡道之内已经有这么多的洞窟,世人又何苦去开凿新的洞窟呢?看来,今夜是抵达不了炳灵寺的。此亦石窟,彼亦石窟,只要有佛,又何必分彼此呢?"且放白鹿青崖间,须行即骑访名山。"也罢,老衲今夜就此歇息了。对一个出家的僧人来说,真正的家在自己心里。心在哪里,家就在哪里。

于是,他飘然于洞内落座,而后,闭目观想,周遭一派澄澈。至万籁俱寂时,满天星斗都从内心升起。而此时,他头顶的星空也是一派浩瀚,星光落到那些深深浅浅的石坑里——正好里面也有一汪汪水,也盛满星光。这时,他轻轻地吟诵道:只要心中有光明,便到处都是光明。他闭着眼睛,看似置身无边的黑暗,却被光明照亮。对他而言,最终的智慧就是一片光明。

要是那天我没到那个祭祀台或禹王座的地方,我就看不到那些曾经在图片上看到过的图案,那些像史前岩画一样的图案。那是一面悬崖绝壁的边缘,离黄河水面的垂直高度有几十丈。其顶端凌空傲然耸立着一块巨石,向内称宝座状——后来我也得知,这地方原本有名字,叫嘛呢台——座下的两块岩石表面平整,几乎正前方的一块岩石表面画着的就是那些八宝图案,因为岩石上已经长着厚厚的黑褐色苔藓,有三个图案还算清晰,它们依次是双鱼、吉祥结和法轮,其余皆看不大清楚了。耐人寻味的是,这些图案的旁边的一个图形,由一些规则的方格组成,主体部分呈长方形,几条直线把它分隔成了若干小方格。在长方形图形的一端又画着一个不规则的图形,也用直线分隔,它的顶端是一个死角。当地人一看便明白这是一种游戏的图形, 游戏规则类似棋类,须两人对弈。当地人在闲暇时,一般会就地画这样一个图形,游戏双方分别捡几块小石子儿和小木棍儿为子,也可用羊粪蛋和土块什么的,像围棋中的黑白子,只要分辨出对方即可。对弈时,一方要设法把对方逼到死角为胜。一局结束了,想来几局以时间而定。此前有人猜测,这是牧羊人所为,我不这样想,以当地人的生活习性,一个牧羊人断不会跑到悬崖边上对弈,他没有如此雅兴不说,在此他离自己的羊群远,还很危险。而且,要在这悬崖边的岩石上刻出这样一个图形,不仅需要专门的工具,还得费不少工夫,牧羊人不会这样做,他们没有这样的闲情逸致。放过羊的人都知道,他们可以随时随地进行这样的游戏,每天游戏的地点和时间都不会固定在一个地方——因为羊群随时都在移动,更不会固定在一面悬崖的边上。

　　那么,谁会在这悬崖边上对弈呢? 细细想过之后,我觉得,也跟炳灵寺有关,坐在那悬崖上凌空对弈者应该也是一位奇僧。他刻下了那些八宝图案,也刻下了那个对弈的图形,但是,他并没有对弈者,他跟自己对弈,对弈时,他甚至可能闭着眼睛,甚至不用手,只在心里对弈。让石块和木棍儿任自进退左右,径自冲杀,天昏地暗,他自有乾坤逍遥自在。他在自己的精神疆域遨游驰骋。此时,那些图形早已形同虚设,随意摆放的那几颗石子儿、木棍儿也只是一个形式。他真正的子儿一颗在心里，一颗在渺远的深邃里，无论云卷云舒，日出日落，月明星稀，它们一直遥相辉映。也许于他而言，对弈图上的那条死路也并非真的存在，逃逸者径自逃遁，败北者径自败退，逍遥者径自逍遥，而他却自有一条去路通向未知的远方。此时，整个天空都是他的棋盘，满天星斗都是他的棋子，广袤大地都是他手中的琵琶，条条大路、条条江河都是他随意拨弄的弦。有道是，天作棋盘星作子，谁人敢下？地为琵琶路为弦，哪个能弹？霓为衣兮风为马，云之君兮纷纷而来下。这是一种驰骋辽阔人生的大境界，能到得了如此境界的人绝非凡俗之辈。

这时，随行的当地老者让我看旁边的一块石头，说上面也有图案。这块石头上的两三幅图案，看上去很像是某种传说中的水生动物，究竟是什么，一时无法做出判断。有一幅却看得十分真切，它刻的是北斗七星。我喜欢仰望星空，从我所在的那个方向看过去，它应该是夏日午夜时分的北斗星象。这一发现，使我震惊不已。谁会在夏日午夜来到这悬崖边的岩石上，描画夜空的景象呢？不会是一个牧羊人，也不会是一个老农，更不会是一个匆匆的过客，他只能是一位曾在此从容停留，并有闲情俯仰宇宙苍穹的人。那么，他会是谁呢？在这条荒僻的峡谷，我所能想到的还是炳灵寺，这个人只能是往返于峡谷和炳灵寺的僧人。顿时，对这条峡谷肃然起敬。心想，在一千七百年的漫长岁月里，这条峡谷曾遭遇和邂逅过多少这样一骑绝尘的高人呢？他们而今安在？

那天，说起这些时，我多少还心存一点儿疑虑，可是，回家的路上，遥想那样一种景象时，我却真以为这样的事是可以发生的。否则，你就无法对那些图案和图形做出一种合乎情理的解释了。或许，炳灵寺石窟用一千七百年的时间所能抵达的远方，已经预示了一个离开和抵达的方向，那应该是心灵的方向。或许，这只是我一厢情愿的一种随想，不过，离开那峡谷时，能带着这样一种随想回家，也是一件无比美妙的事情。至少在我，这也是一种离开和抵达。

布谷声远野狐峡

　　听说尕玛羊曲要建一座水电站的消息之后,我一直想去看看野狐峡,担心大坝一旦落成,就看不到这条峡谷了。可行程一再被耽搁,直到有一天,又听到羊曲电站库区蓄水将淹没然果河谷的那片古柽柳,我才下决心向那黄河谷地疾奔而去。

　　然果在同德县境内的黄河上游谷地,河对岸就是兴海县的唐乃亥。出西宁,翻过日月山,过倒淌河、恰卜恰之后,往然果方向,有两条路可选。一条继续往西,然后向南绕道兴海县进入黄河谷地;另一条是直接向南,过贵南县和同德县,再进入黄河谷地。我选了后一条路,因为这条路经过尕玛羊曲,野狐峡就在那里。这样,我既可以看到那片古柽柳,也能看到这条峡谷了,可谓两全其美。走这条路还有一个理由,这是顺时针的方向,是藏民族转山转水转嘛呢时必须遵循的一个方向,那是心灵的朝向。

　　在到尕玛羊曲之前,我就对南科说,我想顺道去看看野狐峡,他回过头来看了我一眼,只说了一个字:好。南科出生于拉乙亥,离尕玛羊曲不远的黄河谷地，对这一带再熟悉不过了。此行，由他开车带路，一路走去，就像是回家——这的确是他回家的方向。虽然家已经不在原来的那个地方了，但是曾经的那个朝向还在。拉乙亥属龙羊峡电站水库淹没区，早在二十世纪八十年代初，他们的家与所有的拉乙亥村民一起从那里迁移到别的地方了。

快到尕玛羊曲时，河西岸有一条新修的路通往河谷，车向左一拐，驶向河谷。南科说，这条路通往野狐峡。下到半山坡，看见下面河湾的滩地上，有一片建筑群正在拔地而起，峡口并不见大坝的影子，便问南科，大坝不是建在峡口吗？他说，不是在野狐峡峡口，而是在我们右手方向，就在尕玛羊曲下面的石羊峡口。又问，那一片楼房是干什么用的？他说，是水电站的生活区。以前那里的村庄呢？已经迁走了，村里的土地都被征用了。

黄河在这里轻柔地拐了一个弯儿，留下一片开阔的河湾。因为有黄河天险，在过去的几千年里，河湾几乎与世隔绝，安静得就像一只睡着的鸟儿。

河西面山坡上的植被已经消失殆尽，又经雨水千万年的冲刷，露出赭红色山脊，而从山坡上冲刷下来的泥土，在河谷形成了一片冲积小平原。地处高原河谷，光热充足，又有大河滋养，土地肥沃，堪称宝地。于是，就有先民在这里沿河而居，就有了村落。我不曾考证这些村落的历史，但是，有考古发现证明，南科出生的那个叫拉乙亥的地方，却是黄河上游中石器时代重要的文化遗址，是青海境内首次发现的全新世早期的文化遗址，填补了中石器时代文化在青海地理分布上的空白。经碳14测定，其年代距今至少已有四千八百年之久。大量的出土文物表明，当时的拉乙亥已经有了采集农业。无法证实，后来黄河谷地里的这些原住民是否就是拉乙亥人的后裔，但有一点却是可以肯定的，很久以前，人类文明的火光就已经在这大河谷地里闪耀。

我们穿过那片舒缓开阔的河谷滩地，穿过那片工地，把车直接开到了峡口。在峡口停好车，我们便朝野狐峡狂奔而去。野狐峡，因河道狭窄，狐狸可一跃而过，得此名，据说是整个黄河干流上最狭窄的峡谷。快进入峡谷时，我们看到河岸的山梁上钻了很多探洞，南科猜测说，他们原来可能真想在这里建大坝，后来因为地质结构破碎而未能如愿，就将坝址上移。我就爬到那些探洞口细看，果然，洞口全是破碎的小石块，俯身往洞中看去，四壁也全是一样破碎的石块。野狐峡被完好无损地保留下来，可能还真是因为这些破碎的石头。从这里往下游不远还有一条险峻的峡谷，叫狐跳峡，名字的由来与野狐峡相仿。那里却已经建起一座水电站，狐跳峡恰好就在库区。从今往后，狐跳峡已无从寻觅。

好在，野狐峡还在。小心翼翼地爬过那半面山壁，进得峡口伫望时，感觉汗毛都竖了起来。峡谷两岸峭壁陡立，险峻无比。"上有六龙回日之高标，下有冲波逆折之回川。黄鹤之飞尚不得过，猿猱欲度愁攀援。"峡口的绝壁之上开凿有悬空的石头路，循着那路，战战兢兢地摸索着向前走了约一里地，那悬崖之路便到了尽头，一面峭壁挡在了前面，再也无法前行一步。侧身俯瞰，黄河就在身下湍急汹涌，像是被两岸壁立的山岩给挤压得喘不过气了。捡起一块石头扔将下去，只听得"扑通"一声，像是落在了井底，两岸似有沉闷的回声。间或有岩石台地，嶙峋怪石突兀其上，被黄河水打磨得油光锃亮，布满了深浅不一的凹坑，有的像碗像盏，有的如缸似坛，那都是黄河的杰作。所谓水滴石穿，要的是时光恒久的冲刷和打磨。想来，如果没有亿万年不间断的雕琢，即便是黄河之水也很难在坚硬的岩石上留下这等印记。站在那台地上抬头向天时，只见一线青天，几只鹰在那里凌空翱翔，而一群灰鸽子却在峡道里盘旋着，还有一群鸽子可能飞累了，就蹲在岩壁上咕咕地叫着，像是在跟我们这些不速之客打招呼。但是，没有看到布谷鸟，因为是夏天，曾在这里盘旋鸣叫的布谷鸟已经远去。

据说，一到春天，野狐峡及周边河谷地带到处都能听到布谷鸟的鸣叫声。与峡谷这边的开阔河湾一样，野狐峡那一头也有一片同样开阔的河湾，而且，两片河湾滩地都叫克秀，这边是上克秀，那边叫下克秀，均属贵南县辖区。与拉乙亥一样，下克秀也在龙羊峡大坝库区，早已被淹没。上克秀在羊曲河段，虽然，随着羊曲水电站的建设，村庄里的人也已被迁离，但是，上克秀并没有被淹没，上克秀在羊曲水电站的大坝之下，黄河还从克秀前原来的河道里流过。

两个克秀，一个在此岸，一个在彼岸。人要从此岸到彼岸，须在岸边找到一个渡口、一条渡船才能过得去——除非他有达摩祖师一样一苇渡江的本领。而布谷鸟却能自由往来于两个克秀之间。不知道为什么，一直以来，我对"一苇渡江"一词情有独钟，觉得这四个字超凡脱俗，尽得汉语词汇之精妙，既表象于乾坤之内，又达意于红尘之外。以孔颖达所注，苇者，束也，而非一根也。我却并不以为然。于达摩而言，一条船无异于一根木头，一根苇草又何尝不是一条船，船与苇草只是形式而已。达摩要渡江时，或许船并不在江中，而在心里。江上之舟只能度肉身，而心中之舟方可度灵魂。试想，一个人，身着一袭长袍，于烟波浩渺之中飘飘欲仙，"纵一苇之所如，凌万顷之茫然"，那该是怎样一番超然物外的景象呢？那么，那些鸟儿、那些布谷鸟度的又是什么呢？难道是春天吗？

"克秀"，在藏语里是布谷鸟的意思，这两个小河湾便由此得名。两个河湾均呈月牙状，前面是黄河，而后面则是一道赭红色山崖，河流与山崖之间就是一片舒缓开阔的谷地。上下克秀一带曾是一些高僧闭关修行的地方，那赭红色山崖之上有很多洞穴，便是他们的闭关之所。据说，他们中的很多人都喜欢在春天来这里闭关，因为，这个季节有很多布谷鸟飞临这里，一天到晚，鸣叫不已。野狐峡的崖壁上也有很多岩洞，其中有些岩洞人类活动的迹象明显，说不定也是隐居修行者的闭关之所。一条旷世大河，一段险峻无比的长峡，连接着两片新月状的河谷漫滩，共同成就了一个隐秘空灵的世界。在一派与世隔绝的宁静中，滔滔黄河与布谷鸟的唱和就成了空谷绝响。不时，还有丁零零的铜铃声和诵经的声音从那山崖上滑落，像天籁。山下散落着的几户人家，日夜飘着炊烟。夜深人静时，天籁梵音落满庭院，敲击着窗棂，也敲打着人们的心扉。

随着时间的推移，来这里修行的人有增无减，离开和抵达从未间断过，克秀的美名也随之传遍天下。相传，一代宗师夏嘎巴也曾在这里闭关多年，那是大约两百多年以前的事了。夏嘎巴生于1781年，俗名阿旺扎西，出生地在同仁县双朋西娘加村。在藏传佛教史上，夏嘎巴是一位传奇性的人物，人们常把他与米拉日巴相提并论。传说，夏嘎巴出生时不哭不闹，睁着眼睛望着众人。他们家有个亲戚是个占卜者，曾占卜预言说："将来，这个孩子如果在家，将成为一名百人难敌的英雄；如果出家为僧，会是一位能调伏八万四千烦恼的大成就者。"夏嘎巴十六岁出家为僧，一生游历，潜心佛法，先后在青海湖海心山、阿尼玛卿和赛宗等圣地独自闭关修行，还曾在米拉日巴修行居住过的山洞修炼，获得证悟和功德，以苦修闻名，后被誉为"夏嘎巴"，意思是佛祖洞贤人。他六十岁返回故里，致力于写作。有《夏嘎巴自传》《奇幻集》《道歌集》等十余部作品流传后世，后辑成《夏嘎巴全集》出版，深受国内外藏学界的重视。1851年圆寂后，被尊为夏嘎巴一世。

"我在闭关。有一天中午，天空晴朗，我走到山洞上面的山顶上，独自坐着。望向北方，我看到一朵洁白的云彩从一座山顶上飘过来……"这是夏嘎巴在他的一首道歌前写下的话语，我感觉他所写到的地方就是克秀，因为，他在这首思念上师的道歌中写到了"布谷鸟温柔的鸣叫"。想来，他独坐山冈时，一定有布谷鸟的鸣叫环绕山野，而克秀就是这样一个地方。而且，恰好是春天，是百花盛开的季节。那个时候，克秀一带也许还有杜鹃花开放，雅号"百里香"的特有种大叶杜鹃在青海广为分布，从地域上看，克秀一带应该是其群落分布的核心地带。想象中，夏嘎巴独坐山冈，清风拂过，阵阵花香扑鼻而来，布谷鸟温柔的鸣叫不绝于耳。在那样的时刻，追忆一段往事，或者索性进入冥想，那又该是怎样一番景象呢？但是现在，克秀一带已经看不到杜鹃花了，春天，布谷鸟的鸣叫声也日渐稀落，日渐远去。藏地有一种说法，一年当中第一次听到布谷鸟叫时，一个人处于何种心境，是这一年顺逆苦乐的征兆。布谷鸟叫时，夏嘎巴在思念上师，这是否意味着思忆之绵长。所以，在这首道歌的结尾他才会这样唱道："在那超越意念的宁静之境，我停留了很长一段时间。"

假如我是在春天去野狐峡的，假如现在春天的野狐峡里还有布谷鸟，那将会是一种什么样的情景呢？布谷鸟飞过峡谷，鸣叫声从峡谷里洒落，回声在两岸岩壁之间回荡，并在那些大河雕琢而成的岩石的器皿上久久鸣响，那将是一种怎样奇妙的绝响呢？假如在那样的时候，有一个僧人端坐于崖壁岩洞，摇响着铜铃，念诵一页经文，或者，闭目吟唱一首道歌，与布谷鸟、与大河长峡一起唱和，那又该幻化出一种怎样的意境呢？

布谷鸟，又名杜鹃，鸟纲，鹃形目，杜鹃科，杜鹃属的统称，栖息地多在热带和温带森林中。布谷鸟形体大小与鸽子相仿，上体暗灰色，腹部多横斑，脚有四趾，二趾向前，二趾向后。其飞行速度极快且悄无声息。芒种前后，几乎昼夜都能听到它的叫声，因而被视为春天的使者。这个季节，别的地方已经是炎炎夏日了，而青藏高原的春天似乎才刚刚来临。

在鸟类的世界里，布谷鸟可谓臭名昭著，习性狡猾且懒惰，甚至不会自己筑巢孵卵，常常把蛋产在别的鸟窝里，等别的鸟孵出小布谷之后，又抢食其他小鸟的食物，甚至让同窝的鸟儿给它们喂食，那是真正的鸠占鹊巢。而在人类的世界里，布谷鸟却是一种吉祥物，尤其在中国，在藏地，它早已经流芳千古。其杜鹃之名源于古蜀国一个凄美的传说。古蜀国有一位国王叫杜宇，与他的王后恩爱异常。他遭奸人所害之后，化作了一只杜鹃鸟，每到春天，啼鸣不止。由于不停地鸣叫，常常啼出血来，滴到地上化成了火红的杜鹃花。此乃千古佳话。而在另一个版本的传说中，杜宇是一位贤王，因其宰相鳖灵曾疏导三峡根治蜀中水患，杜宇遂将王位相让，而自己则隐居西山，死后亦化作杜鹃，日夜啼鸣，时刻提醒鳖灵勤政爱民，以致啼血染红满山杜鹃，亦成千古美谈。

我去看野狐峡的时候，已经是盛夏季节了，春天早已过去，布谷鸟已经远去。可是，那天午后，穿过上克秀，走向野狐峡时，我依然在凝神谛听，希望能听到布谷鸟的鸣叫。当然，只是一种希望而已。我知道，这个季节不会有布谷鸟的鸣叫声。现在——说不定，即使在春天，这里也不会再有布谷鸟的叫声了，可能以后更不会。那天午后，我甚至没有听到黄河流淌的声音，水电站工地上机器的轰鸣声淹没了一切。不久之后，又一座混凝土大坝将出现在这大河谷地里，一座座高压铁塔将会排着队从远方向这里挺进，一条条高压线将从这里向远方延伸。有很多次，我置身于一条高压线之下，当电流在头顶上经过时，直听得滋啦啦的爆裂声劈头盖脸，直刺脊骨，雨天更甚。一次在老家山路上遇到大雨，我就在一条高压线一侧，等雨停，就是不敢从底下过。还有一次是在大晴天，我们正好又在一条高压线之下，妻子抬手摸了一下女儿的小脸蛋，便惊叫道："她脸上有电。"电流竟然能从空气中直泻而下通到人身上。试想，那些布谷鸟还能在这里到处飞翔着鸣叫吗？不会了。

那次黄河谷地之行，我主要是到那个叫然果的地方看那些古柽柳的。我去的时候，那些古树还在。迄今为止，这是世界上所发现的最高大的一片柽柳，有柽柳之王的美誉。我几乎给每一棵树都拍了一张照片，立此存照，算是一个念想。等有一天，当这些像精灵一样的树木都消失了之后，我还能想起它们曾经旺盛和繁茂的样子。其实，很多时候，在面对一片森林、一片湿地，甚至一片远古的文化遗迹时，即使我们能找到成千上万可以保全它们的理由，也未必能让它们继续存在下去，但是，只要有一个理由，就足以让它们不复存在。而且，在一条条大江大河的谷地，遭此厄运的又何止是一片古树呢？仔细想来，一条大河谷地里曾经存在过、生长过、鸣叫过、飞翔过，也繁衍生息过的很多东西都已经销声匿迹了。

然果离克秀不远，曾经在克秀飞翔和鸣叫过的那些布谷鸟一定也曾飞临然果，落在那片婀娜婆娑的柽柳的树枝上鸣叫过的。

再过一年半载,那条河谷将被彻底淹没,那片古柽柳也将消失在一片水泊中。也许那之后的某一个春天,会有一群布谷鸟从克秀方向飞来,飞到这条河谷,并在那里仔细搜寻那片古柽柳,想栖身绿荫,可是它们再也找不到那片绿荫了。于是,它们悲鸣着飞远,从此再也不会光顾这条河谷,这条河谷里再也不会有布谷鸟的叫声了。

听说,这些年,不断有人从上下克秀那些崖壁上的洞穴中掘出不少经卷,到文物市场上贩卖。不知道,那些流落市井的经卷而今安在? 那些在岩洞中存放了几百年甚至上千年的经卷中,究竟书写过怎样的隐秘岁月呢? 其中是否也有夏嘎巴手写的道歌呢? 我想,其中的某些文字一定写到了一种在藏语中叫克秀的鸟儿和它们鸣叫的声音。那么,也一定会有人读到过这些文字,那么,他有没有听到克秀温柔的鸣唱呢? 如果听到了,从那温柔鸣唱的声音里,他有没有听出黄河峡谷春天的气息呢? 那是一种只在春天的黄河峡谷里才会有的气息,那是生命的气息。因为那气息,祖先们才选择了大河谷地为他们最初的栖居之地,并生生不息。

小时候,每年春末,我都会如期听到布谷鸟的叫声。记得,它们的叫声会准时出现在村庄田野的上空。它们总是飞来飞去地忙个不停,从一棵树飞到另一棵树上,从一道田埂飞到另一道田埂,却很少在一个地方停留很长时间。那样飞来飞去时,它们的鸣叫声便一路洒落下来,落在新长出来的麦苗上,落在人们的心里。那时,我就知道,春天真的已经来了。而等春天过去时,那鸣叫声又总会戛然而止。因为不分昼夜地鸣叫，最后的那几天里，它们的声音已经嘶哑了，感觉都快叫不出声的样子。后来读到有关杜鹃滴血的故事和诗句，我就相信那是真的。可是后来的某一个春天，布谷鸟从我们的身边飞走之后再也没有回来过。回想起来，我至少已经有十几年没有听到布谷鸟叫了，它们去了哪里？虽然，春天每年都回来，却已经听不到布谷鸟叫了，春天原本该有的很多声音，现在的人已经无缘听到了。而一个没有了布谷鸟鸣叫的春天还是春天吗？

雪落黄河(组章)

I 河谷

夜里开始飘落的雪,到第二天早上还在继续。虽然,下得不是很大,但是,地面上已经积了薄薄一层雪。原打算一大早从尖扎赶往贵德的行程不得不做出适当调整,在尖扎县附近的黄河谷地里稍作逗留,等雪停了,路上的雪化掉一些再上路。吃过早饭,雪虽然停了,但天还是阴的,路上的积雪一时半会儿是化不掉了。

所以,把车开出尖扎县城之后,我们并没有往西朝贵德方向沿着黄河逆流而上,而是沿黄河北岸向东缓慢行驶。因为,东边不远处已经建起一座大坝,黄河在这里已经看不出流淌的样子。只看到,浩浩汤汤,一碧万顷,一派烟波浩渺的景致。虽然,雪不是很厚,但远处的山野和近处的村落却在一层白雪的掩映中显得分外妖娆,一种缥缈的感觉在那河谷里弥漫。山峦披着白雪在视野尽头绵延,山顶有云雾缭绕。山下有村落,房前屋后、田畴阡陌都有树木笼盖——虽然，所有树上的叶子都已落尽，但因为有雪，竟然也婀娜婆娑。村落高处立着白塔，像一只海螺，细听，似有天籁从那塔尖上飘落。

因为这条大河，因为这条大河叫黄河，因为有一场雪恰好此时落在黄河谷地，还因为我是专程来看望这条大河的，眼前的一切在我便有了非同寻常的意义，便不时地停下来，或拍照留念，或驻足凝望，或静静观想，流连不已。不知不觉，已是晌午了，朝阳的公路上，积雪也开始化了。这才掉头往西，可沿途还有很多地方不断吸引着我们，又一次次停下来。过了化隆县的群科镇，是一段开阔的河谷，谷地里也建有一座大坝，我们穿过昔日的河床到大坝跟前拍了些图片，看大河被那混凝土大坝截断的样子——穿越黄河大峡谷，拍摄记录那些著名的混凝土大坝，察看今日黄河流淌的样子，是我此行的主要目的。

记忆中有一幅叫《黄河》的摄影作品，就拍摄于此地，是从河南岸的山坡上拍摄的，收入约翰·巴克斯特等人的《世界自然奇观》一书，在全世界广为传播。画面上，远景的黄土山崖之下正是我们停车的地方，而画面主体就是那开阔的河谷，清澈的黄河就在那河谷里款款迂回，绿树排成的阵列沿河的两岸一路开阔浩荡，画面下方河中央是一片沙洲，被一层厚厚的绿草覆盖着，缀满了金黄色的小花朵。书页上，除了图片，还配有精短美文，而图片本身却另有文字说明，只有一句话："黄河在其漫长的行程中呈现多种模式——这里是西宁附近的黄河上游，它是宽阔的。"从水体湛蓝的颜色判断，这幅图片的拍摄时间最早也不会超过二十世纪八十年代中期，因为那之前还没有修筑龙羊峡大坝，此河段的黄河依然挟带着大量泥沙，它的水体应该呈土黄色——我记得那个时候黄河从这里流过的样子。因为雪和时间的因素，我没有绕到河对岸从同一个角度去拍摄黄河，而是爬到河北岸的山坡上拍了一幅《黄河》。

　　站在那座小山顶，整个河谷便可尽收眼底，可是昔日原始沉静的大河景象已经不复存在，甚至河流也已被迫改道。因为要修大坝建电站，河道经过精心治理，河岸加筑了浆砌石水坝，好让河水温顺地进入库区。于是，原本让河水安然流淌的宽阔河床一下就空了出来，有些被辟为采沙场，有些地方还建了楼房和其他建筑物，而更多的地方已经被开垦为农田……回想约翰·巴克斯特们和我自己曾经看到过的黄河，看着几十年以后再从眼前流过的黄河，两相对比，不禁黯然，生出许多伤感来。其实，我也不是很清楚，对黄河以及它的子孙们来说，这样的一种趋势和结果，是福还是祸？至少在一个不太久远的时空中，很难给出一个准确的判断。我只知道，如果一种趋势一旦成为大多数人共同的需要，便是不可抗拒和逆转的。

　　很多时候，面对过去和现在的黄河时，我之所以感到若有所失，并为之神伤，是因为一种怀念，是对已然逝去的那些温暖记忆的一种怀旧。对未来的人类而言，我们曾经的记忆已经不复存在，今天的一切不也会成为他们怀旧的温暖源头吗？也许会的，也许不会。我只是觉得,他们也有权利记住一条河流真正的样子。怀旧并不单单是一种依恋,更是一种情怀。你记得秋日午后白桦树金黄的叶子,是怀旧,但那并不意味着,你不喜欢百花盛开的日子;你记得冬天寒夜火塘的温暖,是怀旧,但那并不意味着,你不喜欢阳光灿烂的季节。

Ⅱ 夜宿坎布拉

这样走走停停,离开那个河湾时太阳已经西斜,赶到李家峡时,已是黄昏了。我曾动过住在李家峡的念头,可转念一想,如果一路顺利,也可以在天黑时赶到贵德的,便拐向坎布拉往贵德走了。没想到,越往山上走路上的积雪也越厚,加上为我和女儿担任驾车任务的妻子缺乏雪天在山路上行车的经验,车一路打滑,我得不停地下车推车。而且,越往前,路也越难走。行进到一个陡坡的拐弯处时,车一滑,就横在路上了,差点就掉到路边的排水沟里。无论我们怎么努力,它都不肯掉过头来。我一边奋力推车,一边抽空看了一眼车后座上的女儿。她尚不足八岁,少不更事,从未经历过这样艰难的事。我看她的时候正好她也在看我,我看到了她的眼泪,满脸的眼泪。从她看我的眼神里,我看到了害怕,还有心疼的样子。看到她急成那个样子,我向她使劲地挥了挥手,想告诉她,有我在,你不必害怕。不知道,她有没有明白我的意思。可我自己只看了那一眼,心里就已经落满了她的眼泪,便扭过头去,再也没敢看她——后来，我听女儿说，为了不让她母亲分心，她只是悄悄流眼泪，只是默默地祈祷，硬是忍着没敢哭出声来。

正在万般无奈的时候，从山下又来了一辆车，下来一个人，拿着一把铁锹——后来，女儿说，他是上天专门派来帮助我们的。我告诉女儿，这种相遇叫机缘。他走过来，什么也没说，就开始从路边上铲土撒在冰雪路面上。末了，又忙着推车。车终于又开始往前走了……随后，这样的经历又不断重复，而他始终跟在我们后面，一路护送我们。其间，有一段平缓的路，我还坐在他的车上，跟他说了几句话。简短的几句交谈中，我得知，他的名字叫仁藏，家就住在山下，在坎布拉的一所小学里当老师。但我一直没敢细问，甚至直到告别，都没敢说一个"谢"字。几次到嘴边，我又咽了回去。他的举动告诉我，他明白我的心思。在那雪夜里，经历了那么多，我深知，一个"谢"字太轻飘了。可是，离开他之后，我又想，难道我还有机会跟他道声谢吗？也许有，也许没有。那得看下一次机缘了。

没想到，几分钟之后，机缘再次降临。原本已经离开的他再次折回来，说前面的路依然很难走，他已经给我们找了一户人家住下，等天亮了再走——这正是我们所希望的。而此时，我们已经在这户人家的门口了。于是，道别。他径自离开。我们住下。不知道，离开我们之后，他是怎样走完那段山路的，有没有遭遇什么险情。但是，可以想象，他不必再担心我们了，心里一定非常踏实，甚至感觉非常开心。

那户人家的院门是开着的,我们进去时,女主人正在为我们收拾床铺。见我们进来,便轻声说道:"真对不起!不知道有客人来,没有煨炕,你们可能会冷。我给你们插上电褥子,这样会好一点儿。"声音里饱含歉意。我们一边忙不迭地说,已经非常好了,一边连声道谢,最后,还没忘了补上一句:"还得麻烦你给我们做点吃的,下点面就好。"她说:"这就去做。"

悬着的心已经落地。我们住在了坎布拉山顶的这户人家里。不一会儿,女主人已经为我们准备好晚饭,此时,快到夜里十点钟了。她要把饭端到我们的房间里,我们没让她这样做,而是直接来到厨房里。这里说是厨房也可以,因为这里确实是做饭的地方,但不是很确切。因为有火塘,在一个普通的藏族人家,这里才是一家人生活的中心。除了做饭,这里还是卧室,也招待一般的客人。锅台连着满间的火炕,烧茶做饭的火也能把土炕烧热。除去火炕和门窗的一面,剩下的两面墙上装着到顶的藏式橱柜,里面摆满了各式锅碗瓢盆、茶壶以及其他器皿。我扫了一眼,仅各式不锈钢和铝质茶壶就摆着一长溜,该有六七把,都擦拭得锃亮——讲究一点儿的家庭摆放的都是铜壶、铜锅。这些壶呀锅的,有很多通常是用不上的,只在家里有重大活动时才会用得着,平时就是个摆设。但依然不敢马虎,要时常擦拭干净,一尘不染才好。从这些摆设能看出,这家的女主人是个勤俭持家的媳妇。

围坐在火塘边之后,我才说,这里就很好。我喜欢在这里吃饭。我从小就是在这样的环境里长大的,我也是藏族。她回过头来,看了我一眼,什么也没说。把一张小方桌放到我们面前之后,才问我是哪里人,说的是藏语。饭端上来了,是放了很多肉丁丁、少许萝卜丝和白菜叶的面片,就像在家里吃的一样。我们埋头吃饭时,她一直站在旁边看着我们,那目光让人感觉无比温暖。虽然,看上去她要比我小很多,但她看我们的样子就像是一个母亲看着一群自己的孩子,目光里全是慈祥。

吃饭的时候,我询问了一些她家里的事情。她叫拉日措,爱人的名字叫航杰当智(音),因为那天是阴历十五,山下的一个藏族村庄里有诵经活动,全村的男人都去念经了。他们有两个小女儿,大的九岁,叫朋毛才吉,上小学三年级,住校,因为学校还没放寒假,没在家;小的四岁,在家,已经上学前班了——如今,像坎布拉这样的大山深处也有了学前班,不能不说是社会的一大进步。他们一家四口有三亩山地,每年都种些青稞、麦子、土豆和胡麻,勉强够吃。以前还养些牛羊,现在不养了。卡布拉是国家森林地质公园,是青海省重点开发的旅游风景区,夏天的旅游旺季,很多天南地北的游客来这里游玩,小两口在不远处的坎布拉第一观景台附近摆摊做点小生意,一个夏天,也能挣个几千块钱。此外,偶尔还在家里接待一些零散客人,也有一点儿收入,这些客人的吃住收费没有什么标准,都看客人随心给了,一般一个人吃住一天,顶多也就六七十元。去年,有四拨客人曾在他们家住过,最多的一拨有四个人,最少的一拨有两个人,不算开支,也有六七百元的收入。此外,县旅游部门对生活在景区里的人还有一定的资源补偿,每年每人一千元,年底一次性发放,他们家去年的四千元补偿款年底前已经拿到。我粗略算了一下,他们一家人一年的收入顶多也就万八块,不算宽裕,只够勤俭度日。

吃完饭,我到外面看了看,雪还在下,而且还下大了一些。此前,手机上收到一条公共服务短信,说青海发布雪灾橙色预警。次日青海大部多云,预计未来十天,南部局地积雪面积达区划面积的百分之六十。还有一条短信说,阿岱、牙什尕等高速公路收费站因降雪暂时关闭……看样子,明天能否离开坎布拉还不一定。不过,我心里已经不太担心了。站在那院门外的山坡上,望着落雪的天空和白茫茫的大地时,我感觉就像是站在老家祖宅的门前。过往的岁月里,到处都是这样的记忆,而今都成了温馨,一直温暖着自己。如此想来,生命里又添了许多温馨的记忆,这是人生的幸事,还有什么好担心的呢?回到火塘边,我告诉他们雪好像下大了,妻子和女儿像听到了一大喜讯,欢欣鼓舞:"那我们就住在这里,它迟早会停的。"拉日措也说:"是啊。住在家里没什么好担心的。"

临睡前,我又出去看了看天气。天竟然晴了,看样子,次日下山是没有问题了。恰好是十五月圆之夜,月明星稀。白雪,月光,山野,村寨……一下子,心里一片晶莹透亮。不过,月亮周围多了一圈淡淡的光晕,预示着次日将有大风。我看见,山下灯火辉煌。灯火阑珊处,是否也有人,抬头望山上的一片苍茫?我不知道。

回到屋里,我对妻子说,明天将有大风。

Ⅲ 大河奔流

大河浩荡。

在此前的千万年间,黄河一直奔流不息,从不曾间断过。一条河流之所以称之为河流就是因为它在流淌。不只是黄河,世上所有的河流概莫能外。人们认识一条河流,是从认识它流淌的样子开始的。从最初的源流到最后的汇集,人们铭记的永远是河的流淌,它流淌的方向,流淌过的土地,当然,还有它流经的岁月。从这个意义上讲,一个人在一个特定的时间所能看到的只是某一河段的样子,而一条河流在每一个河段流淌的样子都是不一样的。

黄河先是从高原之巅奔涌而出,而后在大草原上蜿蜒,而后经过一段高山峡谷流进了另一座高原,而后又冲破一列列大山的阻隔流进了大平原,而后才流入大海。这是现在的黄河。

那么,以前呢?我曾想象过黄河在不同的岁月里流淌的样子。

大约在两亿八千万年前的在二叠纪,现在的青藏高原还是一片波涛汹涌的海洋,那个时候还没有黄河。直到两亿四千万年前,印度板块才开始向北方漂移至欧亚大陆边缘,并与之碰撞,青藏高原开始了最初的孕育。

之后,三叠纪过去了,侏罗纪过去了,白垩纪也过去了。大约一亿六千万年之后,地球史上伟大的喜马拉雅造山运动才拉开帷幕。直到三千万年前第三纪渐新世快要结束时,青藏高原最初的轮廓才开始形成,古中国由西北向东南倾斜的地势大变迁才告完成。从这个时候开始,一条条江河才有了浩浩东流的最初跋涉。此前,还没有一条河流从高原上奔流而下。

地质学家普遍认为,黄河最早形成的地质年代不会早于更新世早期,更新世为第四纪第一个世,距今大约二百万年至一万年前。这是一个冰川作用非常活跃的年代,因而又称之为冰川时代。这个时代欧亚大陆的绝大部分地区被厚厚的冰川所覆盖。今天欧亚大陆上几乎所有的河流都是这个伟大时代孕育的产儿,都是冰川的馈赠,黄河也不例外。我想,至迟在更新世中后期,黄河最初的源流就已经在青藏高原上流淌了,可是,它还不是现在的这个样子。

也许,巴颜喀拉、唐古拉和昆仑这些巨大的山架上,那个时候已经有数不清的涓涓溪流在汹涌,但它们还没有成为古黄河的源流。那时候的黄河还没有上下贯通。古湟水、古渭水说不定就是黄河最早的源流。在青藏高原、黄土高原和华北平原之间,在高原与大山的怀抱里,古黄河一直断断续续。

据地质考证,在距今一百一十五万年前的晚更新世,古黄河流域还只有一些互不贯通的湖盆,环绕这些湖盆的只是一些内陆水系。此后,西部高原继续抬升,众多河流的东渐侵蚀已成定局,它们伺机而动,想夺路而去。它们用千万年不舍昼夜地咆哮和奔袭,耐心地等待着一个机会,一个可以劈开大山、突破重围的机会。整整一百万年过去之后,万里黄河才等来了上下贯通的时刻。

一条大河以滴水穿石的方式终于迎来了纵贯千古的纪元。

从某种意义上讲,地球众多的大江大河中,也许只有尼罗河能与黄河媲美。因为,它们都挟带着大量泥沙滚滚而下。因为它们挟带的大量泥沙,其下游才有了广袤的冲积平原,才有了大河浇灌的古老文明。也正因为,那滚滚而下的泥沙,黄河才成其为黄河。

约翰·巴克斯特等人在《黄河》一文中写道:"黄河是世界上泥沙含量最多的河流之一,每立方米的水中约挟带三十四公斤泥沙……洪水暴发时黄河每立方米水中可挟带七百一十二余公斤泥沙,占其体积的百分之七十左右。这些数据意味着黄河每年挟带大量泥沙入海。黄河负荷如此巨大的部分原因是其流速较快,即使在流经平原上广泛的灌溉系统时,流速依然如此。"

可是,现在不用担心了。拦堵于大坝之内的黄河已经不再流淌,而且清澈见底。至少在青海境内是这样。泥沙都沉淀在大坝之内的库区里了。我想象过,如果有一天,当那些大坝都被淤泥填满了之后,黄河是否又恢复到千万年以前的样子。谁知道呢?

IV雪雾坎布拉

6日早上,我醒得很早。一起床,先没急着刷牙洗脸,而是到院门外看路况和天气。天又变阴沉了,虽然,昨夜下的雪不厚,但是路面上的积雪还是增加了许多。看来,至少这天上午是难以离开了。于是索性放下心,不再操心离开的事。

吃过早饭,拉日措说,今天大女儿放寒假,因为她爱人还没有回来,她要到学校接女儿回家,把她的被褥背回来,让我们照顾一下她的小女儿朋毛青措和小外甥女朋毛德照。她走了之后,一早上,我们都围坐在火塘边,烤火聊天。直到天空放晴,我们才带着几个孩子到外面去看坎布拉的雪景。对朋毛青措和朋毛德照来说,这样的雪景可能一点儿都不新鲜,每年冬天,她们都会经历下雪的日子,也肯定见过更漂亮的雪景。但对于我们,这样的日子却是可遇而不可求,说不定,一生也难得再一次在坎布拉看雪景的机会,我们得很好地加以珍惜和把握。

拉日措告诉我们,坎布拉景区的第一观景台就在前面不远的地方。我用半藏半汉的话语对朋毛德照说,让她带我们去观景台,她听后兴高采烈。临出门,她的小弟弟也加入我们的行列,这样就有四个孩子与我们同行,小德照的弟弟最小,才四岁,我女儿最大,七岁半,排在中间的是小德照和小青措。一出门,拐入一条小巷道时,脚下一滑,几个孩子都滚到雪地里,但是,他们却不急着爬起来,而是躺在雪地里开心地大笑。走出村子,我们才发现,观景台并不在村子边上,沿着公路绕过两个小山洼才能走到观景台。还没到第一个小山洼,小德照的父亲就追上来,强行把她弟弟抱回去了,说他没戴帽子,会冷。他让小德照也跟他回去,可是,小德照说什么也不愿意,就继续跟我们一起去观景台。

坎布拉地貌以新生代沉积构造为主,多赭红色沙砾岩,岩体表面通体丹红,为典型的丹霞地貌。奇峰林立,疏密有致,或如柱如塔,若人若兽;或绝壁千仞,别开洞天,各种造型千奇百怪,大有鬼斧神工之妙。而山下就是黄河,因为李家峡大坝,它被四面的丹霞奇峰簇拥着,碧水丹山,灵秀浩渺,似绝世丹青,一派空阔。且所有峰峦皆名号显赫,如南宗峰、宫保峰、德杰峰、宝宗峰、大雁峰、尼姑峰等,大都缘起佛教。山间有条山沟,曰:南宗沟,沟内有佛教古刹,曰:南宗寺,距今已有一千多年的历史,为藏传佛教后弘期的重要发祥地之一。当把这一切都联系在一起时,那山水便像是有了生命,有了魂魄,澄澈心底,超然世外。

公元八世纪,西藏赞普朗达玛灭佛,藏绕赛等三名高僧由西藏来这里避难和修行,并收贡巴绕赛为徒。藏传佛教能在公元十世纪后重新得以弘扬,皆因这几名大德后来的不懈努力。至清代,宁玛派尊者藏欠·班玛仁增在此主持修建南宗寺和南宗尼姑寺。现有的南宗扎西寺、苯教寺和南宗尼姑寺,是青海境内显、密、僧、尼并存的唯一法地。南宗四周均为陡岩峭壁,行人上下如登天梯,峰顶古刹,正是阿琼南宗,苍松翠柏掩映处,四季香火不断。虽然美名远播,但与众多寺庙的奢华不同,阿琼南宗却只有数间小石窟。石窟依山而建,窟内陈列佛像,墙上壁画多绘于明清年间。千百年来,来自青、藏、甘、川、滇的朝拜者络绎不绝。看来,一座寺庙在信众心里的地位,并不取决于它外在的奢华,而在于它精神积淀的厚度。

从那观景台上望去,整个坎布拉和黄河都在脚下。看风景之余,我轮番地给几个孩子拍照,可她们总是由着自己的性子东倒西歪,无论你怎么拉扯,也绝不配合。有一幅照片上,三个孩子分别注视着三个方向,小青措双手把着栏杆,两条小腿往后弯过去钩住下面的栏杆,吊在那里,还一个劲儿地扮鬼脸,眼睛却不知在往哪里看。小德照则撇着一条腿,用一只胳臂压着小青措的肩膀。受她们的感染,我那乖女儿也开始调皮起来了,张大了嘴,在向小青措的脸上吹热气……最调皮的还数小青措了,一会儿抱住这个,一会儿又缠住那个;一会儿绊倒了姐姐,一会儿又滑到了自己,一刻也没有消停过。可能是因为折腾累了,回来的路上她老实了许多,我妻子一直抱着她,快到村头上才放下。可是,一落地,她又来了精神,直往雪厚的地方钻,鞋子里灌满了雪,裤腿儿都湿了……这就是孩子,他们对大人们所谓的规则和秩序天生就表现出极大的不情愿,只不过是以顽皮的方式。除非他们也长大成人,或者大人们也以顽皮的方式去了解他们,并接纳他们,和他们打成一片。

回到家时,火塘里的牛粪火还没有完全熄灭,便赶紧续了些柴火和牛粪,让火烧起来,烤她们几个的小脚丫……这时,真的起风了。一阵狂风吹来,门窗哐啷哐啷地响个不停。风从烟筒里吹进火塘,火灭了,腾起一股浓烟,几个烤脚丫的孩子一边咳嗽着,一边呼啦一下都跑出了伙房。而我还在火塘里倒腾,等待风停。可是,风没有停,它喘了口气,又猛一下吹来,顿时,火塘里又浓烟滚滚,我也起身逃了出去……

等到下午三点的时候,风还没有停,拉日措也没有回来。大风的缘故，路面上的大部分积雪被吹走了，我们可以离开坎布拉了。我便给拉日措打了个电话，问她什么时候回来，她说，快了。于是就等她回来。约三点半，她领着女儿回来了。我们便告辞，她一定要我们喝了茶，吃点东西再走。盛情难却，只好从命。大约三点五十分左右，我们才离开拉日措一家，往贵德出发。

临别，妻子一遍遍嘱咐拉日措，来西宁一定给我们打电话。我也一遍遍允诺，日后一定还会来看他们。我们会不会再来，很难说，但是，可以肯定的是，拉日措他们即使到了西宁也未必会给我们打电话的。在一个雪夜，我们受困于山野，拉日措一家的温暖灯火等待我们抵达，那无疑是缘分。有一天，如果拉日措一家也受困于途中，那得看我们会不会也用同样温暖的灯火等待他们的抵达。即使你有如此温暖的灯火，他们会不会也像我们不期而至，像回家，那也得看缘分了。这样想着，小心翼翼地下了那弯弯曲曲的盘山路，再次回到黄河边上时，又是黄昏时分了。夕阳正滑向山后，只看了一眼，它就不见了，只留下一片霞光在前方。我知道，只要往西，无论你走多远，走多少日子，夕阳每天都会在你的前方。只要你不会迷失方向，它永远不会迷失。

V 雪落黄河

我们从那个叫寺沟峡的地方沿着黄河一路走来。

1月3日，到甘青交界处的另一个地方。以黄河为界，青海这边是一个土族村庄,叫赵木川;甘肃那边是一个回族集镇,叫大河家。其名都与黄河有关。历史上,这里是一个著名的渡口,曰:临津渡。临津渡是以前中原内地通往青藏高原的一个重要渡口,传说,隋炀帝西征时曾从这里渡河。我小时候,这里还没有桥,记忆中的那个渡口还在,一条摆渡用的旧船一直横在河边。现在的黄河上已有大桥连接甘青两地,青海正在修筑的一条高速公路也正向这里延伸而来。由这个渡口往西,而后,穿积石峡,过循化,经化隆,拐向尖扎,再回头往西,就是贵德了。而坎布拉就在尖扎和贵德之间。

我最初的计划是,从寺沟峡一路往西至共和盆地,然后向南,走穿共和、兴海、同德和河南县境内的黄河大峡谷,去看那些水电站和它们的大坝。自下而上,它们依次是炳灵(甘肃)、大河家、积石峡、黄丰、苏只、公伯峡、康扬、直岗拉卡、李家峡、尼那、拉西瓦、龙羊峡、羊曲、班多、尔多、玛尔挡、宁木特……可是,因为雪,因为坎布拉之夜,我们不得不行止于贵德,好在,此前我已经到过以上河段已经建成和正在建设的几座水电站了。

这些水电站中,大都为大型或超大型水电站,除羊曲和玛尔挡在建、尔多和宁木特将建外,均早已建成。青海境内龙羊峡以下河段的黄河干流上,已经建成的水电站有十一座,而龙羊峡上游湖口至宁木特河段规划开发的梯级水电站还有十四座,也多为大型或超大型水电站。从库区湖口算起,它们之间的直线距离,最近的不过一两公里,最远的也不会超过五十公里。宁木特库区的初选水位超过三千两百七十米,比积石峡电站的正常水位高出一千四百多米。而宁木特以上，还要建近十座水电站。如果所有的电站都建成以后，从刘家峡至河曲大草原的千里黄河将会变成一片落差超过一千五百米的水面"梯田"。

所有的大坝都由钢筋混凝土浇筑而成，是凝固的，坚固无比。而拦堵在大坝里面的水原本是流动的，无比柔软。一个静止，一个流动。因为一座水电站，它们结合在一起，相互依存，不可或缺。水火不容，而水却可以发电，变成可以燃烧的能源，变成火，变成光明。这是一对矛盾，而人类的智慧却让它们完成了一次奇妙的转换。

随着一座座大坝的建成，黄河谷地里不仅形成了一片片开阔的水域，而且还出现了一座座新型的小城镇，每座大坝附近一片繁荣。不过，也有一些事物却从那大河谷地永远地消失了，或者被永远地淹没了。譬如一些村庄，譬如一些远古文化遗迹，譬如一些古老的植物……当然，还有原本的河道和峡谷景观。这可能就是发展或者变迁吧，而发展是一种必然趋势，势不可当。难道不是吗？我们可以挡住一条奔腾呼啸的江河，但是挡不住这种趋势，它的力量足可以摧毁一切障碍。

这是人类改造自然的胜利成果，所以，我们并不在乎这种变迁。我们习惯于喜新厌旧，总是为眼前所出现的新事物而欢欣鼓舞，却从不为已经淹没和消失了的旧事物而惋惜。虽然，这也是不可逆转的大趋势，但是，从另一个意义上讲，我们随时可以创造出无数的新事物，却造不出一样老旧的事物，即使能够造出来，那也是新的。而更重要的是,我们已经看不到曾经的黄河了,所能看到的只有河水修成的"梯田"。不过,对黄河而言,那又有什么关系呢?流淌,也是黄河;不流淌,也是黄河。所改变了的只是人类视野里的景象。

　　快到寒冬腊月了,按说,这个季节的黄河应该已经封冻了,可是,因为气候变暖,季节已经错乱,黄河并没有结冰。所以,只有山坡上落满了白雪,而黄河里却并不见一星半点的落雪。那天午后,站在坎布拉的山顶上,望着落满白雪的四面山野,望着山下蜿蜒的黄河碧绿清澈,一点儿也看不出下过雪的样子。忽然,我似乎明白了一个道理,无论下多大多厚的雪,只要那大河依然浩荡,再多的雪落到黄河里也都会化作一滴水珠,了无痕迹。进而我想,对一条大河也好,对整个大千世界也好,人们之所以生出各种各样的忧患来,并不是因为心怀慈悲,对大自然心怀敬畏和感念,而是出于自己前途命运的考量,说白了,就是对自身安危的忧虑。对大自然来说,也许根本就无所谓好坏,江河可以干涸,物种可以灭绝,地球可以毁灭,甚至宇宙万物也尽可以烟消云散,即使所有的一切都消失了之后,它们也许还会以另一种方式延续并存在着。据说,时空一旦弯曲,就会被一个巨大的黑洞吞噬。要不是这样,它们又会去哪儿呢?可是,人类不同,不要说是整个地球和宇宙,只要所有的河流都干涸了,那就是末日。而对悠悠岁月而言,人类的消亡就像是一片雪花落在了一条江河里,了无痕迹,就像我从坎布拉山顶上看到的那样。

一　草与沙

等待花开

等待花开

又是清明。年年都有清明,然而,对我来说,今年的清明却与往年大不一样。

至去年清明节,大约有十五年时间,每年去上坟的时候,我们家的祖坟里都没有增添新的坟堆。可是,今年再去上坟时,那里却多了两座新的小坟丘,它们紧挨着,上面的泥土还是新的。这两座小坟丘,一个是我母亲的,另一个则是我父亲的。在不到一年的时间里,我的母亲和父亲相继离开了我们,母亲是去年阴历五月走的,父亲是今年阴历二月走的。从此以后,他们就变成了那两座小土丘,他们在里面,我们在外面。

韩国诗人高银在其《墓地颂》的结尾这样写道——是金丹实的翻译:

辞世后,你们只留下一个个小小的忌日,
人世间已无从前,唯有你们正在化为从前。

偶尔,宛似错误的飞行,一只黄蝶低低掠过,

在秋日的坟茔上方,反复叙说天空那头也有墓地。

无人凭吊,兀自躺在坟冢里,你们的子孙即将到来。

清明是一个节气,也是一个节日。在中国古代,二十四节气可能都是这样,每个节气都有专门祭拜的礼俗,有的祭拜天地神灵,有的祭拜自然万物,而清明则是祭拜祖先的。如果清明尚有出行踏青的习俗,我以为,那也是祭扫之礼俗的一个延续,先有祭扫之礼,后有踏青之俗,切不可以踏青之俗替代祭扫之礼。现在很多地方,仍在延续这种习俗,先到祖坟祭扫,而祖坟一般都在荒郊野外,祭扫之余,尽踏青赏春之兴。所以,当我看到今年清明节一些景区游人爆满的场面时,大为震惊,那阵势大有以踏青之俗代替祭扫之礼的趋势。清明节如果只有一个出行的方向,那一定是祖坟的方向。要是以前,很多人在清明节这天不一定能抽出时间去祖坟上祭扫,尚可原谅,现在清明节放假都成了国家的一项规定,还有什么样的事情不能暂时放下,抽出点时间去祭扫祖先的坟茔呢?

当然,作为一个节气,清明还有一个功用,就是对气候、物候以及农时的提醒,因而也衍生出了另外一些习俗,譬如种树。清明时节,其他农作物都早已下种,大都已经出苗了,正好可以种树。农谚“清明时节多种树”,说的就是这个道理。每年清明,无论多远,我都会专程赶回老家,清明节开始放假之后,更是如此。主要

是上坟祭祖,这是礼俗,不能忘了。除此之外,我还有一件必须要做的事,就是种树,当然,也种花草。又因为这些活动大都在户外进行,也算得上是对踏青赏春之俗的一种践行,今年也不例外。与往年所不同的是,今年清明,因为父亲母亲都不在了,偌大一个院落一下就空了。即使有很多人在家里,心里也显得空落落的,所以,我会有很多时间用来种树。

不过,今年的清明时节,我种树的方式也大有改观。这种方式的改变与那座新建的花园有关,因为要建造那座花园,种树的事也得围着这座花园在进行谋划和实施。从树种的选择到行距疏密程度的斟酌,从高低层次的搭配到季节更替时花草树木的景色变化,都得考虑周全了。所以,今年的这个时节,一有闲暇,我便在门前的地里忙活。整理土地,修挖水渠,调运苗木,栽树种花,锄草松土,浇水施肥……一天到晚,满身泥土,手里总也离不开铁锹,俨然一副老农的样子。农活跟其他活计都不大一样的是,别的事总有忙完的时候,但农活不是,只要一睁开眼睛,你就会发现,无论你干了多少活,忙了多少天,总会有你忙不完的事,干不完的活。在城里上班,到了下班的时候,都会放下一切,关门回家。而且,还有很多时候,无所事事,不知道该干什么。而对一个农夫来说,即使忙活一辈子,地里的活也是干不完的。地还是那块地,干的还是春种秋收的活,而在地里劳作的人却是换了一茬又一茬,前赴后继,没完没了。

一个农夫必须具备以一己之力解决所有生存问题的能力,否则,说不定哪天就会陷入困境。这是生存,也是智慧。我家屋后有一户人家,住着一老太太。她老伴去世早,早年还有一个儿子与她相依为命。儿子长大后,拆了旧房,盖了新屋,扩了庭院,让老母亲住进了新房,以为这样就是尽孝了。于是,儿子常年在外,很少着家,留下老太太一个人孤零零地守着一座宅院,也给她留下了忙不完的苦活,拆掉旧房子的地方要收拾,新开辟出来的庭院要平整……因为离得近,她家有点小动静,我都能听到或看到。我发现,这老太太一年四季几乎不出院门,她一天到晚都在那小庭院里忙活。一会儿听见她劈柴,一会儿看到她挖土,一会儿在墙根儿里,一会儿又在屋檐下,总也没有消停的时候。有一天下雪,我看到老太太正呼哧呼哧地抬着一些树枝子堵院墙上的一个豁口。有几次,凌晨两三点,我出去小解,都看到老太太家的灯还亮着,依稀听得老太太还在院里忙活。不排除她用这种方式在消磨时间的可能,但另一种可能是,她确实有干不完的活。这就是一个农夫的生活。

我家隔壁的这个老太太是当下中国农村许多老人的一个影子,无数人家的隔壁都可能住着这样一位老人。而小庭院扩展为大庭院,也是当下中国农村的一大趋势,我老家一带也不例外。以前都是很小的庭院,有些四面都盖有房子,为四合院,这样庭院就更小。庭院虽小,但几乎所有的小庭院里都还专门建有一个花园,说是花园,其实也就一个小花坛而已,大的像一张八仙桌那么大,而小的则只有一张小方桌那么小。因为小,不敢栽种木本植物和花卉,只栽种三两株草本类开花植物。花坛虽小,但春夏秋三季,无论走进哪一户人家,都能看见几株花草幽幽地盛开一片灿烂和芬芳,顿觉庸常的生活充满了鲜艳的色彩,这样的日子过起来,就有滋味儿了。可是,随着庭院的扩展,传统的四合院越来越少了,一般人家盖一排或两排房子就足够了。这样,原来在庭院中间的那个小花坛也就显得碍事了,慢慢地,就从庭院中消失了。自打村庄人家里不见了这个小花坛之后,一下子,感觉生活中就像是少了点什么,让人不自在,不舒坦。生活是需要装点的,越是艰难的生活越需要装点,那就像是人需要穿衣服一样。一个人的衣着可以不华贵,但绝不可以邋遢和肮脏。

我家庭院中央,以前也突兀着一个小花坛。后来小庭院得以扩展时, 小花坛原本是要保留的——实际上也保留了一段时间,可是,因为庭院的格局发生了变化,小花坛已经不在庭院中央了,而是到了庭院一侧,显得凌乱不说,还碍事,无论从哪个方向穿过庭院,都得绕过小花坛。而且,因为庭院里另辟出一片空地当花园,它作为花坛的意义也已不复存在。没多久,它也便从庭院中消失了。自此,我也开始有了要建造一座花园的设想。原来只想把庭院里面那一片父亲母亲当菜地的地方改造成一座小花园, 事实上,在几年以前,这项改造计划就已经实施完毕。虽然后来也在进行一些改造,但那都是些雕琢性的小动作,属于精益求精。最近一两年,因为考虑到以后家里再也不可能种地了,我才萌生了在门前的那片土地上新建一座花园的念头,便跟父亲母亲说起,没想到,他们竟然同意了。

我家门前的台子上原先是一片菜地,约有六分地,此前,我已经在周围种了一圈树,这是新建花园的主体。因为几个妹妹的坚持,虽然,今年也种了几样菜,但都是点缀性的,大部分地上我都种上了树。其中有八棵油松、两棵云杉、两棵国槐、两棵柏树,还有六株花灌木,树中间还种了一些花草,包括四株大丽花、两株玫瑰和几小片更小的花卉,加上原来的一圈绿树和十余棵松柏、两棵胡桃和几株花灌木,这片花园已经基本建成,以后所要做的也是进一步完善和培养。

　　这片台地之下也有六七分地,原先是别人家的地,我用自己家一块离他们家很近也更大点的土地调换了一下,就成了花园的延伸部分。那里一半的土地上原来有几棵高大的杨树,树木周围杂草丛生,他们把树木砍伐后,还留下了一片茬桩。而且,早些年,他们家还从这里挖地取过黄土,在土地一角形成了一个坑洼,一到雨季,村庄巷道里的雨水挟带着大量垃圾都往这里汇集,污浊不堪。要把它建成花园,须得先行清理垃圾,治理环境污染,而后要对土地本身进行必要的整理,清除杂草。当然,还得解决排污的问题,因为这是环境污染的源头。为此,我用了一天的时间,开挖了一条简易的水渠,我还精心设计了一个微型水利设施或污水处理池。随后的一天下午,便在弟弟、外甥、侄子们的帮助下,在一个排水管下面用混凝土修了一座不大不小的水池,将它与进水渠和新布设的排水管相连。这样,平日里它可以对左邻右舍的生活污水进行沉淀净化处理,到了雨季,则可用充沛的雨水对水池自行冲洗和清理。最后,再把干净的雨水收集起来用作花园的灌溉,而多余的雨水则可以从一个排水管道自行排往村外的排水渠。在做这些事情时,我感觉自己像是在一座荒岛上,所有的事都得考虑周全了,以防不测。

这些看似简单的事,做起来却并不容易。有半个多月的时间里,每天早上一起床,洗完脸,我就会扛起一把铁锹在地里忙活,到吃早饭的时候,一般都已经大汗淋漓了。清明过后,白天长了许多,吃过晚饭天还亮着,我又下地干活了,直到天黑下来,才淌着汗气喘吁吁地收工回家,好像除了吃饭睡觉的时间之外,我一直都在地里埋头苦干。握了大半辈子笔杆子的手掌心里磨出了一层又一层老茧,很累,但心里却从未这样踏实过。

这片重新整理出来的土地上,我先种上了十余株野生花灌木,这都是去年秋天我请人从山上移植下来的苗木。后来,有朋友送来了几十棵油松和十几棵云杉,除去在台子上的花园里种的那几棵之外,大部分都种到这里了。剩余的空地上,种的是野生花灌木。之前,我开了一份所需花灌木的名录,仅杜鹃就有好几种,一种是黄毛杜鹃,属大叶杜鹃,植株高大,花白色,花瓣形似玉兰,在青海,我老家一带是这种杜鹃最主要的分布带;一种小叶杜鹃,叫烈香杜鹃,又名白香柴,或岗香,植株纤细挺直,较之大叶杜鹃稍矮,叶深绿,开蓝紫色或淡蓝色花朵;一种植株更小的百里香杜鹃,又称千里香,在藏语中的名字叫苏鲁,或苏杆儿,植株叶形酷似烈香杜鹃,也开蓝紫色或淡紫色小花朵,是一种奇香无比的植物,藏人煨桑时必备的香料。但凡杜鹃都会在阴坡成片生长,尤其是大叶杜鹃, 很多地方, 整个一面山坡密密匝匝的都是它们的声影,清风拂过时,置身其间,感觉整个山野都在随之婆娑。小叶杜鹃大多也喜欢生长在阴坡, 半阴半阳的平缓山地也会一簇簇成片生长,开花季节,从它们身旁走过,老远就会闻到花香。我所开的这份儿植物名录里,还有一些枸子、缠条、皂角、金露梅(或银露梅,因为在开花之前它们一模一样,无法分辨,开黄花者为金露梅,开白花者为银露梅。)等三五种其他开花植物。在我看来,这都是一些极具观赏价值的近代开花植物,尤其是这几种杜鹃类植物,据说,欧洲一些皇家园林里可见到它们的芳容,而在中国城市园林中,我还没有听说过哪儿曾出现过它们的身影。我的童年几乎都是在那山野之间度过的,我熟悉这一带山野,也知道它们在什么地方生长,原计划是要自己上山去采挖的, 因为考虑到还要剩下一些力气来建造花园,便请一位同样熟悉这些植物的村民到山上去挖了。

村后面的广袤山野之上到处都是茂密的灌丛,细心采挖几株植物幼苗不会对植被造成任何伤害——我可以说是一个生态保护主义者,大半生致力于青藏高原生态环境的保护,我当然考虑到了生态保护的因素。我曾叮嘱,务必采挖幼苗,不能伤及左右。幼苗身旁一般都会有一棵或几棵同类的成龄树或老龄树生长,它们是那棵小树苗的父亲母亲,甚至爷爷奶奶,甚至曾祖高祖。在深山老林找到一棵树,就等于找到了一棵树的大家族,它们祖祖辈辈都生长在一起,枝杈交错,叶片相连,根须缠绕。从它们身边移走一株幼苗,就像是兄弟姊妹众多的人家分户而居。何况,它所迁居的地方也在同一座山上,它从新居抬头望去,便能望见同族婀娜婆娑的身影,风起时,还可嗅到族类亲切的气息。而且,因为我的干预,它们从此又开辟了一片新的疆域——也说不定是对固有疆土的一次意外收复。以达尔文进化论的观点,人类的选择是除自然选择之外生物进化的主要途径。青藏高原上的金露梅、银露梅植株矮小,耐寒,花朵小巧玲珑,花瓣如豆。据说,此物移植到欧洲的园林之后,因为海拔大幅降低,生长环境突然改变,才过了一二百年,其植株已变得非常高大,花朵也是日渐肥硕。若果真如此,几千几万年之后,如果有一个植物学家走进这片山野的话,偶然发现一些稀有植物的变种和亚种也是说不定的。如果是那样,请记住,是我改变了某些生物进化的方向,生命形态(或生物多样性)将因此而多了一些色彩的变幻。要知道,在地球森林的王国里,它们(近代开花植物)可是最后一批迎来自己繁茂时代的后世子民,它们之前出现在地球上的很多植物都早已灭绝了。它们的出现给地球带来了无限惊喜,从那一刻开始,整个地球都开满了花朵。但是,花开过了就会凋零,说不定哪一天,它们也会灭绝。以目前地球物种灭绝的速度,百年之后,其中的很多植物可能也将载入世界濒危物种名录。从这个意义上说,我们还算是幸运的,因为,近代开花植物的繁盛时代还在继续,我们还能自己亲手栽培花朵,还能看到花开花落。

仅仅过了两天之后,这些植物都出现在我新建的花园里,植株都很小，但我希望它们都能长大，都能开出清雅高洁的花朵，并由此开启一段秘密的进化之旅。如果可能，我希望这座花园能成为村里孩子们的一个自然课堂，我愿意为他们义务讲述这些植物和大自然无比神奇的故事。虽然，他们都生在大山脚下，举目所及处便是一派葱茏繁茂，可是，因为课业负担过重——这已经是全天下众所周知的事情，他们已经顾不上季节更替、花开花落了，更不会有时间自己到山上看这些植物，即使偶尔得空上山了，也未必能叫得出它们的名字。而要熟悉它们的习性，须得与之常年朝夕相处，耳濡目染，甚至相濡以沫。

如果可能，我还希望父亲母亲能看到这座花园。每天，在花园劳作的间隙，我都会想起他们。每种下一棵树或一株花草，我都会问，父亲母亲会怎么想？尤其是父亲，曾经的那些岁月里，我们一直在这些植物身上较劲儿，父亲最终以他的宽厚和仁慈包容了我，也包容了那些植物，而我却以自己的无知和小聪明编织过田园美梦，以为如此则可诗意地栖居在这片山野之上。"人充满劳绩，但还诗意地栖居在这片大地上。"这是荷尔德林的诗句。我父亲是个地道的农夫，一生躬耕山野，他不知道荷尔德林是谁，在他眼里，土地抑或山野本身就是最美的诗行，只要有土地和山野在，就会有一切。

小时候，有很多次，我从田埂上伫望过父亲躬耕山野的背影——依稀记得，其时，浓雾曾笼罩山野——当他驾牛扶犁从那田野上走过时，一垄垄被翻耕的土地像鱼鳞般在他脚下排列如诗,延展如画。随后,麦子、青稞、胡麻、菜籽、蚕豆和土豆们就会一行行长满田野,先是一片绿油油的青苗,而后,拔节,抽穗,开花,结果,收获。而在田边地头,总会有几棵歪歪扭扭的山杏野柳疏疏朗朗地摇曳婆娑,更远处的整个山野之上到处是一派山花烂漫的景致。对一个真正的农夫而言,整个山野就是一座属于自己的花园,他无须再建一座很小的花园。当然,如果在老宅院的院墙根儿或庭院当中,盛开着一棵朱砂牡丹或一株紫丁香什么的,他们也不会感到扎眼和多余,说不定也会精心呵护,但那只是日常生活的一种随意点缀,而绝非刻意装点。就拿我要建造的这座花园来说,虽然父亲生前也并未反对,但也肯定不是由衷赞赏。我想,他之所以不反对我将门前的这片土地建造成一座花园,依旧是出于对我的包容和仁慈,是对我个人喜好的一种维护和偏袒。这是一个父亲对一个儿子的宽容。现在这座花园已经基本建成,我当然希望父亲母亲能够看到它建成后的样子,看到花开花落。

谷雨过后,下了一场透雨。雨是夜里开始下的,到第二天早上还在下。起床后,我等不及雨停,便踩着满地泥泞跑到台子底下的花园里,看那排水系统的运行状况。我看见,那蓄水池里的水已经蓄满。便又跑到排水口察看,一股清亮亮的水正从那水管里往外流淌着,其余两条排水渠里也潺潺有声,一切都像预想中的情景一样美妙。我站在雨中,看着这一幕,喜出望外,听着那涓涓淙淙的声音,感觉像是在听一曲曼妙的田园交响诗。雨过天晴之后,我到门前台子边上,隔着树枝,又望了一眼那水池,见一池春水映着蓝天白云,绿树倒影其间,一派宁静邈远。

这时,我听见一串鸟鸣声洒落下来,像露珠。其实,从清晨至深夜,鸟鸣声从不曾停歇过,要是仔细谛听,至少会同时听到十种以上的鸟叫声。大多的鸟鸣声一年四季没什么差别,这是鸟类王国的主旋律,但在不同季节也有细微的变化。比如这个季节,还听不到杜鹃的声音,再过半个月之后,杜鹃才会飞来。在这个季节,我所能分辨出来的也就三五种而已,比如喜鹊、麻雀、百灵、斑鸠、戴胜鸟等的叫声。我发现,鸟鸣声有一个规律性的现象,体形越小的鸟儿,其鸣叫声也越是动听悦耳,比如百灵。而体形越大的则越难听,比如乌鸦、戴胜鸟和蓝马鸡,乌鸦自不必说,戴胜鸟和蓝马鸡的叫声竟如同狗吠。有如此众多的鸟鸣声在耳边此起彼伏,那感觉就像是有一个庞大的多声部鸟类合唱团在你身边。如果什么时候你没听到鸟鸣,只是没太留意罢了,鸟儿们一直在鸣叫。而恰好此时,那清脆的鸟鸣声从近处和远处的树梢上洒落,听来别有一番滋味儿,感觉那一份儿宁静和邈远一下便进到了心里,弥漫肆意,辽阔澄澈。我想,因为这座花园,会有更多的鸟儿来到这里,那时,鸟儿们的鸣叫声会更加清脆迷人。

比之其他地方,青海高原的春天来得晚一些。清明过后,一些树上才有了一点儿绿意,谷雨前,一些树枝上才吐出绿芽。一天到晚,我不停地到花园里转悠,看到所栽种的树木花草都已成活,大都已经吐出嫩嫩的绿芽儿了,一些开花植物也已含苞待放。

花就要开了,我等待花开。

左也菩提，右也菩提

　　老家宅院的门前有一圈绿树，大大小小加起来该有几百棵，品种至少也有几十种。一到夏天，到处绿树成荫，婀娜婆娑，端一杯香茶，拿一把椅子随便找个地方坐下，都是幽静清凉的去处，好生自在。这是父亲和我两个人共同实施的一项庭院绿色计划的主体——因为它还不是此项工程的全部——在我家算得上是一项浩大的世纪工程。父亲毕其一生都在不间断地为之添绿增色，我也付出了几十年的努力。而且，整个计划还在继续，至于到什么时候完工，好像还不是我们父子两个说了算的事。

　　因为，之前基本上是父亲和我两个人在经营和培育，这些树大致也因个人喜好不同而分为两类。一类是中用不中看的，这类树几乎都是父亲一手栽种的；另一类是中看不中用的，这类树几乎都是我的选择。又因为是父子两代人在做同一件事，父亲出道要早得多，而我毕竟是个后来者，所以，父亲栽种的树木一般都很繁茂高大，尽得阳光雨露，而我种下的那些树大都在那些高大树木的枝叶下蜷缩着，它们想要长成什么样子，还得仰仗上层的垂怜。在父亲年盛而我尚年轻的那些岁月里，这种强弱优劣截然分明的态势从未改变过。

直到父亲越来越老，我也不再年轻的时候，这种情势才有所转化。一切的转变似乎是悄然发生的，无声无息，过程也非常缓慢。再后来，父亲越来越没有气力和精力操心他的那些树了，这给我那些长期挺不直腰杆的晚期弱势植物以可乘之机。它们开始有规模地开疆拓土，并不断拓展自己的生存空间，直到自己占据绝对生存优势的时候，还没有一点儿停下来的意思。最后，所有曾经高大繁茂的树木都开始败退和衰落，所有经不起风雨的弱小树木都迎来了自己的繁盛时代。

不过，这样一种局势的大逆转并不是一帆风顺的，它充满了激烈残酷的竞争和较量，有时候，甚至会刀斧相向。譬如，我要砍掉某棵树的一根树枝的话，得找个父亲心情愉快的恰当时机，先要试探性地小心说出我的这个想法，还要对自己的目的巧妙地加以遮掩。明明是要给旁边的一棵树打开一片可以伸展开来的天空，可我却说，那根树枝要是再不砍掉，就会影响到地里种的其他作物。可是，父亲要砍掉一根树枝甚至一整棵树，则无须征得我的同意。

门前的院子里，我种了六七棵马尾松，我看中的是它的树形，树枝一层层往上长，像宝塔。有一年回家时发现，他把最下面一层的树枝全砍了，害怕他生气，我没敢问。又过了两年，他从下面又砍了一层树枝，这下我急了，才说松树不像杨柳，是要年年砍树枝的，它只有长成那个样子才好看。他听了什么也没说，但也并不像是生气的样子，以我对父亲的了解，这说明他听进去了，便为那些松树庆幸。果然，此后几年间他再也没砍那些松枝。很多年前，我让朋友从远处移了一株啤酒花来，种在门前精心培育，长得格外旺盛。这是一种草本藤类植物，往院墙搭了一个架，它就顺着往上爬，每到炎炎夏日，便在门口形成了一道绿色的拱门，像彩虹。可是，今年开春后，却迟迟不见它长出来，我感到很奇怪，一问才知道，被他给连根儿刨了。问其原因，他竟然说，无用之物，碍事。见此情形，我知道再不能固执己见，否则，就没有回旋的余地。要补救，只有一个办法，得给他老人家先搭建一个台阶，给足情面，这样他才有可能手下留情，这是策略问题。过了些日子，我又从别处移了一株来，稍稍挪了个地方又栽上了。然后，才对他说，这样就不碍事了。他听了，真的没有再反对。

　　对一棵树的价值或意义，父亲和我的判断标准也大不一样。在我父亲眼里，衡量一棵树有没有栽种和存活的必要，只有一个尺度，它在现实生活中能派上什么用场，它要么能结果子，要么非得当梁当柱，其余皆视为无用之物——至少以前是这样。而在我，除了这些，还有一点儿虚的，说好听点是为了满足审美的需要，说庸俗点，不过是图个好看罢了。这话说起来简单，可在一个种树人的具体实践当中，它却变得不那么简单，甚至很复杂。它关系到一棵树本该长成什么样子，或者种树人希望它长成什么样子等很多问题,这些问题往往体现在诸多繁乱的细枝末节上。

　　一棵杏树或李子树,长成歪歪扭扭的样子才显得本真,可我父亲总想让它长得笔直挺拔,而生物的自然属性决定了这些树不会乖乖地遂了父亲的愿,于是,他老人家左绑右拽,硬生生地将一些长得好端端的树捆绑成扫帚的样子。我自然是看不惯的,便趁着他不留神,一一给那些树松绑,像做贼。有时候,也会让他给撞个正着,便装傻充愣,他也并不急着表态,似有默许之状。可是,过一阵子,你会发现,那些被你解放了的树木再次被捆绑,而且,比前一次捆得更牢实了。这一次,我要是还给那些树松绑,必须得讲究些方式方法,而不能毫无顾忌。如果一棵树上绑着好几道绳索,我可能先解开一道,或者只是把绳索放松一点儿。过些日子,再解开一道,或者再放松一点儿……这种策略果然奏效,父亲被我的缓兵之计给麻痹了,等他回过神来的时候,一些树已经长大,再也捆不住了。不过,这得需要耐心,不能心急,你得耐住性子慢慢等待,等待被捆绑的树木一天天长大长高。

　　在漫长的等待中,我突然发现,慢慢地,父亲对一些树的态度也在发生改变。这种变化是悄然发生的,可能他自己都没有意识到会有这样的变化。之前,我们家庭院中也有一片空地,约有两分多地,看似不大,但在庭院里面能有这么一片地,对我们家来说已经是很奢侈了。那原本是我父亲母亲的菜园子,每年都会种上好几样蔬菜,那是全家夏秋季节甚至大半个冬天要吃的蔬菜产地,父亲视之为宝。可后来,它也成了我的花园——原先,父亲只用一张桌子大小的地方种着几样花草。一开始,我种的那些花花草草,只在一棵棵大头菜、大白菜、青萝卜和葱蒜之间见缝插针。它们要找到一小块安全的立足之地,全要看我父亲的脸色,而且,只能装出可怜兮兮的样子,不可张扬,否则,就会招来连根铲除的灭顶之灾。也不知道过了多长时间,应该有十几年吧,有一天,我再次望向这片土地时居然发现,里面曾经繁盛过的那些蔬菜已经全线败退,仅存的几棵也已被挤到墙角和花草的枝叶下了。我还不满足,站在那里对父亲说,这是花园,以后这里再不要种什么菜了。时隔多年,这院子里确实不见了蔬菜的踪影,从春天一直到深秋,那里一直有花朵怒放,一直有绿叶覆盖,甚至院墙上也爬满了层层叠叠的枝叶。我在想,如果没有父亲的包容,这些个没用的植物会有如此繁茂吗?不会,绝对不会。

这种变化不仅发生在院墙里面,也出现在院墙之外。房前屋后,父亲以前种了很多青杨、柳树和榆树,皆为当地树种,适宜生长,几十年间,均已长成参天大树。我种的那些树大致分为两类—— 一为当地的树种,多为山杏、山梨和山李子,木不成其材,其味酸涩为主,浅尝尚可,若多食,则难以下咽。我之所以栽种这些山野之树,多半可能是受了陶渊明的影响,以为如此,虽不能有桃源之居,但至少可在远离闹市的村野,自己有一个清净的去处。再就是从远离故土的地方,移植的他乡之物,多为松柏类植物和可观赏的花灌木。有些还好,但大多可能水土不服,总是病病歪歪地长不好。每次一回到家,给父母亲大人问过安之后,便急忙蹲在那些树下，又是松土又是浇水，不亦乐乎。每当这个时候，父亲只是在一旁静静地看着，什么也不说。

我以为，他已经懒得就这些花花草草的屁事跟我较劲儿。可是后来，庭院里面和大门外的院子周围一下冒出不少长得非常好，且极具观赏价值的植物来。一看就知道，都是老家山上的野生植物，无论树形还是观赏性，都比那些我费尽心思弄来的城市园林中的东西要强得多。这时，我才想起，世界上所有城市园林中的那些观赏植物原本并未长在那里，无一例外，它们都来自山野，品位越高的园林越是如此。欧洲那些著名皇家园林中的很多植物还来自青藏高原的山野，植物学界曾流行这样一句话，说没有青藏高原上的植物就没有欧洲的园林。看到我在那些植物旁欢喜流连的样子，站在远处的父亲总是很得意，像是在说，蠢蛋儿子，看看这些货真价实的东西，再看看你煞费苦心弄来的那些东西，你说你在干什么？我没敢正眼看父亲，只是从远处偷偷瞄了一眼，而父亲却早已将目光移向别处，看来，他早就看穿了我的那点儿小心眼儿。

不仅如此，这种变化还发生在父亲亲手栽种的那些树上。看到我总也看不惯他那些树的长相，一会儿嫌这棵树长得太高，一会儿又说那棵树的树头太大。听到这些，他从不说一个字的不是，也从不表示肯定，顶多会微微一笑。那样子就像是一个老者看着一个不懂事的孩子在瞎折腾一样。每次看到他那个样子，我都会心里发毛，而且知道，自己正在做的某件事总有一天一定会被自己证明是愚蠢的事。这样的事其实一直在发生,我舍近求远弄来的那些没名堂的花草就是一例。可父亲并不计较,他喜欢用具体的行动来提醒你,却不明着告诉你是怎么回事儿,我想,这也许就是一个父亲的智慧。然而,这次我错了,父亲并未提醒什么,甚至连个暗示也没有。一年开春后,他把凡是我存有异议的那些树全给拦腰斩断了,而这些树还活着,很粗壮的树干上新长了一层层枝叶,远远看上去,像一根根硕大的绿色鸡毛掸子插在了我们家门前。我想对父亲说,我并不是这个意思,一直未敢开口。父亲却主动对我说,那些树再长,你那些树就没有出头之日了。

现在回想起来,我们父子之间也不总是矛盾,有时候,也会出现少有的和谐一致。门口的那两棵核桃树也是我种的,但他对这两棵树的珍爱程度远在我之上,究其原因,主要是它能结核桃,而核桃能吃,自然属有用之物。这两棵树在我们家门口已经有二十余年了,其品种也属外来者。老家有句古话说,桃三年杏五年,想吃核桃十八年。说的是,在当地栽下一棵核桃树苗,得等到十八年以后才能吃到核桃。这两棵核桃树,我种下的时候是三年的幼苗,可当年它就开始挂果了。虽然两棵树上结的核桃加起来,也不过三五颗,但在我父亲眼里,这已经是很了不起的事了。父亲是个相信老话的人,如果能将老话中说的事反过来,则视之为神奇。神奇之物就是奇迹,与老话相比,父亲更愿意相信奇迹,尤其是自己亲眼见到的奇迹。

他觉得那两棵核桃树就是奇迹,因为,它就在自家门前,不想看到都难。于是,他更加珍爱,有时候,你甚至觉得有点过头。老家山村以前也有一两棵核桃树,感觉自种下之后就没人动过一根树枝,无论岁月如何更替,它都由着自己的性子生长,想长成什么样子就长成什么样子。可我种的这两棵是新品种,需要不断地修剪才会有累累果实。所以,到了修剪的季节,我虽不懂园艺,却也想装模作样地试试。父亲就不愿意,说什么都不让砍一根树枝。他说,核桃树枝里面全是水,跟血一样,砍断了,流个不停,一定会伤着它的。有几条电线从树顶上穿过,我说,再不砍掉最上面那几根树枝,就要碰到电线了,那样会有危险。你猜怎么着,他居然用几根绳子绑了几块水泥墩子吊在树枝上。这样树枝确实碰不到电线了,可是每次从树下过,我都感觉头顶上悬着一把剑。但是,考虑到父亲对这两棵核桃树的珍惜程度,我也不再反对,任由那几块重物吊在树顶上,时间长了,也不再感到有什么危险。

因为父亲开恩包容,这一两年,我在家门前院子里种的那些树一棵棵噌噌地往上蹿,而父亲早年所种的那些树却在一点点衰退,大有家中花园之趋势。一开始,父亲还会说点什么,后来却一句话也不说了,一切由着我折腾。如此一来,我反倒有点不自在了,总希望父亲说点什么,哪怕是坚决反对,可是没有。这种状态在母亲病重期间达到极致,母亲去世后尤甚。不仅对花草树木,父亲对什么都不再表露自己的心迹。儿女们跟他的沟通越来越困难,无论你说什么,他点点头或摇摇头就已经算不错了,而且,只在是否接受端给他的食物或药物时,他才有这种举动。大部分时间,他要么紧闭双眼,没有任何反应;要么就是突然睁开眼睛,狠狠地瞪你一眼。如果说,他还对某件事存有一点儿思虑,那就是死亡。有天夜里,他焦躁难耐,一会儿躺下,一会儿又一骨碌爬起来。有一次爬起来之后,一下瞪大了眼睛问我:到底有没有死亡这回事?我一时不知道该怎么回答,还是身旁的两个妹妹反应快,赶紧接过去说,没有,根本没有的事。他听了自言自语道:哦,没有啊。停顿了一会儿,又自言自语:可能真没有,要不,我怎么就死不了呢?最后一次坐起来时,他说,要是能从这个地方跳下去,一下不见了,就好。那一个晚上,他唯一想做的事就是死。他在火炕上到处寻觅,像是要在看不见的时空中找到一个入口,然后一下钻进去,消失在那里。虽然,谁也不愿说破,但是,谁都清楚,父亲正一点点地离开我们。

母亲弥留之际和过世之后,有些时候,父亲和我们就在院中的那棵菩提树下静静地坐着,或者,让他躺在门口核桃树底下临时搭的一张床上,儿女们就坐在边上陪他,偶尔会互相瞄一眼,算是交流了。父亲原本寡言,如果他不想说话,你要是说个不停,他会很烦。前后一个多月的时间里,只有两三个下午,我们可能有过半个时辰的交谈,这已经是破天荒的事了。有天下午,大雨初晴,花园里繁茂的枝叶娇嫩欲滴。父亲望着花园墙根里的一棵栒子树说,它要是再不移走,旁边的那棵牡丹就死了。我赶紧接过话茬说,那是你种的,你要是不说,我还不敢问。你要同意,明年开春了,我就把它移到门前的地里,那里宽敞,它咋长都行。他听后只说了一个字,好。平心而论,这棵枸子是花园里少有的景致,从夏天一直到深秋都缀满了珍珠般圆嘟嘟的红果子。它是父亲从山野中移植到家中的野生植物之一,在花园墙根里只占一小片地方,于情于理,它都可一直在那里,可父亲却主动提出要移走,看来他并不在乎那是不是自己栽下的。与这棵枸子相比,倒是花园中间的那棵碧桃太占地方了,大有独自霸占整个花园的架势,而且,从景观意义上说,它也远远比不上那棵枸子。只不过是我种下的缘故,父亲才说要移走那棵枸子,而保留这棵碧桃。

按理来说,我应该感到庆幸,因为,自己辛勤培育的那些植物终于有了出头之日。可是,我却并未感到一丝一毫的快乐,反而平添了许多伤感。尤其是母亲离开以后,看到父亲整日里悲痛欲绝的样子,我甚至有点懊悔。随着父亲越来越老,身体状况也越来越差。自三年前,父亲因胃出血不得不放弃心脏搭桥手术后,一直在老家静养,哪怕是再轻的体力活他都无能为力了。不过,他还是挺过来了,虽然不时有些反复,但还是平稳地度过了三年时光。可是,这次不一样,他正在一点点放弃自己的生命。尽管他一句话也不说,但是,我们能感受到母亲的离开对他的打击有多大,以致他已经不想活在这个世界上。身体上的疾病一时可能还不会要他的命,可他心里的这个病,我们却没有一点儿办法。我们所能做的似乎只剩下陪伴和守护了。

当然,他也不会再操心那些树的事了。每次从那些树旁经过时,我都会想起一些父亲和我与那些树之间的往事。于是,我会停在某一棵树下，静静地站着，总想对那树说些什么，可什么也说不出来。于是，又走到另一棵树下停住脚步，又一段往事浮上心头……在我所种下的那些树里，除了山杏和李子树之外，就属松柏类和菩提树居多，尤以菩提为最。

从宅院里面一直到门前院子的路旁到处都能见到菩提树的身影。门前有一小段水泥路通向村庄里连接村外的大路，只要一出门，这段路是必经之地。每次回家，这是我最后要走的一段路；每次离开家，这又是我最初要走的一段路。路口，我也种了两棵菩提树，一左一右，守在路口。在陪伴父亲的这段日子里，每天，我都要从那里进出好几次，每次从那里过，我都要忍不住停在那里，看一眼那两棵菩提树。一天，从那里经过时，无意间，我随口念道：左也菩提，右也菩提。接着又念了一句现成的：一花一世界，一叶一菩提。这一念，便念出些意思来，个中况味如拈花微笑。

也许对父亲来说，世间的一切已经没有任何意义，不是看透一切，而是已经到了该放下一切的时候，生生灭灭是自然规律，谁也无法逃脱。或者，不生不灭，无老死亦无老死尽，所有过往皆烟云，皆为空相。也许不是……也许父亲早已参透苦难人生，慈悲之心已然升起，菩提已在心里，所以不语。如若心中有菩提，便到处是菩提。我种的是菩提，他种的那些树又何尝不是？

坐在菩提树下听雨

　　老家宅院里有三棵树，一棵是丁香，另两棵也是丁香。只是一棵是紫丁香，另两棵是暴马丁香。暴马丁香在青海也叫菩提树，此菩提非彼菩提。它应该不是当年释迦牟尼坐在树下觉悟成佛时的那种菩提树，那种树原名叫荜钵罗树，因释迦牟尼在树下证得觉悟而得菩提之名。在植物学分类上，那是一种常绿阔叶乔木，在青海这等高寒之地绝难成活。不过，暴马丁香的确也叫菩提树，塔尔寺就有一棵这样的菩提树。塔尔寺原本是宗喀巴大师的出生地，他被佛界誉为第二佛陀。如此说来，又当是，此亦菩提，彼亦菩提。

　　乙未年四月，母亲病重，医院告知已无良方。其间，好友提供信息，说云南有良医，便急赴昆明求医问药。回到西宁，遂护送母亲至故土老宅，整日陪伴左右，煎药熬汤，希望能出现奇迹，母亲转危为安。三年前，比这个季节稍晚些时候，父亲也病重，医院也曾告知已无良方，我也将父亲护送至故土老宅静养。一个星期后，他居然能下地走路了，之后，一天天好将起来，我感觉是故土的滋养起了作用。所以,护送母亲回去时,我丝毫没有犹豫。

其时,芒种刚过,夏至将至,正是百花盛开的季节,老宅庭前屋外,也是一派缤纷艳丽。这使我想到了母亲,由母亲又想到了一个听来的故事,说的是一个俄罗斯盲人乞丐,正坐在莫斯科大街上乞讨,身前摆放着一块牌子,上面有一行文字,只字未提乞讨的事,却写着一句诗一样的话:虽然已是百花盛开的季节,可是我什么都看不到。所有行人都被这句话吸引,便停住脚步,向他伸出友爱之手。母亲虽然眼不盲,但因为一直躺在病床上无法起身,也看不到百花盛开的样子。所以,一天午后,我们把母亲小心地抱到一把轮椅上,推到门外,让她看花开的样子,晒晒太阳。在一块开满油菜花的地边,还稍稍停留了一会儿。再次回到屋里躺下后,母亲告诉我,现在她一闭上眼睛,眼前全是油菜花,一片金黄。之后的几天里,只要天气晴好,我们都会推着她到田野上转转,有时候,也会在院内的花园前坐上一会儿。直到有一天推她回来之后,她好像很累的样子,才停了一两天。

老宅门前,除了绿树花园就是庄稼地;庭院里面,除了一小块水泥地坪就是一座花园。房前屋后的绿树少说也有二十几种,大都是乔本类开花植物,其中也有多棵菩提树,有两棵还在开花,其香仿佛紫丁香,却远比紫丁香沉醉幽远,清雅耐人。花园里也有十几种植物,都是草本和木本类观赏花卉。这些绿树花草是父亲与我共同经营培养的结果,父亲栽种的大多是中用的品种,而我栽种的那些几乎都是中看不中用的。所有绿树花草,平日里都由父亲照看,而我只在回到老家的时候才有机会打理它们。所以,在老家陪伴母亲的这些日子里,除去守在慈母身边的时间,其余时间,我大多在这些树木花草跟前,给它们松土浇水。

忙完了这些事,而母亲也正好睡着的时候,我就会静静地坐在花园前的那棵菩提树下,喝茶歇息一会儿。几乎每天,我都会有好几次坐在那菩提树下的空闲时间。第一次坐到那菩提树下时,几滴雨落了下来,打在树叶上发出沙沙的声音。我抬头看了看天,天上几乎没有云彩,初夏的阳光照彻山野。侧耳倾听,已经没有了雨声。就那么稀稀拉拉地落了几滴之后,雨再没有落下来,但我依然在静静地听,希望能听到雨声,可是没有听到。再听,又似乎听到了,雨声好像并不在近旁,而是在很远的地方——感觉在一个很遥远的地方,正有大雨滂沱。

我忽然想到了两个字:听雨。近一段时间里,这是我第二次想到这两个字,第一次想到这两个字是在一个人的葬礼上。那天,当人们把他的骨灰安放在刚挖好的地穴里,准备填土的时候,我突然想到那地穴深处或许有一扇门,那扇门隔开了两个世界。一扇门特地为一个人打开了,从那里进去之后,他就去了另一个世界。地穴所在的山坡上哭声一片,泪雨纷飞。这时,"听雨"两个字就出现在我的脑海中,雨声来自另一个世界。故乡有一种说法,一个人亡故之后,送葬的队伍里最好没有哭声和泪水,说生者的每一滴眼泪都会化作冰冷的雨点打在亡者的身上,那是凄苦的雨。可是,顷刻间骨肉分离,生者无法挡住眼泪。

不知道为什么,我感觉亡者正在一个门洞里,回过头来望着我们微笑。一束阴冷的光从那门洞的另一侧照进来,很刺眼。那光芒塞满了整个门洞,以致他看上去就像是被那一束光托举着。那门洞很深,像一个隧道——抑或是时光隧道吧。很显然,那门洞的这边就是我们所在的这个世界,那么,门洞的那边又是一个什么样的世界呢? 他或许已经看见了那个世界,所以,才回眸一笑。可是,除了那一束光芒和那个门洞之外,我们什么也看不到。当然,这只是我的凭空想象,也许那光芒的实质不是光明,而是黑暗,它挡住了一切,阻隔了一切,使我们无法看到里面的真相——那也许就是死亡的真相,也是生命的真相。

　　我很清楚,这只是一刹那间闪现在脑海中的一个景象。佛经上说,一念之中有九十刹那,一刹那又有九百生灭。生生死死的轮回随时都在进行,须臾不曾停歇过。而在那一刹那里,我甚至想到过,站在那门洞里回头微笑的那个人不是我所熟悉的那个孩子,而是我自己。我在我自己的葬礼上。我听到了雨声。雨季如期而至,雨铺天盖地,大大小小的雨滴落下来,我在无边无际的雨中艰难前行。那个世界里没有动物,没有植物,甚至没有泥土,没有你曾熟悉的任何物质——那个世界里的物质看上去更像意识。雨落下来,却不知道落到哪儿去了,没有在地上溅起水花,也没有漂起水泡,它们好像直接钻进地缝儿里,穿越而过,落进了另一个世界里。雨滴不停地落在我的身上,我知道,那其实并不是真的雨,而是另一个世界里人们的眼泪。它穿越时空,纷飞而至,飘落在另一个世界里就成了雨。它从我的身内穿过去,像子弹那样,我甚至能听到它从我身体里呼啸而过的声音。

可能与自己的年龄有关,感觉一过了五十岁,生活中的葬礼一下就多了起来,好像刚刚从一个葬礼上回到家里,又听到另一个葬礼要举行的消息。这当然不是现在亡故的人比以前多了,以前也一定有人从这个世界上不断地离开,而是因为你还年轻,从你身边离开的人还不是很多。即使有,也是隔了足够长的时间,会让你有一个从悲伤中走出来的间隙。可是,这两年不一样了,好像随时都有一个葬礼在等着你。于是,雨声不断,生命中的雨季已经来临。

宅院里有两排木头房屋,一排朝南,一排向东。坐在菩提树下时,我面朝向南的屋子,背靠花园。花园中间有一棵碧桃长得茂盛,它先开花,后长叶子,花早已败去,现在只剩叶子了。还有六棵牡丹,三棵芍药,一棵皂角,两棵野生核桃,五六棵大丽花,两棵荷包花,一棵圆柏和一棵大叶杜鹃。点缀其间的是几棵菊花和一溜金银花。有几棵牡丹是今年新栽的,刚长了新叶子,其余几棵牡丹,花也早已开败,最后的一两朵牡丹也在那两天败落了。所有开花的植物,现在只有那几棵芍药。刚回到家时,它们才开始打花骨朵,只几天时间,都已竞相开放。花园的墙上爬满了一种藤类植物,大约有十几株,是我从城里买回来种在那里的。当时,我是能叫出它们的名字的,现在却都已经忘了。它们有五角形花瓣样很大的叶子,厚厚地覆盖着砖墙。菩提树冠如伞盖,再强的阳光都照不到树下。树下放了两块平整的石头,正好当茶几,抬一把椅子、端一杯香茶坐在树下,就可以安静下来了。

从 4 月底到 5 月初的好些天里,都会落下几滴雨来,却一直没有像样地下过。只有两次,淅淅沥沥地下了不到半个时辰。我都站在那菩提树下听过雨,仔细听过之后,我发现,它落在不同的地方所发出的声音是不一样的。在那树下,我所听到的其实并不是雨声,而是树叶的声音。雨滴落在水泥地上时,一开始,一落下就干了,慢慢地,水泥地都被淋湿了。再后来,竟然积了薄薄一层雨水。而落在花园泥土里的雨滴,一落下就钻进泥土里不见了。因为久旱未雨,那点细雨对土地来说起不了什么作用,半个时辰之后,那泥土也才泛起一点儿潮气。

有一次下雨时,我还走出院子,到前面的田埂上去听过雨声。一走出门前的花园和菜地,就是大片的庄稼地,大部分种着麦子,也种了几块油菜。麦子正在抽穗,油菜刚进入花期,金灿灿的油菜花开得正艳。我俯身麦田,将耳朵伸到麦子地里细听,听到的是很轻柔的雨声。雨滴顺着麦秆滑到下层的叶片上,结成了露珠。少顷,又侧身油菜花地倾听,听到的却是很清脆的雨声。雨滴先落在顶端的花瓣上,而后从那里轻轻滑落,落到下层宽硕的叶片上,汪在那里,像一颗颗珍珠,晶莹剔透。想来,那雨滴落下来时一定非常细碎,因为,它落在那一颗露珠大小的花瓣上时,那花瓣只是轻微地颤抖了一下,不仔细看,甚至看不出它曾颤动过。

从田野上回到院中,再次站在那棵菩提树下时,雨已经停了。

望着花园里的那些开花植物，我想到一句青海花儿的唱词：花开花败年年有，人生才有几遭哩？这是一个设问的句式，但它并无意追问，而是在慨叹人世间的聚散何其珍贵。它提醒人们，对芸芸众生而言，无论你经历过多少次的生死轮回，人生都可能只有一次，转瞬即逝。还不如那些开花植物，无论时间过去多久，只要到了开花的季节，它们都会如期开放。由此想到母亲，想到父亲，想到一家老小十几口人，今生今世能聚在一个小小的院落里是何等样的奇缘和造化呢？有道是：百年修得同船渡。我们一大家子要在一起生活一辈子，这该是怎样漫长的修炼才能得来的缘分和福报呢？

我是个俗人，俗人总是放不下各种烦恼。母亲病中，守在病榻前，回想母亲一生的经历时，感觉她的烦恼要比快乐多很多，为饥荒、为儿女、为家庭、为年景和收成，甚至为牛羊和天气烦恼。可是，我相信，在她生命最后的这些日子里，她一定感觉到了正是这无尽的烦恼才构成了她珍贵的人生记忆。如果把这多烦恼一下从她的记忆中抹掉了，她会更加烦恼，而不会只剩下快乐。对一个肉身俗人来说，没有任何烦恼的人生不是真正的人生，能放下一切烦恼的人也能放下一切快乐。我想，那就是觉悟了的人，而觉悟了的人就是佛了。

当然，我并没有像佛祖一样一直坐在那菩提树下。每天，我还有一小段时间是坐在自己屋里的。这一小段时间里，一般我都会做同一件事，就是用一管小楷毛笔在一张早已裁好的宣纸上抄写《心经》，至少每天一遍，有时候也会多抄一遍，有一两副抄好以后就贴在墙上了。《心经》上说："诸法空相,不生、不灭、不垢、不净,不增、不减。是故空中无色,无受、想、行、识;无眼、耳、鼻、舌、身、意,无色、声、香、味、触、法;无眼界乃至无意识界。无无明亦无无明尽,乃至无老死亦无老死尽。无苦、集、灭、道。无智亦无得。"很多时候,快乐就是烦恼,烦恼亦是快乐。没有烦恼何来快乐,没有快乐又何来烦恼?

　　这样下来,一天当中的闲暇时光已经所剩不多,我就利用这点有限的时间观察花草树木、鸟虫飞絮。一天午后,我看到一朵盛开的粉白色芍药里有一只很小的蜜蜂,想必是去采蜜的。它先是向纵深探寻而去,后又在花蕊中间穿行,之后又在一片花瓣上向上攀爬,几经努力,均无功而返,跌落在花芯里。它显得很紧张,像是要急着逃出来的样子。我决定帮它一下,便拿一根很细的树枝伸到它的面前,它像是抓到了救命的稻草一样,一下就抱住了小树枝,我轻轻地取出树枝,刚一到外面,它就飞走了。看来,它真是在逃命。可我不知就里,蜜蜂采蜜应该是一件快乐的事情,怎么会心生恐惧呢?过了一两个时辰,再去看那一朵芍药时,我仿佛明白了其中的道理。那朵盛开的芍药所有的花瓣已经再次闭合,将花蕊深藏在里面。也许它会再次盛开,也许这是败落之前的一个前兆。如果那只蜜蜂还在里面,它肯定是逃不掉了。于是,对它心生敬畏,它竟然在几个时辰之前就能预知危险将临,而我对此却一无所知。后来的几天里,我才发现,一朵盛开的芍药,每天傍晚来临前就会闭合,至次日早上太阳出来时,又会重新绽放。很显然,蜜蜂们早在我之前就已深谙其中的奥妙。

也是在这天下午，我刚坐在那棵菩提树下，便被几声悦耳的鸟鸣声所吸引，确切地说是两只鸟的鸣叫，一只是布谷鸟，另一只是喜鹊，它们的鸣叫声均来自屋后那一排高大的白杨。那几天，每天的某一个时刻，它们总会站在中间的那棵杨树上叫个不停。那棵树上有一个喜鹊窝，好几年前就已经在那里了。当布谷鸟站在一根树枝上开始鸣叫时，又总会听到喜鹊的声音。我猜想，喜鹊可能正在孵小鹊，而布谷鸟说不定已将自己的蛋偷偷产在了鹊巢里，盼着孵卵的喜鹊替自己孵出一只小布谷来——这是布谷鸟一贯的习性和做法。而喜鹊则不知所以然，还以为布谷鸟眼馋它的鸟蛋——其实，布谷鸟偷梁换柱、狸猫换太子的阴谋可能早已实施完毕——于是，喜鹊在自家门口叫骂，让布谷鸟离远点，可布谷鸟却装出一副被冤枉的样子大呼小叫，无论喜鹊怎么威胁，它就是不肯离开。

我可能有十几年没有听到布谷鸟叫了，这次回老家再次听到布谷鸟叫，感觉是一个吉兆，我希望与母亲的安康有关。这些年因为封山育林等一系列工程的实施，故乡的山野又一派葱茏，曾经砍伐殆尽的树木重新又长满了山坡。加之，农田里施用的农药比以前也有所减少，一些记忆中的鸟儿又回到了故乡的山野。除了麻雀没有以前那么多之外，鸟的种类和数量甚至比我小时候还要多。其中有好些长着五彩羽毛的鸟儿，以前，我只在深山老林中才见过的，现在却在房前屋后飞翔着，鸣叫着。一种俗名野鸡的雉鸟,甚至常常飞到人家的院子里咯咯地叫着。有一天,我还看到两只胖嘟嘟的布谷鸟就在门前的空地上悠闲地漫步,我跟在后面走了好远,它们只是回过头来看了我一眼,而后依然不紧不慢地径自走去,直走到一块油菜地边上,才晃晃悠悠地钻进了油菜花丛中。无论是对故乡的山野,还是对那山野以外的大千世界,这都称得上一件值得庆幸的事。

将目光从屋后的白杨树上收回时,又被庭院中飞来飞去的一群小精灵给截住了。便侧目望向庭院上方,这一看却令我大吃一惊。那个小小的庭院中竟然飞舞着无数个幼小的生命,这还是肉眼所能看到的——而肉眼所无法看到的一定会更多。这些飞行者大都是一些飞虫,但也有一些杨絮之类的飞行物,其中有一只像蜻蜓那么大的黑色蚊子,它是小院飞虫中的独行侠。杨絮如果漫天飞舞,是一件令人讨厌的事,它们会落得到处都是,像雪花,却远没有雪花那样讨人喜欢。但是,如果只有几点杨絮在半空中轻轻盈盈地飞舞,那却是一件赏心悦目的事情。它居然也能自由地飞翔,甚至在落到地面之后也能重新飞舞起来。

坐在那棵菩提树下时,不断有五颜六色的飞虫落在你的手上、脸上、鼻子上,甚至直接飞进耳朵里,发出轰隆隆的声音。有的甚至会叮咬,让你感到轻微的疼痛。这天下午,无意间,我还看到一条足有三四米长的蜘蛛拉的丝线,从一棵丁香树直接拉到了对面的屋顶上,看上去就像是一丝流云,令人叹为观止。且不说它拉这样一条直线有什么用——也许是一座蜘蛛用的高架桥吧——

我惊讶的是,它是怎么做到的,难道它能凌空飞渡不成? 要么它们一定也有远距离高空作业的特殊装置了,要不,以人类的常识而言,这是绝难做到的。

很多时候,坐在那菩提树下的并不是我一个人,还有其他人,有老有少。但大部分时间里,除了我,只有父亲。与他坐在那树下时,他只默默地坐着,不说话。我能看出来,他很担心母亲的病,但并不表现出来。有一天下午,我在那树下对他说,你去看看母亲呗。他先是装作若无其事的样子,像是没有听见。我看了他一眼,他才轻轻点了点头,之后向母亲的屋子方向望了一眼,便不作声了,我也没再说什么。我知道父亲的秉性,他能把天大的事装在心里,而不露出半点神色。沉默。再沉默。这是他不变的神态。任世界风云变幻,潮起潮落,他自岿然不动。

5月初的一天,又下了一点儿雨,前后也不到半个时辰,下得也不大。我又坐到那菩提树下听雨,直到雨过天晴。雨停的时候,一只小蜜蜂一直停在我眼前,飞快地拍打着一对小翅膀,好让自己能保持飞翔的状态而停留在半空中。如果你不细看,根本看不出它是在飞,而更像是被一根看不见的细线吊在了半空中。它朝着我发出轻柔的嗡嗡声,两只小眼睛一直定定地盯着我看。我觉得,它就是几天前我帮着从花芯里逃生的那只小蜜蜂。后来,我才发现,它也并非一直停在一个地方不动,只要有什么蚊虫飞近它的领空,它会立即做出反应予以攻击。那反应之敏捷、攻击速度之快,令人瞠目。攻击之前,它几乎不做任何准备,需要攻击时,直接弹射出去,像一支箭。它所攻击的对象,有些我是能看见的,有些我是看不见的。所以,它在我面前停留飞舞的那一会儿里,其他蚊虫皆不得靠近。只有一只黑蚊子在它下方超低空飞行——那可能是一种隐蔽方式——它比前几日看到的那一只黑蚊子稍小一点儿,但也有一只小蜻蜓那么大了。

足足有半个多月的时间里,尽管很多天的天气预报都说次日有雨,但是,雨一直没有下下来。我想,它可能落在了远方,譬如法兰克福或巴黎,譬如巴西高原或智利山地。这使我想到,智利有一种民间手工艺品或者说是一种民间乐器,它有一个好听的名字:听雨。它是用仙人掌的枝干做成的,里面装有细沙,两端封死之后,拿起来置于耳边,使其倾斜,便会发出沙沙的声音,那声音就像是雨点落在树叶上发出的声音,美妙至极。那年去上海看世博会,在智利馆巧遇此物,很是喜欢,买了一根把玩,至今爱不释手。有它在,即使看不到雨,即使在没有雨的季节,我也能听到雨声了。

直到端午节前一日,一场像模像样的雨才下了起来,从大清早开始到午夜时分一直在不停地下,虽然不大,却也细密。临睡前,我还煞有介事地到那菩提树下站了一会儿,听雨。因为有菩提树的伞盖,雨滴不会直接落在身上,落到身上的是菩提树叶上的雨水。这时,我所听到的雨声已不那么清脆悦耳了,因为树叶都被淋湿了,雨滴落在菩提树上所发出的声音,多了些凌乱,而少了些韵致。

人生苦短，行色匆匆，难得有专门听雨落、听雪落、听风过、听花开、听鸟鸣的时间。久而久之，我们已然忘怀了雨落、雪落的声音，也想不起风吹、花开和鸟鸣的声音了。可是，也许这些才是生命里最值得聆听的声音。

我无法预知，母亲能否过得了这个坎儿——也许是命中早已注定的一个坎儿，也不知道日后，我还会不会坐在那棵菩提树下听雨，但可以肯定的是，父亲、母亲，还有我自己，最终都会走进一场如期而至的雨，消失在绵绵不绝的雨幕中，无影无踪。那么，谁还会坐在那菩提树下听雨呢？谁又会站在那雨幕中回眸，拈花微笑呢？好在那棵菩提树会一直在那里，只要有人坐在那树底下，就会听到雨声自远方纷纷而至。

家有猫狗

　　我们家以前养过很多牲畜,牛羊驴骡猪兔狗猫鸡鸭鸽子一应俱全。连牦牛也养过一群。为了这群牦牛,父亲还在大山后面的一道山梁上盖了两间小土房,有时候会住在那里,看护牦牛。小土房周围山坡上植物繁茂,每至初夏,漫山遍野到处都开满了杜鹃花。不知道那是坐圈的地方的人,一定会以为有高人在此隐居过。鼎盛时,家中一派六畜兴旺的景象。所有家禽家畜什么都养,唯独没养过马——对我来说,这是一大遗憾。从小到大,我一直渴望拥有一匹属于自己的骏马,最好是一匹白马,能骑着它在山坡上转悠。如果没有白马,一匹黑马或枣红马也是可以接受的。后来,有机会不断在大草原深处行走,间或也会骑马远行。骑在马背上晃悠时,这样一种渴望越发强烈,直到现在也没有消失。不过,可以肯定地说,我这个愿望以后再也没有实现的机会了,不禁黯然。别说有马,现在,家里几乎什么牲畜都不剩了。

　　自打三年前父亲病重之后,我就开始处理家里的牲畜——那个时候,也就剩一群羊了,那都是我父亲的宝贝。夏天,他赶着去牧放;冬天,他要在家里饲养。只要看到它们还在跟前咩咩地叫唤,他就高兴。他老人家偶尔到城里住上几天的时候,最惦记的就是他的羊了,每天都是心急火燎的样子,因为,在城里他听不到羊的叫唤。考虑到父亲如果一下子一点儿也听不到羊儿的叫声会受不了,我没有一下全部处理掉,先弄走了大部分,而后又弄走了一小部分,再往后是一只两只地自我"消化"。最后,只留下了一只,供他老人家饱耳福。母亲病重期间,我把最后一只羊也给处理掉了。目的是,我要把拴在门前的狗挪到羊圈里,因为,每天夜里,有事没事,只要村庄里稍有风吹草动,它都会狂吠不止。那样,本来就睡不好的母亲更无法入睡了。而羊圈离得比较远,虽然狗叫声还会听到,但不会像原先那么刺耳烦人。

之后,除了这条狗,家中就剩两只猫了。随着父亲的病情一天天加重,迟早有一天,这一条狗和两只猫,也注定是要离开这个家的。假如有一天父亲不在了,我就得回到城里去安心工作,妹妹们也得回到自己的家中去为生计忙碌,其他人也一样。

狗,之所以还留在家中,是因为不好处理掉。按照当地藏人的习俗,狗既不能买卖也不能随便送人,更不能烹而食之。不得已,非要送人,也要选个好人家才行,像嫁姑娘,是一件很隆重的事。那是一条普通的藏狗——不是藏獒,个头不大也不小,这还是其次,更糟糕的是,这是一条笨狗,一点儿也不灵敏。我们家以前也养过好几条狗,其中有两条,只要是家里人,即便是很久不见,只要你弄出点动静来,哪怕是轻轻的脚步声和一点点气味儿,它都能在大老远就会发出哼哼唧唧的声音,做出一副热烈欢迎的姿态。可这条狗不是,你即使跟它朝夕相处,只要你是从家门外往里走而不大声地跟它打声招呼,它就不乐意,它就会像见了仇敌一样狂吠不止。它是多年前弟弟从玉树带回来的,它要是还在玉树,一定早就沦落到流浪狗的行列了。草原上到处都能看到无家可归的流浪狗,草原牧人会善待它们,大草原也为它们提供了广阔的生存空间。以前的青海农村偶尔也能见着流浪狗的身影,一般都是在饥荒的年代,后来就见不着了——很显然,那与人和狗都无关,而与年代有关。

别说是当下,即使在以前,也不会有人愿意养这样的一条狗。而今世道变了,你要给这样一条狗选个善良人家送出去,难。当然,找个恶人一定非常容易,即使在忌食狗肉的老家一带,据说现在偷吃狗肉的也大有人在。只要养肥了招呼一声,定会一呼百应。可这事能做吗?所以,在没有找到一个万全之策之前,我还得伺候着——说不定得一直伺候着,直到它终老。为此,我甚至想象过,要是能有一个动物养老机构就好了,那样,我就可以把这狗和猫通通送到那里去养老,让它们与别的狗和猫一起快乐地度过余生。可目前这只是想象而已。终了,最可行的办法可能是,我把它们都寄养在别人家里,作为监护人,我可能要支付一定的费用,由别人来代养,以确保无生存之虞,直到它们生命的最后。

以前,乡村里但凡养狗的人家,都是为了让其看家护院,多属猛犬。而时下的村庄里已经很少养这种狗了,乡里人也开始学着城里人的样子,把狗纯粹当宠物养了,满巷道溜达着的全是跟猫一样大的小犬种,已经失去了看家护院的功能,顶多会起到一个类似于门铃的作用。回想起来,豢养宠物狗之风在中国城市的盛行也就是近一二十年的事情,近几年尤甚。虽然,我从未在城里养过任何宠物,但曾去逛过狗市,发现城里人最早养的大多也是袖珍型的小狗,有的比猫还小。后来,城里人养的狗越来越大,也越来越凶猛了。我住在城里的小区,有一户竟养着五六条猛犬,清一色全是德国狼狗。主人每次出来遛狗都是一派奔腾呼啸,那阵势会让你产生自己是否正置身纳粹集中营的错觉和疑问。楼下楼上也都养了一条猛犬,害得邻居们每次进出家门之前总要先侦查一番楼道里有没有狗,有老人小孩的人家更是担惊受怕——尽管那是自己的家门,但随时被两条猛犬觊觎着。每天清晨和傍晚,你再到城里的街心花园里看看,但凡有个去处,都有狗在上蹿下跳,每条狗都有人在陪伴,都有人围着转。再听听狗主人们对狗亲昵的称呼,你更会大惊失色,那分明是在呼唤自己的至亲,便禁不住要问,什么时候,人与犬类有了这么亲近的血缘和亲缘关系(尽管,如果追溯到几十亿年以前的话,我们可能会发现,所有地球生物的祖先原来都是一样的)?……当下社会有一种现象很值得深思和警觉,凡是曾经在城市里流行过的东西,无论它有多么糟糕,哪怕它是垃圾,迟早有一天也总会出现在乡村里,并成为流行的风尚。宠物狗也不例外。好在,我们家的这条狗除了吃的可能比它的前辈们好很多之外,它依然还是一条狗。一家人对它之所以善待有加,只是因为它也是一条生命。在这一点上,我们确实和它一样。

与狗相比,那两只猫的去留问题则简单多了。一来是我老早就发现,乡村里原本就有无家可归的流浪猫和野猫,一只猫离开了养它的主人,生存不成问题。我老家一带至少目前还没听说有人吃猫的事——这也许是它最主要的一个生存环境。二来,养猫原本就是为了让它捉老鼠的,只要老鼠还在地球上,它可以没有主人——当然,如果有一天地球上没有了老鼠,那么,它们怎么生存却一定会成为一个问题,因为,真到了那一天,还有没有人愿意把猫纯粹当宠物养着也会成为一个问题——而即使有那么一天,那也肯定是很久以后的事了,我们家的这两只猫再长寿也活不到那一天。据说,猫的平均寿命十四年左右,照此推算,我们家的那只老花猫已经到了耄耋之年。那只黑猫倒是正值青春年少,它的一些举动告诉你,它的脑海中充满了天真烂漫的幻想,具有唯美的理想主义色彩,但也绝活不到老鼠灭绝的那一天。况且,它年轻力壮,本领高强,即使找不到一只老鼠,它也绝不会被活活饿死。

这一段时间,我曾留意过它的动向,就我所看到的情况,除了家里喂的猫食,它先后还曾收获过三只鸟、两只硕大的飞虫、三只老鼠。猫捉老鼠天经地义,那是弱肉强食自然法则的经典演绎。在所有小型脊椎动物中,我只对老鼠做过相对持久的观察,从草原鼠兔、鼢鼠或土拨鼠这等体型硕大的鼠类到一些小体型的老鼠,种类也算繁多,除了一种体型非常小的老鼠之外,大多称得上足智多谋。《猫和老鼠》中的许多情节并非子虚乌有,至少很多细节具有真实性。但是,如果你仔细观察过猫捉老鼠的情景——哪怕只有一次,你也会更加坚信这样一个事实永远不会被改变:只要猫乐意,它随时都可以去消灭掉一只老鼠,而老鼠无论多么想消灭掉一只猫,那也是痴心妄想。从我们家那只黑猫现场表演的情形看,整个过程几乎看不到任何搏击的场景,甚至没有一点儿打斗的场面,所能看到的只是玩弄生命于股掌之上的高超技巧。只见那鼠辈战战兢兢地蹲在那里,连气都不敢喘,而猫却蹲在那里,悠闲地舔着自己的爪子,一副镇定自若的样子。它甚至不会正眼瞧老鼠,而是斜着一只眼,让那只眼的余光罩定了老鼠,而后耐心地等待着,一副料定了你变不出什么新花样来的架势。老鼠一定以为猫一时想起了什么往事,走神了,便开溜。猫却并不着急,那副看你能跑多远的德行,甚至会让你对老鼠生出些莫可名状的怜悯。直到快看不见了,猫才不慌不忙地跟了过去,慢腾腾地伸出一只前爪,将其打翻在地,张开嘴,轻轻叼起老鼠,转身回来,还放回到刚才的那个地方……如此这般,周而复始,直到老鼠吓得动弹不了,吓死了,猫还意犹未尽,拨拉着老鼠。看那样子,它像是在说,你怎么这么不禁玩儿,这么快就死了,不好玩儿,还是吃了算了。这时,它才会狠狠地咬上去……

它逮住鸟和飞虫的事却不是一件容易做到的事,至少在我看来是这样,因为,它们有翅膀,会飞。它逮住三只鸟的时候,有两次，我看到的时候，鸟已经在它的嘴里叼着，没能看到它捕鸟的过程。一次，我是看到了的，那应该是一只刚孵出来不久的小布谷鸟。我看见，它正蹲在一个地方耐心地猫着，我还以为它发现了一只老鼠，静观其变。不一会儿，它噌一下跳了上去。这时，我听到的却是鸟儿的叫声。正要过去施救，可是为时已晚，它已经叼着小布谷鸟飞奔而去。它逮住那两只飞虫的时候，是在一天夜里，可能是白天刚下过雨的缘故，院子里的飞虫一下多了起来。其中有一种飞虫体型硕大，飞动的时候，不仅会发出嗡嗡的轰鸣，还会不停地嗞嗞鸣叫。与一些飞蛾一样，它也喜欢光明，专往有灯光的地方飞扑，锲而不舍。夏天房门上的帘子透着光，它就盲目地往门帘上扑来，被门帘挡住后，也不知道及时离开，还死死地抓住帘子不放。这一幕正好被那只黑猫瞧个正着，只见它纵身飞起，一下就将其俘获。接着便听到了它咀嚼时发出的清脆声响。

还有一次，我看到它正蹲伏在门前的菜地里，专注地盯着前面的树枝，像是要发生什么事，便驻足观察。我看到了树上的鸟儿，从它们不慌不乱的叫声里，能觉得出来，它们还没有觉察到这只猫的存在，或者也已觉察，只是根本没把它放在眼里。过了一会儿，那黑猫紧贴着地面，小心地向前挪动了几步，又停了下来，做潜伏状，并显示出足够的沉着和耐心。它的一招一式中透着所有猫科动物身上都有的那种机智和敏捷，一副胸有成竹的样子，好像一切都在它的掌控之中。这时，但见它腾空一跃，落在了一根粗壮的树枝上，而那树枝竟看不出一点儿轻微的晃动，可见其轻功了得。但是,对这不易觉察的轻微晃动,那些鸟儿显然是觉察到了的。毕竟,树枝是属于鸟儿的世界,在这个世界里,它们才是真正的主人和玩家,而非猫。猫虽然能上得了树,但它却没有翅膀,不可能像鸟儿一样在茂密的枝叶间自由地跳跃和飞蹿,这是它在树枝上行走的一大缺陷。即便是一种很灵巧的生灵,一旦离开了它所能掌控的那个领地,就会显出它的笨拙和无奈,猫也一样。所以,觉察到那只黑猫已经在树枝上的那些鸟儿并未显出丝毫的惊慌,它们只是轻轻闪了一下小翅膀,从原来的树枝上跳到了更高也更细一些的树枝上,依旧欢快地鸣叫着,像是在嘲笑。猫继续停在那树枝上,蹲伏着,但是,能看得出来,它已经没有了在地面上的那种沉着与从容。果然,没坚持多久,它就从那树枝上退了下来。像是自嘲一样,在树底下的草地上无所适从地伸了个懒腰,之后,便悻悻地离开了。

每一种生命,都有属于它自己的领地,一旦越过了那边境,它即便有再高强的生存本领,也没有用武之地。这是生命本身的局限,如果没有了这种局限,生命的秩序就会大乱。鸟在树上,猫在地上,这是一个永恒的前定,不可逾越。不过,见识了那只黑猫的这些所作所为,我对它的生存能力更是一点儿也不担心了。虽然,它在那天下午对树枝上那群鸟儿发起的突袭失利,但这丝毫不会影响到它的攻击性,恰恰相反,这进一步证明了它是一只具有生命想象力的黑猫。何况,它还真的逮住过鸟儿,而且,肯定不只是一两次,说明那也不纯粹是侥幸,定有它自己出奇制胜的战术和策略。

那只老花猫是在自己家里长大的，它之前，家里还有一只老花猫，长得跟这只一模一样，那是它的母亲。它还是一只小花猫的时候，它母亲还在，直到它长大后，过了好几年那老花猫才老死了，我母亲找了个干净地方给埋葬了。之后，好几年里，我们家只有这一只猫。这是一只好吃懒做的猫，虽然，家里有人也看见它逮住过老鼠，但我从未见过。据我母亲讲，有一次，她看见一只老鼠大摇大摆地自它眼皮底下经过，它都懒得看一眼，或者视而不见，反正，它料定一只老鼠奈何它不得。那只老鼠还以为这是一只死猫或是病猫，竟然歪过头去冲着它龇牙咧嘴，它依然不为所动，也可能是不屑一顾。自此，我们对它的实用功能之丧失殆尽也已了然，可那又怎么样？闲养着呗。直到有一天，一只小黑猫突然走进我们家之后，这种一只猫独尊家中的格局才被打破。小黑猫到我们家的时候，身体很瘦弱，猫瘦毛长，一看就知道是一只没主的猫。像个没妈的孩子，看着可怜，母亲就收留了它，与家中的花猫一般对待，甚至给予格外的观照。它也很乐于接受这个现实，便死心塌地地待了下来，不离不弃，从无二心。随着它一天天长大，一家人对它的喜爱也在一天天增长，尤其是母亲。每每看到它有出色的表现，逮住一只老鼠的时候，母亲更是欣喜得很。

事实证明，这是一只称职的猫。自从狗被关到羊圈里之后，这只猫甚至还肩负起了看家护院的职责——当然，是偶尔为之，因为，这在它纯属顶岗，不是自己职责范围内的事。这样的事我只看见过一两次。我们家的隔壁邻居都是自己家族的人,虽然分开住,其实也跟家里人一样。上下院哪个家的狗啊猫啊的也跟人一样,可以自由进出其他的家门,我们家更是如此,这多半是因为母亲的纵容。对此,那黑猫也已习以为常,见怪不怪了。只是在有些时候——也许是心血来潮,也许是在开玩笑——它会对擅自闯入者提出一些象征性的警告。一天傍晚,我看见它把堂弟家的一条小狗堵在门口,寸步不让,直到那小狗转身离去。又一天中午,另一个堂弟家的小狗进了院子之后,没有一点儿犹豫,埋头直奔我家厨房。它看不惯,拦截于厨房门前的台阶上,在小狗还来不及做出反应的时候,一爪子就把它打趴下了。小狗见状,连滚带爬逃出了院门,跑很远了,才想起来要停下,虚张声势地吠叫起来。

这些都是这只黑猫的可爱之处,而它的可爱之处还不止这些。有时候,它会在花园里追逐那些蝴蝶,跳跃腾挪,上演了一幕幕令人捧腹的猫蝶游戏。有时候,它也会独自玩耍嬉闹,自娱自乐,一会儿躺在地上打滚儿,一会儿又爬到树上和墙头上纵身飞跃,好像力气多得没地方使了。还有的时候—— 一般都是在阳光温暖的午后,它会在院子里随意地做些动作,伸展一下腰身和腿脚,像是一个武林高手,在施展拳脚。它还是一只会撒娇的猫,母亲还在的时候,它如果没逮到老鼠或者其他活物,却嘴馋了,便会跑到母亲的脚边转着圈叫唤着磨蹭,母亲就会给它点猫食。母亲走后,它依然用这种办法讨别人的欢心,我们当然也就学着母亲的样子给它一些吃的。吃完了,它显出心满意足的样子,找个地方卧下来,打瞌睡——它好像有很多瞌睡,随时随地都能睡着,都能听到它的呼噜声。

那时,我们就会想起母亲。母亲不仅收留过这只黑猫,也善待过许多走投无路之后进到家门的小动物,其中有猫,有狗,甚至有鸟儿和鸽子。有一年,一只受伤的鸽子在母亲的厨房里住了很长一段时间,直到伤好之后,才飞走的。母亲走后,依然有许多小动物不断光顾我家的小院,我感觉,其中有一些是专门来看我母亲的。比如,有一天,一群鸽子飞来,久久地在院子上空盘旋,其中有一只可能就是几年前曾在母亲厨房里疗伤的那一只鸽子。于是,我站在那里,久久地注视着它们,直到它们飞远。

无药

父亲突然想起了一种植物。

小雪前后，大约有半个月光景，父亲的身体状况一直比较平稳，有几天，甚至可以说是出奇地好。不但胃口见好，而且，精神也好多了。早上起来时，他能自己穿衣服了，偶尔到门外溜达时，也不让人搀扶，甚至不用拄着拐杖，这是近半年以来从未有过的事情。

可是，临近大雪的时候，病情再次出现反复。那是乙未年十月二十三日，我记得这个日子，因为这一天，家族里有个堂叔家正在操办婚事。这天晚上，父亲急躁不安，像是坐在火堆上一样。他不停地叹气，不停地握紧拳头又松开。我感觉，在握紧拳头时，他原本想往什么地方狠狠地砸过去，可一时不知道该砸向哪里，便又松开了。松开之后，又不知把手放在什么地方好，便扯着自己的衣领或胸口。看着他痛苦的样子，我们几个也不知如何是好，坐也不是，站也不是，就不断地给他喂药，吃了好几种药。问他是否好点了，他说，非但没见好，反而更急躁了。不得已，我们最后还是决定给他服用一片叫"盐酸羟考酮缓释片"的吗啡类药剂,此前出现这种症状时也曾服用过一两次,效果明显。服过药,我们依然让父亲躺在火炉跟前,等药劲儿上来之后,再挪到炕上去,伺候他老人家睡下。前两次,服过药之后,约莫一刻钟时间,药劲儿就上来了。两个妹妹、一个外甥、一个侄子和我就在火炉边陪着他,过一会儿,都会问父亲一声,感觉是否好点了。一开始,他还有耐心说,没好,后来,不耐烦了,就说没那么容易好。

等到晚上十点半的时候,他还是焦躁不安,而往日的这个时辰,他多半是早已经睡下了。我们便问他,要不要先睡下? 他没有回答,显然是害怕睡下之后睡不着。我们就提议,推他到门外面透透气,说不定会好一点儿,他没有反对。很快,我们几个人就用一条厚厚的毛毯把他包裹好了,放到轮椅上推出了家门。此时,外面寒风凛冽,我们担心他着凉,没敢走太远,走到不远处的田埂上就停下了,让他看远处村落里的那些灯火。只停留了一小会儿,他就说,回,你们会冻着。回到屋里之后,我们直接把他放到炕上,让他睡了。可是,他依然无法入睡,一会儿要爬起来,一会儿要躺下。又过了差不多一个时辰,药劲儿还没上来,父亲还是没有能睡着的迹象,我们就继续陪在他身边。越是睡不着他越着急,越是着急他越睡不着,也越是心烦。他就又开始说胡话,一会儿问我们,他要是用一根绳子紧紧勒住自己的脖子会怎么样? 一会儿又说,死不了能睡着也好啊……一副很无奈、很无助的样子,令人心碎。而在父亲眼里,我们一定也是一副很无奈的样子。

就在这时,他突然想起了一种植物。

我们清楚地听到他自言自语的声音:"我要是能到得了无药跟前就好了。"接着,又哀叹道:"可我到不了它跟前啊!"声音里充满了绝望。他说的无药是一种植物,听他的口气,它仿佛在天边,遥不可及,其实,它就在附近,并不遥远。只要出了院门,径直走到山坡上,即使在冬天,找到一两株已经干枯的无药应该也不是难事。当然,父亲已经无法独自行走,即使偶尔在家门口走几步,也得有人小心看护才行。对他而言,再近的距离也已成天涯。他要是想去附近的山坡上看看植物,须有儿女们用轮椅推着前往才行。可是,他所说的无药并不是一种普通的植物,不是风景,而是一种药,一种用"无"这个字来命名的毒药。一个人如果服用这种药,这个人就没有了,那就是无。有和无之间的关系有时候就是这样微妙,一种植物的存在,可以让一个生命在一瞬间从有变成无。无就是没有,就是消失,就是无我、无他、无物、无相、无众生相。一切都不复存在,只有无。所以,父亲无法抵达的那个地方,我们也无法抵达,更无法帮着他抵达。虽然,它就在附近的山坡上,但是,因为这种植物叫无药,它的所在就成了天涯,甚至更加遥远。与之相隔的距离不是用现世的空间来度量的,而是得用一个人的生命来做筹码才可以得知其远近。我父亲渴望抵达无药跟前,就是这个意思。他依然在渴望死去。他不想继续活在世上,忍受无尽的煎熬和痛苦。可是,这种煎熬和痛苦什么时候才是尽头,他说了不算,我们说了也不算。一个人要是到了死亡的那一刻,你不想死都不成;

而要是还没到那一刻，你就是想死也死不了。它自有定数。

我认识无药这种植物。夏天，老家朝阴的山坡上到处都能看到它的身影。一听到这个名字，我眼前便浮现出它的样子。以我的观察，这是一种多年生草本植物，独株，细高，直立，株高约六十厘米，茎秆呈紫红色，叶卵形，似层生，由下而上、由大而小附于茎秆，下层渐次枯干脱落，顶端植株翠绿发黄，呈穗状。据我所知，无药全身有毒，根入药。我还知道，在我老家，无药有两种用途，一是自尽——当然也可以用作他杀的武器，二是酿酒。前者好理解，因为它原本就是毒药，自幼不时听到有乡邻吃无药自绝身亡或未遂的事，于是，但凡提到无药都会有惊悚之感，甚至打它身边过都会令人望而生畏。而后者，理解起来却颇有点难度，至少不可顾名思义。我有一个外婆，曾是一位民间酿酒师，每年夏秋季节，她都会自己到山上采挖各种药材，用来制作酿酒用的曲子。她先把早已选好的各种草药按恰当比例配好伍，然后捣碎了，加入适当水分和面粉，揉成团，放在手掌上压扁，像个小面饼的样子，中间钻一个眼儿，晾干了，用一根细绳子穿起来，挂于屋檐下——我想，这应该是在发酵。像酒需要窖藏一样，一般而言，今年的酒曲子至少要等到来年年底酿酒才好，这样酿出来的酒才醇厚绵甜，回味无穷。至于，她用了哪些草药做成的酒曲，我不大清楚，我只知道，她在酒曲里会放无药。因为，很小的时候，我就知道那是一味毒药，所以，对外婆的这个做法甚是不解。为此，我还专门问过外婆。外婆像是喝醉了一样笑呵呵地说："不放点这个，酒是不会醉人的，而不醉人，那还是酒吗？记着，它是酒的魂。"我想也是，人们之所以喝酒不就是因为它能醉人吗？如果不醉人，那跟喝水没什么分别了。当时，我只是觉得这是一件很神奇的事，可是，后来越想越觉得不可思议。毒药与酒魂之间到底是个什么关系？是兄弟还是朋友？我不大明白。而且，我外婆用什么方法把一味毒药变成酒魂的呢？她并没有精确度量的仪器，一切全凭自己的眼睛和双手的轻重，那么，她是怎样把握这个分寸的呢？当我生出这些疑问的时候，我外婆早已不在世上了，外婆家酿酒的那些酒缸和器皿也不知丢到什么地方了，也就不知道该向谁去询问这些事情了。但是，这些疑问一直在我的心里，从未消失过。

那天晚上，经父亲那么一说，这些往事便再次浮上心头。我还清晰地记得无药的样子。在那个寒冷的夜晚，突然想起这种植物时，我仿佛看见，它正在夏天的山坡上迎风摇曳，它是那样的美丽妖娆。假如，你是在对它一无所知的情况下得见它的芳容，你一定会被它的娇艳和绚丽所迷惑。你所看到的只是它容颜的光彩，只是它的表面，而非内在深藏的杀心和祸根。世间万物就是这般奇妙，尤其是植物，大凡能开出娇艳花朵的植物十之八九皆有毒性，比如无药、夹竹桃、金银花、断肠草、狼毒花等等。

小时候，我也曾上山采过药，至今还记得一些草药的名字和它们生长的样子，比如当归、川芎、半夏、大黄、秦艽、党参、贝母、黄芪等等，都是我曾经采挖过的草药之名。唯独没有无药，别说采，甚至连碰都没碰过一下。长大以后，我才发现，所有我曾采挖过的那些草药,在我老家的叫法与别的地方一模一样,几乎全中国的人都那么叫,而无药不是。虽然,直到写这些文字之前我才专门查阅了有关它的资料,但是,老早以前我就确信,在别的地方它肯定不叫这个名字。果然。在别的地方,它的名字叫乌头,为了证实别的地方叫乌头的这种草药确实是无药,我曾仔细比对过它们的实物图片和人工描绘的图谱,乌头就是无药。我们老家这一带的无药准确的叫法应该是"祁连山乌头"。不过,我总觉得,作为一种毒药,比之乌头,无药一名更见力道,一个"无"字不但道尽其本色,而且不失含蓄,可谓实至名归,恰如其分。

有关无药,或祁连山乌头,在中国植物物种信息网上有一段文字,据称是来自《中国植物志》第 27 卷,应该可信,是这样描述的:祁连山乌头(Aconitum chilienshanicum W.T.Wang),毛茛科,块根近纺锤形,长约三点五厘米。植株全部无毛。茎高二十三到五十六厘米,下部疏生叶,上部密生叶。茎中部以上叶具短柄;叶片与铁棒锤(叶)相似,圆五角形,长二到三厘米,宽二点三到五厘米,三全裂,全裂片细裂,末回裂片线形,宽一到二毫米;叶柄长二到十毫米,鞘状。总状花序顶生,长四到六厘米,有密集的花;苞片叶状;花梗粗壮,长达九毫米;萼片黄色,上萼片船形,自基部至喙长一点五到一点九厘米,下缘凹,侧萼片圆倒卵形,有短爪,长约一点五厘米,下萼片长圆形或长圆状披针形,长一点五到一点六厘米;花瓣的唇长约五毫米,末端二浅裂,距短,球形,长零点八到一点二毫米,向后展;花丝全缘;心皮三。七到八月开花。

从这些植物学意义上的精确描述,我们很难想象这是一种毒药。乌头位居中国古代九大毒药之列,冷兵器时代,人们常用它的毒汁涂抹剑锋刀刃,用以夺命。一想到一种植物、一株野草竟然与一个人的生死有关,便觉得这是一件不可思议的事。一个是植物,一个是动物,即使在生物学意义上,它们都分属两大不同的类型,素无瓜葛,这一个怎么就能致另一个于死地呢?然而,仔细想来,无药(或乌头)不过是一种植物,自己并无嫁祸无辜之杀心,更无涂炭生灵之恶念。它之所以成为要命的毒物,成为杀生的帮凶,祸根在人心,而不在它。不仅是无药(或乌头),所有其他用以夺命和毒害的凶残之器物无不如是。它原本可以一直保持一种植物的本色,在山野草地静静生长,只要你不去碰它,它也断不会主动来找你索命。可是,总有一些时候,总有一些人会突然想起这世上还有一种植物叫无药,我父亲也是。

由此想到死亡,更觉得它充满了悬疑和无常。当真切地面对死亡时,我才发现,我们对它其实一无所知。即使你无时无刻不在面对它的存在,也依然无法说出它的样子,更无法道明其真相。这无疑是一件荒唐且令人沮丧的事情,它可能就住在你身体里面,或心灵深处,而你却毫不知情。至少在死亡这件事上,所有人的知情权都被永久性地剥夺了,那么,是谁剥夺了我们的知情权呢?没有人知道。而且,我肯定不会是人自己,更不会是一种植物。

那天晚上,伺候父亲睡下之后,我一个人在自己屋里独坐良久。面对父亲所受的病痛折磨,我已经无计可施。那时,我想过这样一个问题:假如我郑重发愿,让我来承受父亲过往所有的罪孽以及由此带来的所有痛苦的话,父亲的疼痛和苦难会不会有所减轻? 坦率地讲,这一念头一出现,我就犹豫了片刻,也曾感到过恐惧。可是,后来我又想,我毕竟是他的儿子,假如,他真是因为过往的罪孽才遭此磨难,我不来替他受难,谁来? 于是,我开始冷静下来,细细想过之后,我闭上眼睛,开始郑重发愿。而后……而后泪落如雨。而后,放下一切,安然入睡。而后入梦。

在梦中,我看到了无边无际的无药,像放幻灯片一样,这个画面一下就翻过去了。接下来的场景中,我仿佛置身于地层深处一座塔状的古堡,那里没有窗户,也没有门,阴森恐怖,只有一条螺旋状的狭窄通道自下而上,我在那通道里艰难爬行,惊恐无比。我被囚禁在那里。也许那里就是地狱的一个角落,我在那里受尽折磨。后来,几个看不清模样的人将我逮住,强行按在那通道里给我注射一种药剂。我在梦里对自己说,那是氰化物,打进去之后,你就死了。其实,我并没看到他们给我注射的是什么东西,也没看到死亡到底是个什么样子,更没看到死亡的真相。那时,我看到一些熟悉的面孔,他们出现在那古堡的顶层,俯瞰着我,像是很生气的样子,向天空抛撒着白色的纸片,动作很潇洒,很优雅。那时,我还记得临睡前自己发过的誓愿,我想,可能是我的誓愿得以灵验了,这样,父亲——我亲爱的父亲就可以得救了。临死之前,我所想到的是,自己就这样没有了,变成无,妻子会受苦受累,儿子和女儿就没有父亲了……于是,再次泪落如雨,把自己给哭醒了……

野草疯长

还没到家门口,我大老远就看见,地里的野草又在疯长。

母亲在世的时候,我们家那几亩承包地里几乎看不到一株杂草,从那地头走过的人,总会发出这样的感慨:这地真干净。每次听到这样的感叹,一种自豪感都会油然而生,当然是因为母亲。可同时也会因此而感到心痛,当然也是因为母亲。

因为,那是母亲勤劳的结果。庄稼地里越干净说明母亲所付出的辛劳也就越多。

不过事后,我也从未将这件事放在心上。偶尔想起时,甚至还以为只要你足够勤劳,就一定能把庄稼地里的杂草除干净的,好像这事与自己的母亲没有关系。母亲过世后,不到一年,父亲也跟着走了。家里再也没有人种庄稼了。可是,那几亩承包地还在,也没跟族里和村上的人商量,我擅自做主将两亩地给弟弟去耕种了,还剩三亩多地再没舍得给别人。

其中的一亩多地在别人家门口,而他家却有五六分地在我家门口,征得村上的同意之后,我便用这一亩多地与他家这五六分地调换了一下,把它变成了一小片花园,种了几十棵树。还有两亩多地虽然不在门前屋后,但从大门口也是可以看见的,我也留了下来,建了一小片林子或绿地,算是一个微型的公园。种了三百多棵树,大多为云杉和松树,均为常绿乔木,冬天也是绿的。北方的冬天少绿,青海的冬天尤其少,我想用这一片绿树给村庄的四季添一抹绿。树并没有种得很稠密,留了一点儿空间,准备栽种一些花花草草的观赏植物。为此,今年春上,我还自己建了一个小小的苗圃,扦插培育了几种花木苗子,竟然还都成活了,明年春上就可以移植到那片林地上。现在因为树木还没有长大,为防止牲口进去践踏和啃咬,我特意给花园和林地都拉了一道网围栏护着。再过三五年,等树木长大些了,网围栏便可以拆除,这样村庄里就会有一个花园和小公园了。

这是后话。我要说的是,这两三亩土地上发生的其他事情。再过两天,就是母亲的两周年祭日。它提醒我,母亲离开我们已经整整两年了——父亲离开我们也已经一年多了。这两年时间里,名义上,我成了那几亩土地的主人,为此,我付出了艰巨的劳动。至少在二十岁以后,我从未在一片庄稼地里流过这样多的汗水,有很多个日子,从早到晚,我几乎一直在挥汗如雨。翻地,挖排水渠道,进树苗,种树,浇水,锄草……每次回到老家,我一刻也没有消停过。尤其是在春夏季节,每次回来,一走进地里,就出不来了,那里总有干不完的活。尤其是那些无时无刻不在疯长的杂草,总令你望而生畏，但又不能无视它的存在。

父亲母亲在世的时候，每次回老家时，虽然我也下地干一点儿活，但那都是蜻蜓点水，真正的苦活累活早已被父亲母亲干完了。现在，他们都不在了，而几亩地还在，于是，所有的活都是你的了，没人会跟你争着干活。即使这样，我所干的活也还不是父亲母亲曾经干过的那些活。我偶尔才回一次老家，每次回来住上几日便要急着赶回去，而父亲母亲却是一辈子，年复一年，日复一日。而且，我每次回来之前，相当多的苦活累活，已经让两个住在附近的妹妹替我干完了。我这才意识到，我的父亲母亲在这片土地上曾付出过怎样的劳作，他们播撒的其实就是自己的生命，而收获的也不仅仅是粮食和食物，还有孩子们的日子。这样的人生不是活出来的，而是用自己的生命在土地上种出来的。在他们已经不在人世的日子里，当我独自走向他们曾经劳作的这片土地时，我对脚下的泥土已经满怀敬畏，觉得只有用自己的汗水将它浸透了，使从那泥土里长出的植物带着你汗水的滋味儿，你才有资格站在上面。

于是，我开始与那土地较劲儿，在泥土中慷慨地挥洒自己的汗水。于是，我发现，在一片土地上种活几样植物并不难，哪怕它是一片贫瘠的土地。况且，我所为之奉献的土地还不是一片贫瘠的土地，而是一片肥沃的土地，它肥得几乎可以流油。每当我手握一把铁锹或者铁铲，在那土地的表层划开一道口子，泥土便像割开了皮层的肌肉一样翻开来，露出新鲜潮湿、柔软细腻和组织密实均匀的内在。那是由无数粉末状细小颗粒组成的整体，我想，那就是土地的原子、粒子和量子，是土地的细胞和软组织，应该由一条条细密如网状的毛细血管连接着这些细胞和软组织，并为之供给无尽的养分，使之随季节更替充满无限生机与活力。但凡耕耘播种，它便将自己体内潜藏的生机与活力，转化成生命的力量、生长的力量、不断充盈饱满的力量，让你收获一片绿野。

即使你不去耕耘和播种，它也不会歇着。以前人少地多，农民过的是广种薄收的日子，隔一两年，他们都会让其中的一部分地歇上一年，什么也不种，来年再种，收成会更好，这叫歇地。那就像是一个人干活干累了，要坐下来歇息一样，地也会累，也需要歇息。歇地里没有了庄稼，各种野草便会疯长，到秋天用犁铧一翻，疯长了一春一夏的野草便会深埋地下，变成了肥料和有机质，土地更肥沃了。现在人多地少，土地没有空闲的时候，一直在忙。人还嫌不够，发明了各种农药和化肥，用它来支撑土地已严重透支的体能，这就像是给运动员注射兴奋剂，给病人打激素，让它超常发挥体质潜能。凡事皆有定数，久而久之，土地原本的有机质遭到大面积破坏损伤，原来松软的泥土变得硬邦邦的，像石头。里面长出的农作物看上去枝叶繁茂，旺盛得很，但是风一吹、雨一淋就倒伏，就腐烂，再也立不起来。这就像是现在城里的很多孩子，看上去，一个个又高又胖，但是，没一点儿抵抗力，遇一点点风雨，就感冒，就得打针吃药。

某种意义上说，我们家那几亩地现在就成了歇地，而且，恐怕要一直歇着了。虽然，也种了很多树木花草，但是，它与庄稼不同。树木花草间的大部分地面依旧空着，而且，从此它再也没有了春种秋收的轮回。于是，野草便找到了生存的机会，它们迅速地占领了林间空地，肆意疯长，甚至连树坑里的那点空间也没有放过。它们总会在很短的时间长成树的样子，甚至比大部分新栽的树还要高大。从此，我每次回到老家，便不得不把主要的精力放在清除那些野草上，大部分时间，四个妹妹会加入进来帮我锄草。本着斩草要除根的原则，每次，我们都会把所有的杂草、野草清除干净了，一棵不留。可是，过了个把月再回去时，它们又重新出现在每一寸土地上，而且仿佛比以前更加茂盛了，品类也比以往更加繁杂。因为土地上没有了种植的农作物，原本生长庄稼的地方都成了野草的领地，可以自由地生长，所有的野性都肆意释放，想长成什么样子就长成什么样子，一副无拘无束、无法无天的样子。

门前花园下面是我新建的花园，中间有一道土坎，高两米有余，坎子上下以前都是大树。因为太阴暗，坎子底下以前也种不成庄稼，只长野草。印象中，它们也并不怎么茂盛，大多呈匍匐状。自从把土坎以下土地也辟为花园，考虑到花园里所栽种植物的生长，我对影响到花园的那些大树，要么连根挖了，要么拦腰砍了。这样，花园杂乱无章的景象确乎得到了极大改观，但是，那些长期被压抑的野草却因此抓住了翻身的机会。它们本能地做出迅速反应，当你意识到那里还有一片野草的时候，它们已经长到了不可收拾的地步。像骆驼蓬、马刺芥、麻叶荨麻这些多年生草本植物，以前我偶尔也曾见过它们长到一米多高的样子，能长到两米以上的非常少见。可是，现在不一样了，它们便逮着机会狠劲地生长。每次除完草，不出一月，它们又都会长到两米以上，像树一样。

除了种类繁多的各种野草，还有木本乃至乔本植物。那些野草，有几十种我能叫得出它们在当地方言中的俗名，譬如狼舌头、驴耳朵、骆驼蓬、马刺芥、牛鼻子、老鸹权干、兔儿菜、铁骨朵儿、铲子花、臭蒿、灰灰菜、苒苒草、荨麻等等。有一二十种，我还能叫得出它们的汉语学名，譬如马先蒿、黄冠菊、蒲公英、野草莓、点地梅、野葵、马蔺、薄荷、牛蒡、丝毛飞廉、山丹、车前草等等。还有三四十种，我就无法叫出它们的名字了，有一些还能从植株、叶片以及花朵的品相来猜测它们是什么科、什么属，另有一些虽然也是当地常见植物，随处可见，但对其生物属性却没有丝毫概念。有一天，我心血来潮，找一个地方坐下，划出一米见方的一片野草地，想数一下那一小片草地上生长着多少种、多少株野草。结果令我大开眼界，那样一小片地方，能分得清，也数得过来的野草种类大约有三十余种。而其植株数量，在短时间里，你是怎么也数不清的，每次数到几十上百株的时候，你的记忆总会出差错，记不清左边或右边那几株野草是否已经数过。除非，你把它们一株一株全部挖出来，而后，仔细分拣和统计，否则，你永远也不会知道一片一平方米的土地上到底有多少株野草。于是，作罢。

最不可思议的是，地里突然冒出来的那些木本植物，有杨树、榆树、柳树、山杏、野梨等乔本植物，也有长刺茶吊子、珍珠梅、野蔷薇等具有观赏价值的花灌木。我以前只知道有些树的种子落到泥土中会长出树苗来，没想到白杨、柳树也会这样。于是，如何对待擅自侵入林地花园的这些植物就成了一个问题。经过一番思虑，我将榆树、杨树和柳树都当成野草清除了，留下山杏、野梨、珍珠梅、野蔷薇，让它长高一些，而后，移植到林地花园的边缘当树篱。

眼见了一片野草疯长的样子之后，我也有了一些新的发现。以前只把它们视作野草，也没怎么仔细打量过，这两年，有时间与它们近距离接触，细察之下竟发现，很多野草都开着美丽的花朵。如骆驼蓬（学名牛蒡）、马刺芥（学名丝毛飞廉）、铁骨朵儿（学名黄冠菊）等野草，无论从植株形态还是从花瓣的层次看，均可名列奇花异草，堪称奇葩，单从其花序和花朵色彩的艳丽程度而言，甚至可以称之为珍稀花卉。而且，像骆驼蓬、蒲公英、薄荷、荆芥、野百合（山丹）、野葵等植物尚可入药，可治病救人，本不该列入野草。继而想到更多的野草，便发现大多植物类中藏药原本也都是野草。如果它们长在山坡草地，被采药人采去，配伍入药，那是药材。如果它们长在庄稼地里，影响农作物生长，被斩草除根，那就是野草或杂草。如此想来，看它们是不是野草，并不在它们的植物属性，也不在它们是一种什么样的植物，而全在它们生长的地方。究其根源，问题在于它们没有分别心，因而不会区分土地的用场。土地也没有分别心，对生长在土地上的一切，也不会取舍。对一株野草而言，只要是土地便可放心生长。只要它能生长，土地也会尽力成全,而不会剥夺其生长的权利。

只有人才有分别心,才会把植物分成庄稼和杂草、鲜花和野草。像我。所以,我才会与那些自己眼中的野草较劲儿,于是放不下,于是执着,于是烦恼。纵然如此,我依然不会让那些野草肆意妄为,否则,我的花园和林地都将成为一片野草丛生的荒野。我不会荒废土地,而且我要让土地上的生长尽可能顺着自己的意愿,让那一派生长成为土地的一部分,成为自己心目中的景象。即便这样,有那么些时候,当我毅然走向土地,将手中的铁锹或铁铲伸向那些野草时,我仍会心生犹豫和怀疑,对野草,也对自己的执着。

我想,我的父亲母亲肯定从来没有为这样的事情犯难过,他们没有时间和精力在乎一平方米土地上有几株野草。面对土地上的野草,他们只用一种办法,彻底铲除。如果一片土地上的野草没完没了地生长,他们也会选择没完没了地铲除,直到把它们从一片土地上清除干净。而后,他们会在每一寸土地上都种上庄稼,不给任何一株野草留下立足之地。虽然野草也会见缝插针地出现在庄稼地里,但是,他们并不会犯难。锄头、铁锹和铲子一直就在那里,他们从不会忘记它们所在的地方——不像我,每次用它们的时候总也想不起它们在什么地方。如果见到地里有一株或几株野草,要不立即铲除,那晚上他们就会睡不安稳。

从方法论或战术角度看,对地里的野草,我父亲母亲一直用的是歼灭战,因而始终占据主动地位。而我所用的则无疑是一种拉锯战和游击战了,虽然偶尔也有小胜的战果,但总体上一直处在被动局面,是野草而不是我在控制着局势。父亲母亲面对地里的野草时,土地是和他们站在一起的,而我面对地里的野草时,土地应该是跟野草站在一起的。在情感上,我从未将父亲母亲和自己划在两个相对立的立场阵营里,可是很显然,要让一片随时需要耕耘的土地跟你站在一起并不是一件容易的事。因为,父亲母亲一直在那片土地上,从未离开过,他们对土地习性的熟悉程度远胜于对自己生命的认识。他们可能不大记得自己身上的胎记,但是一定会记得地里什么地方有一块石头或一株野草。他们以一种独特的方式用一种专门的语言与土地交流,而我并不通晓这种语言,对我而言,它是一个秘密。某种程度上,你可能已经背离了那片土地,只要你的双脚不是始终牢牢地站在那土地上,而是有所脱离,它就不可能跟你站在一起。

其实,人生长的样子也像一种植物,脚下也是泥土,头顶也是天空。歌德在谈到生物的进化时也曾说,植物和动物进化的终极秘密在树木和人类。也就是说,植物进化的顶端是树,动物进化的顶端是人。父亲母亲像一棵庄稼或一棵树长在那一片土地上,而我即使是一株植物,也已经移植到了别处,说不定变成了一株盆栽的植物。也许曾经的根还在原来的土地上,但现在却已经长在别处了。并不是土地流放了你,而是你自己放逐了自己。自打选择离开了那片土地,你可能永远无法真正回到那片土地的怀抱。有很多时候,我甚至怀疑,在离开生养我的那片故土之后,我是否也长成了一株野草？如是，那也算是一种幸运，不必为之悲哀。野草毕竟不是浮萍，脚下还有泥土。虽然此泥土非彼泥土，但它还是泥土。而且，我在故土尚有几亩土地，不仅生长野草，也可种植树木花草。虽然无法与之朝夕相守，但每每回望，无论野草还是树木花草，均已长成了乡愁，像一层浓雾，在山峦起伏的土地上久久萦绕。

每年初春或深秋，我老家一带山野便会起雾，我以为那是大地的气息。《现代汉语词典》对"雾"这个字的解释是：气温下降时，空气中所含水蒸气凝结成小水点，浮在接近地面的空气中，叫雾。对此，我并不怀疑。但是，在我印象中，雾似乎是从地底下冒出来的。它最初从山脚下的低洼处开始升腾，而后，稍高一些地方的田地间也开始升腾，而后，起雾的地方渐渐升高，土地越潮湿的地方雾也越加浓厚。一开始只是丝丝缕缕，像是大地的气息——我想，地上也许有无数密密麻麻的小气孔，是让泥土用来呼吸的。而后，肆意弥漫，而后，浓浓滚滚。这时，山脚下的那一层雾慢慢地向山顶的方向飘荡。它一路浩荡，与沿途更多的雾汇合。这个时候，从山脚到山顶，都起雾了。已经升起的雾还没有飘散，后起的、新起的雾又源源不断地加入它们的行列里。不一会儿，整个山野都已笼罩在白茫茫的浓雾中了。如果在那个时候，你恰好从那一片山野走过，你就能看到大地的气息从泥土深处不断汹涌的景象。那就是生命的气息，它带着野草的味道、树木落花的味道，也带着泥土本身的味道。

在一遍遍清除那些野草的时候，我感觉到土地本身也是有气息的，也是有生命的，也在不断生长。无论动物、植物还是微生物，所有生长在土地上的生物都是它生命的组成部分。它有自己的消化和循环系统，也有自己的生殖繁育能力。它会自行补给水肥以及其他养分来延长自己的生命，也可自行完成代谢并实现生命的周期性平衡。土地原本的生命力已经足够旺盛。如果没有开垦、耕耘和播种，如果不是因为人类需要从土地上收获粮食和其他给养，大地之上的繁茂景象也许会更加令人惊讶。虽然，最初的地球表面了无生机，一片荒凉，但是，自从有了生命，地球史上生物最繁盛的时代都出现在土地还没有开垦的岁月里。从这个意义上说，我们脚下的大地正处在有史以来最贫瘠的时代，曾经繁茂过的无数生命早已烟消云散，其中包括所有的恐龙、绝大部分蕨类植物和巨型阔叶植物。即便这样，土地依然生机盎然。

而且，泥土里面还不全是土地的细胞和软组织，还有鲜活的生命。我不知道，除了地层生物化石，世界生物学家是否曾对地表土层有生命生物品类做过详尽的调查，并进行统计学分析研究？我的基本猜想是，如果我们把一条蚯蚓想象成一只恐龙，那么地表土层的生息生命与地表以上生命的种类大体相仿，并成正比，其中有很多无法用肉眼识别的微小生命，比如虫类。像人类在土地上耕耘，很多虫子在泥土里耕耘，蚯蚓就属此类。还有许多生命尽管没有生活在泥土中，但也与泥土保持着非常紧密的联系。无论是地上跑的还是天上飞的，如果没有土地，所有陆地生物都无法生存。人也一样,活着,要依靠土地生存,死了,还要回到泥土中去。这是一种平衡。天空和大地是一种平衡,流水和云层是一种平衡,地上和地下是一种平衡,动物和植物是一种平衡,四季是一种平衡,过去和未来也是一种平衡……宇宙万物都是一种平衡。

只要这平衡一直延续,便没有什么力量可以削弱土地的生命力。持久的干旱可能会让一片土地寸草不生,但只要有一场透雨,它便会迅速恢复生气。一场野火也可让大地上所有的生长化为灰烬,但很快,新的萌芽会撕裂灰烬,生长又会继续。寒冷的冬天也会让大地上的生长暂时停顿,可春天一到,又会万物复苏。强台风、龙卷风也可能会将大地上的一切席卷而去,但只要风平浪静之后,过不了多久,它又会像以前一样,充满生机。最先对此做出反应的不是别的,而一定是野草。因为它们的根须更加柔软细嫩,所以,对生命气息的感觉也更加灵敏,哪怕它极其微弱。有很多时候,我甚至以为,一片土地生命力的旺盛程度是由野草来体现的,它是大地之上最具活力的生命景观。有很多次我注意到,已经挖出来枯萎了的那些野草,一回头又活了过来。蹲在地上细细察看,发现还有一两根细如发丝的根须没有斩断,其生命力之顽强由此可见一斑。

虽然我刚从老家回到城里,但是能够想象,下一次回到老家时,那几亩土地上一定又是一派葳蕤繁茂的景象,野草们又一次迎来了它们繁盛的季节。说不定,就在此刻,它们又已经张牙舞爪地拉开了架势在疯长。虽然它们无法预知自己将面临怎样的结局,但是,我清楚。我会再一次毫不犹豫地扛起铁锹或铁铲,把它们全部铲除。当然,它们也不会因为我的不依不饶而销声匿迹,它们会以更加疯狂地生长来证明这片土地的力量,证明它们渴望生长的本能。而我也一定不会忘记它们的存在,它们越是疯狂地生长,我对这片土地的迷恋也会愈加持久。

因为,我从未想过要彻底地消灭它们,甚至还想以它们的生长和茂盛来验证那片土地的生命力。也许,这也正是它们需要疯狂生长的缘由,说到底,那是土地自己的意愿。这意愿是由大地的母性决定的,就像母亲在乎每一个孩子的健康成长,不会厚此薄彼。它只在乎旺盛的生长,而并不在意生长的是树木还是花草,庄稼还是野草。

像父亲母亲一样,最终,我当然也会放下一切,径自离去。之后,归于宁静。没有执着。而土地还在,野草还会继续疯长。

后　记

　　大约是从 2018 年初，我便开始着手整理这部书稿，先是拉出了一个大致的目录，而后，反复斟酌推敲，主要是取舍，也对所入选作品的排序不断做出调整，直到 2019 年初，才最终敲定，由此可以看出，自己对这个选本的重视。

　　这不仅是一次漫长的劳作过程，也是对过去劳动成果的一次自我检阅，个中取舍实际上也包含了自己对自己的否定和肯定。回头看了看，我所走过的文学之路也不算短了，比如，我最初的散文和诗歌作品发表的时间是二十世纪八十年代中后期，而今已过去三十好几年了。

　　1989 年 5 月，百花文艺出版社的《散文》曾发过我一则稚嫩且短小的文字《黄昏·爷爷（外二章）》，写了三章，每章不足五百字。除了此前几年发在《民族文学》上的若干诗文之外，这是我发在《散文》上的第一篇作品，距今也有三十年了。此后三十年间断断续续创作完成和发表的百余篇散文，一小半也是发在《散文》上的——可以说，三十年来，我最主要的散文作品都在一本杂志上。包括后来曾入选沪教版初中语文课本的《黑色圆舞曲》，最初也是发在《散文》上的（1998 年第 3 期）。后入选《新华文摘》《散文海外版》《散文选刊》，复入选长江文艺出版社《中国散文年度排行榜》（1898—1899）、百花文艺出版社的《风，径自吹去》（1996.9—2001.4）《美丽如初——10 年精短散文 100 篇》及《中国西部散文精选》等。

这也许就是此次为什么会选百花文艺出版社的缘故。不仅因为它是国内最优秀的出版社之一，还因为缘分，一段持续了三十年的散文情缘，一个写作者与一本杂志的情缘。而我是一个重缘分的人，感觉所有的缘分都是早已注定了的。在我族人眼里，世间万事万物，最终均可归结为一个"缘"字，皆因果。即使茫茫人海中的一次擦肩而过、一次回眸，也事出有因，是一种奇缘。藏地有歌，曰：缘也是命，命也是缘。因而格外珍惜。

本书所收录的三十篇作品大半也是在《散文》首发的，时间跨度正好也是三十年。人生不过百年，于一个人、一个作家，三十年都算得上是一段很长的时间。又因写作尚在继续，想必，自己与《散文》的情缘仍将继续——如果考虑到未来的因素，尚有情缘未了。便以为此情可堪！冯骥才先生在百花文艺出版社建社六十周年纪念活动上讲话时说，他愿为百花文艺出版社献上一花一草。冯先生大才，如是，便不敢奢望，这些文字也是一株花草，一草，一沙，足矣。因同题文字曾刊于《散文》故（2012年第5期），以"草与沙"为书名，也算是一种缘分，当视之为安详自在。

虽然，大部分时间里，文学创作于我只是业余爱好，但是，一份爱好能持续这么长时间，它也早已成为人生的重要部分了。我在六年前出版的《黑色圆舞曲》(内蒙古出版集团、内蒙古文化出版社"当代中国散文名家典藏")后记里曾写过:"文学创作在我并不是写作的唯一方式,作为一名记者,我的职业就是写作并为之不停地行走。"我将自己的这种人生状态定义为:生命的行走和灵魂的漫步。我所有的散文作品,皆可视为灵魂的漫步。

也正是不断在大地上行走的缘故,迄今为止,我所有的书写都与大自然有关,已经出版的十余部作品都是写给大自然的"情歌"或"情书"。仅从时间意义上说,我可能是当代中国最持久的自然书写者。但是因为,一滴水珠、一株青草、一朵花、一片云原本就是大自然最美的语言,再好的文字也难及一二,所有的书写都有其局限。对于大自然而言,人类最美的表达便是爱,其次是呵护,其余皆有伤害,甚至书写、出版和印刷也不例外。比如纸张、油墨以及我们所能想到的一切无一不是大自然的慷慨馈赠。

现在都在电脑键盘上打字,投稿也都选互联网上的电子邮箱,而以前的文稿都是用钢笔写在纸上的,先打草稿,而后,一遍遍修改,感觉满意了,才誊写到有方格子的稿纸上,每一个字都写得非常工整。最后,才装到信封里,写上邮编和通信地址,贴上邮票,寄出去。如果被采用,每次都能收到编辑的亲笔信。这些信件大多只有一两句话,顶多三五句,一般都写着这样一两行字:大作《×××》收悉并拜读,拟刊用或拟某期采用。此致。落款。年月日。信封和信笺上都印着出版社或杂志社的名字。所以,每篇稿件寄出之后的一段时间是很难熬的,得耐心等待。有些肯定会石沉大海,于是,等待变成了煎熬。有些却有佳音,你甚至能预感到它们飘然降临的日期。那个时候,骑绿色自行车的邮差一般都在一个固定的时间抵达某个地方。于是,你抽空会到单位收发室看一眼。偶尔,便会在一大堆信件中看到一个熟悉的信封,一个熟悉的门牌号码,比如天津市张自忠路一百八十九号——这是《散文》旧址,前几年才迁往新址西康路三十五号。于是,兴奋激动,不用打开你都知道是哪篇稿子有了回音。于是,受到莫大鼓舞,创作热情被再次激发。创作继续。

这样的信件便显得非常珍贵,每一封你都会精心珍藏——至少我是这样。写到这里,我原本是要翻出这些信件重新读一遍的,应该也不难找到。最终没这样做的原因是,如上所述,信上记得的文字内容大同小异。我记得《散文》杂志给我回过信的编辑有贾宝泉、汪惠仁、张森、鲍伯霞、刘洁……我喜欢手写的文字,也会留意欣赏,印象中他们的字都写得好看。贾先生是大家,字写得疏朗随性,亦足见大格局;汪惠仁先生和张森先生的字,却显章法力道;鲍伯霞和刘洁两位女士的字,则隽永清秀。多年以后,互联网上出现了一种新的传播方式,叫博客,我看过汪惠仁先生的新浪博客,上面有他晒的书法作品——虽然他自己说那算不上书法,顶多也是用毛笔写的大字,但无论是章法布局还是笔锋筋骨,功夫均属上乘,已有大家风范。贾宝泉先生的信也只有一句话,说一篇稿子定于某期发头题,记得是《想念草原》(载 1996 年第 12 期)。贾先生时任《散文》主编,可以想见,编务及各种事务定然繁杂,还亲笔写信给作者,感动莫名。直到写这则后记文字时,我与他们都不曾谋面,心想,他们为一个素昧平生的写作者默默奉献了三十年的心血,不禁感念。

最后一封信是鲍伯霞女士寄来的。那时,我已经开始用电脑键盘写作了,所寄几篇稿子也都是打印稿。她来信让我把几篇稿子的电子版用附件形式发到她的邮箱。此后,所有给《散文》的稿件我都会用附件形式发到这个邮箱的。之后的编读往来都通过电子邮件。后来又有了微信,虽然便捷,却再也收不到带有墨香的手迹书信了。想起从前,无比怀念。

除若干近作外,本书中的大多作品此前曾收入《写给三江源的情书》《黑色圆舞曲》《生灵密码》《坐在菩提树下听雨》《棕熊与房子》等散文集,陆续出版过。回望自己的写作历程,只有《生灵密码》和《坐在菩提树下听雨》两部散文集是一段时间里集中创作完成的,属主题性写作,其余皆为不同时期的零散作品。既然是三十年散文创作的一次回看,便想对其整体风貌有所兼顾。

有鉴于此,《凝望夜空》《黑色圆舞曲》《草与沙》《等待花开》,这些篇章分四小辑呈现的文本格局,正是自己不同阶段散文创作或自然书写的一个基本脉络。虽然,这次辑录以近十余年的作品为主,但也有意辑入了若干早期作品,比如《源》,算是一次精选——至少自以为是,也是一次感念,感恩生命中所有的缘分和情义。

也是出于感恩,我才特意请王剑冰先生写的序文。剑冰先生不仅是一位杰出的散文作家和评论家,还曾任《散文选刊》主编,并连续多年主编多种散文年选,选编过自己的作品。而且,早在二十年前还曾在多处文字中评论过一篇散文,他有一部中国当代散文的论著还专门写了一节,评论《黑色圆舞曲》。心想,或批评,或点拨,他对这些文字都是有发言权的。剑冰先生我是见过的,那是 2017 年 8 月,在玉树长江源区的治多草原,便有了联系。发微信请他作序时,他曾回复:"近期实在太忙,但又不好推托你的事，好在以前有过你的读后感，把书文发我邮箱吧。"谢过剑冰先生！

书稿整理成形之后，出版事宜均托付于鲍伯霞女士了。她原本就是我很多散文作品的原刊责任编辑，此前已经为这些文字付出了巨大心血，此次又为出版事宜费心劳神。这等襟怀情谊，怎一个"谢"字了得？过些日子，书出来之前，也许会有缘谋面，可是，能想到要说的，还是一个"谢"字。因为它一直在心里。

别的都不重要了。仅此。是记也。

2019 年 5 月 27 日于西宁